FIRST BLOOD

第一滴血 ❶

两 败 俱 伤

[加] 大卫·莫瑞尔（David Morrell） 著

王 晨 译

重庆出版集团 重庆出版社

版贸核渝字（2020）第 194 号

图书在版编目（CIP）数据

第一滴血．1, 两败俱伤 /（加）大卫・莫瑞尔著；王晨译．-- 重庆：重庆出版社，2022.1
书名原文：First Blood
ISBN 978-7-229-16237-5

Ⅰ．①第… Ⅱ．①大… ②王… Ⅲ．①长篇小说－加拿大－现代 Ⅳ．① I711.45

中国版本图书馆 CIP 数据核字 (2021) 第 240790 号

第一滴血．1, 两败俱伤
[加] 大卫・莫瑞尔 著 王晨 译

出　　品：华章同人
特约策划：高朗出版公司
出版监制：徐宪江 秦 琥
责任编辑：王昌凤
特约编辑：张铁成 李子安
责任印制：杨 宁
营销编辑：史青苗 刘晓艳
封面设计：刘 怡 孙雪骊

重庆出版集团
重庆出版社 出版
（重庆市南岸区南滨路 162 号 1 幢）
北京盛通印刷股份有限公司 印刷
重庆出版集团图书发行有限公司 发行
邮购电话：010-85869375/76/77 转 810
重庆出版社天猫旗舰店
cqcbs.tmall.com
全国新华书店经销

开本：880mm × 1230mm 1/32 印张：10.125 字数：238 千
2022 年 2 月第 1 版　　2022 年 2 月第 1 次印刷
定价：45.00 元

如有印装质量问题，请致电 023-61520678

前言

1968年的夏天，我25岁，是宾夕法尼亚州立大学的研究生。我的专业是美洲文学，并且已经完成了关于欧内斯特·海明威的硕士论文，正开始撰写关于约翰·巴思的博士论文。但是在内心深处，我真正想要成为的是一名小说家。

我知道很少有小说家能够以写小说糊口，所以我决定成为一名文学教授，这个职业会让我被书本环绕，而且让我有时间写作。宾州州立大学的一位老师在小说写作的技巧上给了我无私的指导，他的名字是菲利浦·克拉斯，以威廉·泰恩的笔名写作科幻小说。然而正如克拉斯所说，“我可以教给你如何写，但教不了你写什么。”

我要写什么呢？

偶然间，我观看了改变我一生的电视节目，这个电视节目就是《CBS晚间新闻》（The CBS Evening News）。在那个闷热的八月之夜，沃尔特·克朗凯特接连做了两个报道，它们的神奇张力就像一道闪电劈开了我的思维。

第一个报道展示了发生在越南的一场交火。大汗淋漓的美国士兵蹲伏在丛林里，手持M-16自动步枪开火，抵挡着敌人的进攻。射过来的子弹激起泥土，撕碎了树叶。医务兵四处奔忙，救助伤者。一名军官向对讲机吼出坐标，请求空中支援。士兵们脸上的疲惫、坚定和恐惧鲜活得令人惊愕。

第二个报道展示了另一种不同类型的战斗。在那个湿热的夏天，美国国内的大城市中心区接连陷入暴力和骚乱。电视荧屏上播放着噩梦般的场景，街道燃起大火，国民警卫队的士兵手持 M-16 自动步枪，沿着瓦砾慢慢行进，一路躲避落石，同时还要提防隐藏在遭到破坏的汽车和建筑物中的狙击手。

这两个新闻报道，每一个都足够令人焦虑，当它们共同出现时，更是让我焦虑感加倍。我突然想到，如果我关掉电视机的声音，如果我没有听到记者对画面的报道是什么，我很可能会将这两段视频当成一场灾难事件的两个方面。它们可能是发生在西贡[1]外部的一次交火，内部的一次骚乱；也可能是发生在某座美国城市内部的一次骚乱，外部的一次交火。越南和美国。

这种两种情景的并列让我决定写一本小说，在这本小说里，越南战争将回到美国本土并被人们充分认识。自从 1865 年内战结束以来，美国的土地上就再也没有发生过战争了。随着美国由于民众对越南战争的不同看法而分崩离析，或许现在是时候了，应该有一本小说将美国社会在精神上的分裂改编成精彩的故事，它将向我们直指战争的残酷。

我决定，自己这本小说的主角应该是一名越战老兵，一名陆军特种部队队员。在执行了许多惨痛的任务之后，他曾被敌人抓住、逃走，然后回国接受美国最高军事荣誉，即荣誉勋章（Medal of Honor）。但

[1] 胡志明市旧称。

是他从东南亚带回了一样东西，这样东西我们今天称之为创伤后应激障碍。战争中的经历让我的主人公噩梦连连，国内民众对他为国家所做的牺牲却漠不关心甚或持有几分敌意，这让他愤恨不已，于是他决定远离人群，沿着自己所爱的这个国家的乡间道路四处游荡。他会任由自己的头发变长，胡须任意生长，把自己寥寥无几的财物放进卷起的睡袋扛在肩上，他看上去就像我们所说的嬉皮士。在我的这个大致可以称为寓言的故事里，他将代表心生不满之人。

他的名字会是……关于他的名字，有许多人问过我。法语是我在研究生院学习时使用的语言之一，而且当我在一个秋日午后阅读课程作业时，我发现阅读材料的作者的名字在外表和发音上有着令人惊讶的差异：他的名字是 Rimbaud（兰波），发音却和“兰博”一样。一小时后，我的妻子从杂货店回到了家。她说自己买了一种此前从未听说过的苹果，名字叫：兰博（Rambo）。法国作家的名字和一种苹果的名字在发音上重合了，我意识到这或许是天意。

虽然兰博代表的是愤愤不平者，但我需要一个对立人物代表体制。这次报纸上的另一篇新闻报道激起了我的愤慨。在美国西南部的一个小镇，一群搭便车的嬉皮士上了当地警方的车，然后被剥光了衣服，又被人用水管冲，再被剃光了胡子和头发。接下来，嬉皮士们重新穿上自己的衣服并被运到一条沙漠公路上，最终被扔在路边，只能走到 30 英里[2]之外的下一个城镇。我还记得自己留长的胡子和头发给我带来的骚扰。“你为什么不去理发呢？你这样算是什么鬼，男人还是女人？”我想知道，在为自己的国家出生入死之后，如果兰博遭受到这

[2] 1 英里≈1.61 千米。

些嬉皮士所遭受的侮辱，他会做出怎样的事呢？

在我的小说里，体制的代表是一位名叫威尔弗雷德·提索的警官。为了避免人物的模式化，我想让这个形象尽可能地复杂。因此我让提索的年纪大得可以当兰博的父亲，这就产生了代沟。更微妙的是，提索希望自己有个儿子。接下来我决定，提索应该是一名朝鲜战争老兵，他的杰出服役十字勋章（Distinguished Service Cross）仅次于兰博的荣誉勋章。提索这个人物还有许多其他特征，而塑造每个特征的目的都是让他和兰博一样有目标感并令人产生共鸣，因为令美国分裂的观点都源自于深刻且用意良好的坚定信仰。

为了强调他们的对立，我为这部小说设计了独特的结构，兰博和提索的视角交相上映。我希望这种设计能让读者对这两个人物产生共鸣，并且感受到矛盾的心情。谁是英雄，谁是恶人？或者两人都是英雄，都是恶人？兰博和提索的最终对决表明，在这场发生在两人之间的微缩版的越南战争和美国人对它的种种态度中，正是不断升级的暴力导致了灾难。

没有人是赢家。

由于在研究生院时学业繁忙，我直到 1970 年从宾夕法尼亚州立大学毕业并且在艾奥瓦大学教了 1 年书之后才写完《第一滴血》。1972 年出版后，这本书被翻译成了 21 种语言，并被改编成一部家喻户晓的电影。

在 1972 年我就将电影改编权卖给了哥伦比亚公司。1 年后，哥伦比亚公司将改编权卖给了华纳兄弟。然后华纳兄弟把它卖给了……总之，在出版后的 10 年里，这部小说先后辗转 3 家电影公司，被改编成 18 个剧本，一度有望被理查德·布鲁克斯、马丁·里特、西德尼·波拉克和约翰·弗兰克海默等著名导演执导。与此同时，兰博的扮演者曾考虑过保罗·纽曼、阿尔·帕西诺、史提夫·麦昆、克林特·伊斯特伍德、罗伯特·德尼罗、尼克·诺特和迈克尔·道格拉斯等人。这部小说成了一个好莱坞传奇。有这么多的金钱、这么多的人花费在这样一件事上，然而不知为何却迟迟无法开展。

部分原因在于1970年代的大众情绪。美国对越南的干涉最终惨淡收场，人们对这场战争的感觉非常不好。涉及越南的电影［例如《荣归》（*Coming home*）］的稀少数量反映了这种态度。然后美国进入了80年代，罗纳德·里根当选总统。他承诺要让美国人再次感到乐观。在越南的失败似乎已经被远远地抛在了身后。

在这个时候，曾在亚洲获得成功的影片发行人安德鲁·瓦加纳和马里奥·凯萨正在寻求项目，他们偶然发现了《第一滴血》，并且认定只要加以改编，这个故事一定会在美国大受欢迎。更重要的是，混迹于国外电影市场的经验告诉他们，如果强调动作性，这部电影将能吸引全世界大批的观众。顺理成章地，他们决定成为这部电影的制片人。

影片对我的小说做了一些改动。电影中故事的发生地从肯塔基州转移到了太平洋西北地区（以避开严酷的冬季天气，然而讽刺的是，一场暴风雪曾让影片的拍摄被迫中断）。兰博得到了约翰这个名字（兰博是姓，《当约翰尼迈步回家时》[3]）。另外，他也不像在我的小说里那样危险致命。在电影里，兰博用石头砸向一架直升机，导致一名歇斯底里的狙击手从上面跌落摔死。后来，兰博驾驶着偷来的卡车撞击追击而来的一辆警车，车上警官朝他疯狂开枪，被撞之后警车撞上了路

[3] 美国内战时期人们表达希望远方战场上的亲朋早日回家的歌曲。约翰尼是约翰的昵称。

边的一辆汽车。这两起事件都是小说里没有的。这是电影里的全部伤亡人数。警长——在这里变成了典型的红脖子[4]——受了重伤，却幸运地活了下来。但在我的小说里，伤亡人数数不胜数。我想表达的是将越南战争搬到美国本土。相比之下，这部影片的意图是让观众为弱势的一方喝彩。

这部电影和我的小说相比，最重要的变化是结局，而且它差一点儿无法实现。我在创作时原定没有赢家，于是警长和兰博都死了。在小说中，山姆·陶德曼（我在他的名字里使用了“山姆大叔”这个隐喻，他是特种部队的军官，兰博的教练，让兰博成为他所成为的样子）用霰弹枪轰掉了自己学生的上半个脑袋。电影里的情节则有所改动——兰博是自杀的。但试映观众认为这个结局太压抑了。于是剧组返回加拿大拍摄了新的结局，让兰博活了下来。就这样在无意之中，凭借这部影片的成功，推出续集的可能性被保留了下来。

第一部续集，1985 年的《第一滴血 2》是一部风靡全球的大卖之作。作为一部动作电影，娱乐是它的意图。但是由于涉及高度紧张的政治议题（越战期间到底有没有美军战俘），它还是一部极具争议的影片（正如 1988 年的《第一滴血 3》，它涉及苏联对阿富汗的入侵），不过里根总统似乎并不在意这种争议。在召开电视新闻发布会的一个晚上，他说自己在前一天晚上看了一部兰博电影，所以现在他知道当下一次发生恐怖分子劫持人质的危机时，应该做些什么。遗憾的是，许多人将兰博系列电影等同于美国的军事政策，甚至当我 1986 年到英国参加图书发布的宣传活动时，竟然发现伦敦《泰晤士报》使用了这样的新闻

---

[4] 一种对美国南方乡下白人的蔑称，源于长期从事农活，脖子被太阳晒红的庄稼人。

标题："美国兰博轰炸机袭击利比亚"。这让我很沮丧。

我没有参与电影的制作。不过我为每一部续集都写了一本小说，以补充电影中遗漏的人物塑造。我认为有必要提醒读者，小说里的兰博是什么样的人。在70年代和80年代初，这本书曾被美国各地高中和大学用于教学。许多年来，我收到过数不清的教师来信，告诉我这部小说和它的主题在学生中产生了多么强烈的反响。但是到80年代中期时，系列电影产生的争议导致老师们避开了这本书。它不再出现在阅读作业里。来信就这样停止了。我并不是要反对这些电影，它们的动作性远远不如现在的同类型影片激烈。除了政治，这些系列影片很像西部电影或泰山电影（不过回过头来看，我认为《第一滴血3》太像一部老电影了）。与此同时，一部关于美国政治极化（支持和反对越南战争）的小说改编的电影在这部小说问世10年之后导致了类似的极化（支持和反对罗纳德·里根），这实在是讽刺。

有时我会将兰博系列的书和电影比作外表相似，但却朝着不同方向行驶的列车。有时我会在报纸、杂志、广播、电视——介绍政客、金融家、运动员等等时——看到或者听到兰博的名字，它被用作名词、形容词、动词等等，此时我往往会恍惚一会儿，然后提醒自己如果不是《CBS晚间新闻》，如果不是Rimbaud，我的妻子，还有一种苹果的名字，如果不是菲利浦·克拉斯和我要成为一名小说作家的决心，最近一版的《牛津英语大词典》就不会将这部小说引用为一个新词的来源。

兰博，复杂、困惑、焦虑、受到太多误解。如果你听说过他，但是从没真正遇到过他的话，他将让你惊讶。

大卫·莫瑞尔（David Morrell）

CONTENTS

目 录

公路

1

他的名字叫兰博，遮住耳朵的长发一直耷拉到脖子，留着一副又长又密的胡子，怎么看都是个年轻的无名之辈。此时他正站在肯塔基州麦迪逊郊外一座加油站的汽油泵旁，朝着一辆停在这里加油的汽车竖起大拇指，想搭个便车。他斜斜地站着，重心倚在一条腿上，手里拿着一瓶可乐,卷起的睡袋放在脚下的沥青路面上。看到他此时的样子，你绝对想不到一天之后，也就是周二，巴萨特县的大部分警察都在追捕他。当然你也不会想到，周四这天，他在肯塔基州国民警卫队、六个县的警察以及众多喜欢开枪射击的普通公民的围捕下逃之夭夭。但是，仅仅看他衣衫褴褛蓬头垢面地站在加油站旁边的样子，你永远琢磨不出兰博是个怎样的人，更猜不透这场轩然大波是如何引起的。

不过兰博知道很快就会有麻烦了，而且是大麻烦，要是不小心一点儿的话。他想搭乘的那辆汽车加满油离开时差点儿把他撞翻。加油站的工作人员把一张收费单和一沓盖了戳的票据塞进自己的口袋，望着兰博脚边炎热的沥青路面上的轮胎印记，咧嘴笑了一下。然后一辆警车从路上开了下来，径直朝兰博驶过去，他又一次认出了车上的图案，不禁呆住了。“不，上帝啊。别再这样了。这次不要再逼我了。”

这辆警用巡逻车上印着“麦迪逊镇警长”的字样。它停在兰博身边，车顶的收音机天线左右摇摆，坐在车里的警长倾斜身子，打开了副驾驶的车门。他盯着兰博靴子上的斑斑泥渍，牛仔裤的一条裤腿上缀着的补丁，皱巴巴的牛仔服的撕裂的袖口，蓝色运动衫上仿佛干涸血迹的斑点，还有那件鹿皮夹克。他的目光掠过兰博长长的头发和茂密的胡子。突然有种不安油然而生，但却不是兰博的外表，而是别的东西，一种他难以形容的东西。

“好吧，上车。”他说。但兰博并没有动。

“我说让你上车，”警长重复了一遍，“这种天气你穿着那件夹克肯定热坏了。”

但兰博只是抿了一口可乐，瞅了瞅在街道上来来往往的汽车，然后低头看着巡逻车里的警长，仍然站在原地不动。

“你耳朵有毛病吗？”警长说道，“赶紧上车，别让我发火。”

就像自己刚刚被对方打量一样，现在兰博打量着对方：坐在方向盘后面的警长是个矮壮结实的人，眼边布满皱纹，脸颊散落着浅浅的麻点，让他的脸看上去仿佛饱经风浪的旧甲板。

“不要盯着我。”警长说。

但兰博像没有听到一般继续打量着他：灰色制服，最上面的纽扣敞开着，领带松开，前襟汗津津的，颜色都变深了。兰博想看看他用的是哪种手枪，却看不到。警长把枪佩在身体左侧，远离副驾一侧。

“你给我听着，”警长说，“我不喜欢被人盯着看。”

“谁不是呢？”

兰博再次向四周瞅了瞅，然后提起睡袋。跨进巡逻车时，他把睡袋放到自己和警长的中间。

“等了很久吧？”警长问道。

“1 个小时，从我到这儿开始。”

“要不是我，估计你还得等更长时间。这儿的人通常不会停下来让别人搭便车，尤其是像你这样的人。这样做是违法的。”

“像我这样是违法的？”

“别耍小聪明，我是说搭便车是违法的。太多人好好地开着车，看到路边有个年轻人拦车就停了下来，结果遭到抢劫甚至送了命。把门关上。”

兰博慢慢地抿了一口可乐，然后关上车门。警长把巡逻车开上公路，朝镇上驶去，兰博从车窗里望见了加油站的那个工作人员，他还站在汽油泵旁，咧嘴笑着。

“不必担心，”兰博对警长说，“我没有想要抢劫你。”

“太好笑了。也许你没看见车门上的标志。我是警长。提索，威尔弗雷德·提索。不过告诉你我的名字好像也没什么意义。”

经过一个主要路口时，红绿灯变成了黄色，警长驾车穿过路口。街道向前方延伸，两侧是密密麻麻的店铺——一家药店、一家桌球室、一家枪支和马具商店，一连几十家都是这样的店。远处的地平线上耸立着青翠的高山，间或有星星点点的红色和黄色，那是开始凋零的树叶。兰博注视着从山间掠过的一片云影。

“你要去什么地方？”他听到提索这样问。

“这很重要吗？”

“没有。想起来了随便问问，知道你要去哪儿好像也没什么意义。

不过你要去哪儿呢？”

“可能是路易斯维尔。”

“也可能不是。”

“说得对。”

“你在什么地方睡觉？在树林里吗？”

“对。”

“现在那儿足够安全。晚上越来越冷了，蛇都躲了起来，不再出来找东西吃了。不过当你睡醒的时候，也许会发现自己身边有个非常喜欢你的体温的床伴。”

他们经过了一家洗车店，一家 A&P 超市，一家免下车汉堡店，透过汉堡店的窗户能看到一个巨大的胡椒先生[5]的标志。“看看这个扎眼的汉堡店，”提索说，“他们把这玩意儿开在主街道上，从那时候到现在，总能看到年轻人把车停在这儿，不停地摁喇叭，随手把垃圾扔在人行道上。”

兰博抿了口可乐。

“是不是城里的人开车把你带进来的？”提索问道。

“我是走来的，天刚亮我就开始走了。”

“很遗憾你走了这么久。不过至少这次搭车能帮上你的忙，对吧？”

兰博没有回答。他知道接下来会发生什么。车子驶过一条小溪，过了桥就是市镇广场，广场右端是一栋古老的石砌镇政府大楼，大楼两侧簇拥着更多商店。

“看，警察局就在镇政府大楼旁边。”提索说。但是他驾车径直穿

[5] Dr. Pepper，美国饮料商标。

过广场，沿着街道一直开到只有住宅的区域，先是整洁富裕的房子映入眼帘，随后是颜色灰暗的简陋木棚，孩子们在棚屋前的泥土地上玩耍。他沿着两面悬崖之间的上坡路开了上去，直到一座房子也没有的地方，那里只有一片生长不良的玉米田，被阳光抹上了一层棕色。经过一个“你将离开麦迪逊，请安全驾驶”的路标时，他将车驶下沥青路面，停在铺着石子的路肩上。

“好自为之吧。”他说。

“别惹麻烦，”兰博答道，“你是想说这个吧？”

“很好。这条路你已经走过了。我没必要浪费时间跟你解释，你这种习惯了惹是生非的家伙。”他把睡袋从兰博之前放的地方提起来，放在兰博的膝盖上，斜着身子给兰博打开了副驾驶车门。“从现在起，你真的得好自为之了。”

兰博慢慢跨出车门，对提索警长说：“我还会再见到你的。”说完，他猛地关上了车门。

“不会，”提索朝开着的车窗外答道，“我想你不会的。”

他驾着巡逻车驶上公路，掉头朝城里开回去，经过兰博身边时鸣了一声喇叭。

兰博望着巡逻车在两面悬崖之间下坡远去，直到消失不见。他喝完瓶子里最后一口可乐，把瓶子扔进排水沟里，然后将睡袋背在肩上，开始朝进城的方向走去。

2

空气黏糊糊的，弥漫着煎炸油脂的味道。兰博看着柜台后的老太太，她正眯着眼从双光镜片后面打量着他的衣服、头发和胡子。

“两个汉堡，一杯可乐。”兰博对她说。

“这些都带走。”突然他身后传来一个声音。

兰博通过柜台后面的镜子看到提索出现在前门门口，手里扶着打开的纱门，再猛地将门关上。“麻利点儿，梅勒。”提索说，“这个年轻人很赶时间。”

店里只有几个顾客，有的坐在柜台前，有的坐在卡座里。兰博注视着镜子里的人们，发现他们停下咀嚼的动作，看着自己。但接下来提索却将身体倚在门口的自动点唱机上，似乎不会发生什么大不了的事情，于是他们继续吃起自己的食物。

柜台后面的老太太歪着自己白发苍苍的脑袋，一脸的困惑不解。

“对了，梅勒，给这个年轻人备餐的时候，给我也来杯咖啡好吗？”提索说。

“没问题，威尔弗雷德。”她仍然带着困惑的表情答道，然后去倒咖啡。

兰博看着镜子里的提索，提索看着镜子里的他。提索衬衫的警徽上别着一枚美国退伍军人协会的徽章。我倒想知道是哪场战争，兰博心中暗想。如果是二战的话，你现在未免也太年轻了。

兰博转动了一下自己坐着的高脚凳，用手指着徽章问道："朝鲜？"

"没错。"提索平淡地答道。然后他们继续打量着对方。

兰博目光下移，落到提索身体左侧佩带的手枪上。让他惊讶的是，那不是标准的警用左轮手枪，而是一把半自动手枪，并且根据巨大的枪柄，兰博断定这是一把9毫米口径的勃朗宁。他用过勃朗宁。枪柄之所以这么大，是因为弹夹可容纳13发子弹，而大多数手枪的弹夹容量只有7或8发子弹。这种型号的勃朗宁虽不能一枪把人彻底打死，但肯定会造成重创，再补两枪就能结果对方的性命，然后弹夹里还有10发子弹对付周围的人。

兰博不得不承认，提索把这把枪佩带得非常神气。提索身高5英尺[6]6英寸[7]，最多也就7英寸，对于这样一个小个子，这把大手枪应该会显得很笨拙，但并没出现这种效果。不过兰博暗自想道，要想握紧这么大的枪柄，还非得是大块头不可。然后他看到了提索的手，瞬间被它们的尺码惊到了。

"我警告过你，别这样盯着我。"提索说。

他倚着点唱机，把粘在胸前汗津津的衬衫往前拽了拽。左手从塞在衬衫口袋里的一包香烟里抽出一根，点着，将用过的火柴折成两截，然后暗笑了一声，闲逛似的摇晃着头走向柜台。他的脸上挂着奇怪的

[6] 1英尺=30.48厘米。

[7] 1英寸=2.54厘米。

笑容，低头看着坐在凳子上的兰博说道："好吧，你想要我，是不是？"

"我没有想要你。"

"当然，你当然没想。但是你还是要我了，不是吗？"

老太太端来提索的咖啡，然后面向兰博问道："你的汉堡要什么样的？原味的还是花样的？"

"什么？"

"原味的还是加配菜的？"

"多加洋葱。"

"没问题。"说完老太太离开柜台去煎汉堡。

"没错，你就是这么干了，"提索对兰博说，又一次怪笑起来，"你真的要我了。"他皱着眉头看了一眼从兰博身边凳子的裂缝里钻出来的肮脏的棉花，勉强坐了下来，"我是说，你说话办事都像个聪明人，所以我自然而然地以为你明白我的意思。但是你居然拐回来了，拐回来要我，这就让我怀疑你可能一点儿也不聪明。你是不是有什么毛病？是不是这样？"

"我饿了。"

"哦，这种事我可一点儿都不感兴趣，"提索说着，吸了一口烟，这种烟没有过滤嘴，所以在吐出烟雾之后，他伸手捻掉粘在嘴唇和舌尖上的烟草末，"像你这样的人，应该会记得随身带一份午餐。你明白吧，为了应对紧急情况，就像你现在这样。"

他拿起奶油罐，往自己的咖啡里倒了一些奶油，但是他注意到了奶油罐的底部，附着在那里的黄色凝块让他感到嘴里一阵酸涩。

"你需要一份工作吗？"提索平静地问道。

“不。”

“那你已经有工作了？”

“不，我没有工作。我不想工作。”

“那你就是所谓的流浪汉了。”

“你爱说什么就是什么吧。”

提索的手猛地砸在柜台上怒声道：“你嘴巴放干净点儿！”

餐馆里的每个人都朝提索望去。他打量了一圈四周的人，然后笑了笑，仿佛自己刚刚说了句有趣的话，然后朝着柜台俯下身抿了口自己的咖啡。“可给了他们谈论的话题了，”他笑着又吸了一口烟，从舌尖上捻下更多烟草末，玩笑结束了，“听着，我不明白。瞧你这副样子，破衣服长头发的。难道你不知道，你沿着大街走回来的时候，就像黑人一样显眼吗？你回来才 5 分钟，我的警员就在无线电里报告说你出现了。”

“5 分钟，怎么这么久？”

“你这张嘴，”提索说，“我警告过你。”

他看上去好像还要说些什么，但这时老太太给兰博拿来了一个装得半满的纸袋：“1 美元 31 美分。”

“什么？就这么点儿东西？”

“你说你要配菜的。”

“快付钱吧。”提索说。

老太太拿着纸袋不放，直到兰博给了她钱。

“好，我们走吧。”提索说。

“去哪儿？”

“去我带你去的地方。”说完，提索迅速地四口将杯子里的咖啡喝光，然后放下一枚 25 美分的硬币，“谢谢，梅勒。”

当他和兰博走向门口的时候，餐馆里的所有人都看着他们俩。

“差点儿忘了，”提索说道，“嘿，梅勒，还有个事儿。把那个奶油罐里头的凝块儿清洗一下好吗？”

3

巡逻车就停在外面。

“上车，”提索拉扯着自己被汗水打湿的衬衫，“见鬼，10 月的第一天怎么会这么热。穿这件外套肯定很闷吧，我真不知道你怎么会受得了。”

“我不出汗。”

提索看了他一眼。“你当然不出汗。”他把手里的香烟扔进路边的检修格栅，然后二人一起上了巡逻车。兰博望着车流和走过去的人群。在阴暗的小餐馆柜台停留一段时间之后，明亮的阳光晃得他眼睛疼。一个从巡逻车旁边走过的男人向提索挥手致意，提索也举手打了招呼，然后他发动车子驶离路边，汇入马路上的车流。这一次他开得很快。

一路向前，他们经过一家五金店和一个二手车市场，路边有老人坐在长凳上抽雪茄，还有推着婴儿车的女人。“看看这些女人，”提索说道，“这么热的天气，她们难道不知道应该让孩子待在家里吗？”

兰博懒得看。他闭上双眼，靠在了椅背上。当他睁开眼睛时，巡逻车正加速行驶在两面都是悬崖的公路上。不久车子来到一块平地，发育不良的玉米在路边的田野里无精打采地耷拉着。经过“你将离开麦迪逊”的路牌时，提索突然将车停在铺着沙砾的路肩上，转过身对着兰博。

“现在给我听明白了，”他说，“我不想让我的小镇上出现像你这副样子而且还没有工作的人。我知道，你的同伙也会来到这儿，想弄点儿吃的，可能去偷，可能去贩毒。考虑到你给我造成的不方便，我很想把你关起来。但是我转念一想，像你这样的年轻人，犯错是在所难免的。你的年纪太小，没有什么判断力，而我应该体谅这一点。但你要是胆敢再回来，我就要好好修理修理你了，到那时你就会知道我的手段。这话你应该能明白吧？听懂了吗？”

兰博没有回答，只是抓起自己的午餐袋和睡袋，下了车。

“我在问你呢，”提索对着打开的副驾驶车门喊道，“我叫你别回来了，听见了吗？”

“我听见了。”兰博说，并猛地把门关上。

“见鬼，那就照我说的做！”

提索猛踩油门，巡逻车从路肩上猛然启动，蹿到光滑炎热的柏油路面上，激起飞溅的石子。一个急转弯，轮胎发出刺耳的尖叫，掉头朝城里飞奔而去。在经过兰博身边时，他没有鸣笛。

看着巡逻车远去，消失在两面悬崖之间的下山路上。当再也看不见它的时候，兰博看了一眼周围的玉米田，远处的山，还有荒芜的天空中明晃晃的太阳。他慢慢地向下走进路边的排水沟，在布满灰尘的草地里舒展四肢坐下来，打开了自己的午餐袋。

糟糕的汉堡。他说了要很多洋葱，结果里面只有一根破烂的洋葱丝。番茄切片又薄又黄。面包油腻腻的，肉饼里都是猪软骨。他只能勉强自己把这玩意儿塞进嘴里胡嚼一通，然后掀开塑料杯盖，用可乐漱了漱口，再把所有东西都一股脑儿咽了下去，甜腻得令人厌恶。现在的当务之急是为两个汉堡留出足够的可乐，这样他就不用尝到它们的味道了。

吃完之后，兰博把杯子和裹汉堡的两张蜡纸塞进纸袋里，然后燃起一根火柴，将它点着了。他拿着纸袋，仔细观察着火焰的蔓延，心里盘算着火苗离自己的手多近时就必须放开纸袋了。火苗舔了一下他的手指，烧焦了手背上的汗毛，这时他才把纸袋扔到草地上，任其烧成灰烬。然后抬起脚踩在灰烬上，小心翼翼地确保火已经灭掉，才把灰踢散。

上帝啊，他心中暗想。从战场回来 6 个月了，他还是有一种习惯，每次进食之后都要毁掉剩下的东西，不留下让人知道自己去过哪里的一丝痕迹。

他摇了摇头，回想起这场战争是个错误。刹那间，他想起了这场战争让他养成的其他习惯：难以入眠，最轻微的声音都会让他惊醒，需要躺在露天环境下才能入睡，因为敌人关押他的那个地洞仍然让他记忆犹新。

“你最好想些别的事情。”兰博大声地说出这句话后，意识到是在自言自语。“接下来怎么办呢？走哪条路？”他看了看道路延伸到小镇的方向，又看了看道路远离小镇的方向，然后他突然抓起睡袋上的绳子，将睡袋甩在自己肩头，朝着麦迪逊走去。

山下的公路两侧栽种着树木，半红半绿，红色的树叶都长在公路正上方的树枝上。这都是汽车废气闹的，他这样想着。废气让树叶早早地死了。公路沿线到处可见死掉的动物，应该是被车撞死的，尸体在阳光的照射下肿胀起来，落满了苍蝇。先是一只猫，虎斑猫——看上去曾经是一只很好的猫，接着是一条可卡犬，然后是一只兔子，再然后是一只松鼠。战争还给了他另一种后遗症，就是他很容易注意到死去的东西。但是他心中没有恐惧，只是好奇它们的生命是怎样终结的。

沿着公路的右侧走过这些尸体，兰博伸出拇指请求搭车。他的衣服被尘土蒙上一层黄色，长发和胡子肮脏凌乱，所有驾车经过的人都看了他一眼，但没有人停车。那你为什么不把自己弄得干净点儿呢？他暗暗地想。刮个胡子，理个发，弄一身像样的衣服，那样的话你就能搭上车。为什么？因为剃须刀只不过是又一件让你放慢脚步的东西，而理发的钱可以省下来买食物，况且你又能去哪里刮胡子呢？你都睡在树林里了，不可能出来的时候像个高贵的王子。那为什么要像这样四处游走，睡在树林里呢？想到这里，他的思绪陷入循环，战争的回忆又回来了。想些别的事情，他告诫自己。为什么不转过身，一走了之呢？为什么要回到这个小镇？这里没什么特别的。为什么？因为我有权为自己决定要不要留在这里，我不会让别人为我决定这件事。

但是这个警察比其他警察友好，通情达理。为什么要惹恼他呢？照他说的做不就结了吗？

要是某个人拿给我一包大便，难道就因为他摆出一副微笑的面孔，我就必须接受吗？我才不在乎他有多友好，重要的是他干的事情。

但是你看上去的确有点儿野，好像是要惹麻烦的人，他说的也有道理。我也有我的道理，我已经在 15 个城镇遭到这种待遇，这是最后一次。我再也不要被随意驱赶了。

为什么不向他解释呢，为自己洗清一点儿怀疑？或者说是你故意想要惹上这场麻烦吗？你渴望采取行动，是吗？这样你就能向他展示你能做到的事情，对不对？

我不需要向他或者任何人解释自己，在经历了我所经历的一切之后，我有不作解释的权利。

至少告诉他你获得的勋章，你为了它付出的代价。

为时晚矣，兰博的思绪已经一去不回头了。他又一次踏上了战场。

4

提索正在等着他。开车从这小子身边经过时，他瞥了一眼自己的后视镜，看到那小子还在原来的地方站着，映在后视镜里的身影显得小而清晰。但他没有动，就站在刚刚下车的路边，目不转睛地望着远去的巡逻车。

你待在那里干什么呢，小子？提索纳闷地想到。走开，离开这儿。

但是这小子没有。他还是那样站在那儿，在后视镜里显得越来越小，看着远去的巡逻车。随着进入小镇的路在两面悬崖之间突然陡峭地向下延伸，提索看不到他在后视镜里的身影了。

我的上帝，你是打算重新回来，提索猛然意识到了这一点，他摇着头笑了一声。你是真的打算回来。

提索向右拐到一条小街上，经过一排带有灰色护墙板的房子。车子拐进一条铺着沙砾的入户车道，然后倒出来，停在小街路边，车头对着刚刚离开的主路。然后他重重地靠在驾驶座上，点燃了一支香烟。

看那小子脸上的表情，他是铁定了心打算回来。提索没办法置之不理。

在停车的地方，他可以看到从主路经过的所有人。路上的车不多，周一的下午不可能有多少车：那小子不可能在沿着人行道走过去时被车挡住，只要他经过这里，就一定会被发现。

于是提索继续暗中观察。他停车的小街和主路形成了一个“丁”字路口。主路上小汽车和卡车来来往往，远端的人行道旁有一条小溪沿着主路流淌，小溪那边是很有年头的麦迪逊舞厅。它在上个月被依法没收充公了。提索记得自己上高中的时候，周五和周六晚上曾在那儿的停车场打工。霍奇·卡迈克尔差点儿在那里演出一场，但是老板付不出足够的钱。

那小子呢？怎么还没出现？

或许他不会回来了，或许他真的要走了。

我看到他脸上的表情了，他一定会回来的。

提索深深地吸了一口自己的香烟，抬头望着从地平线上隆起的棕绿色群山。突然一阵凉风拂过，带来一阵干枯树叶的气味，转瞬即逝。

“提索呼叫警局，”他对车载无线电的麦克风说道，“信到了吗？”

像往常一样，值白班的无线电话务员欣格尔顿回应得很快，他的声音在静电干扰下咔咔作响：“警长你好，我已经为你查看过了，恐怕没有你太太的信。”

“那有没有律师发来的信？或者加利福尼亚寄过来的信，她可能没有把自己的名字写在信封上。”

“我也查看过了，警长。抱歉，什么也没有。”

“有什么我应该知道的重要情况吗？”

“只有一组交通信号灯出了故障，不过我已经让工程部门去修了。”

“要是就这点事儿的话，我再过几分钟就回去了。”

这小子真是个麻烦，让我还得费心在这儿等他。提索想回到警局给妻子打电话。她已经走了3个星期了，而且她承诺最晚今天就会写信的，但是她没有。自己也承诺不给她打电话，但是现在他已经不在乎这个承诺了，他无论如何都要打电话，或许她深思熟虑之后已经改变了主意。

但是他拿不准妻子是否会这样做。

提索点燃一支香烟，朝路边看过去。社区里的几个妇女在门廊上打量着他，想知道他要干什么。到此为止吧。他把香烟弹出车窗，点火，将车开到主路上，决定找找那个该死的小子。

视线内没有他的踪迹。

果然如此。他走了，那副表情只是为了让我觉得他要回来。

于是提索把车开往警局，准备去打电话。穿过三个街区后，他猛然发现这个小子出现在左边的人行道上，倚着溪边的铁丝栅栏。惊讶之下，提索重重地踩下刹车，跟在后面的车来不及反应，一头撞在巡逻车的车尾。车上的驾驶员一脸惊恐地坐在方向盘后面，手捂着嘴。提索打开车门，狠狠地瞪了他一眼，然后走向那小子。

“我都没看见你，你是怎么混到镇上的？”

“魔术。”

“上车。”

“我可没这个打算。”

“你再好好打算一下。”

好几辆汽车在后面排起了队。撞车的驾驶员站在路中间，盯着被撞碎的尾灯，无奈地摇头。提索的车门敞开，斜插进对面的车道，阻滞了车流通过的速度。驾驶员们开始摁喇叭了，路边商店的顾客和店员伸出头来，查看街上出了什么事情。

“你给我听着，”提索说，“我要去处理一下乱糟糟的交通。等我完事儿的时候，你就跟我上车。”

他们盯着对方。接下来，提索走到刚刚撞了车的驾驶员身边，那个人仍然在对着警车受损的车尾摇头。

“请出示驾照、汽车保险、车辆注册证明。”提索一边对他说一边走过去，把巡逻车的车门关上。

“可是我根本来不及刹车。”

“你跟得太近了。”

“但你刹车踩得太猛了。”

“不重要。法律规定后车负全责。是你跟得太近才会追尾。”

“但是——”

“我不想跟你扯皮，”提索告诉他，“请出示你的驾照、汽车保险和车辆注册证明。”说完，他回过头去看那个小子。当然，他已经不见了。

5

兰博仍然在室外不紧不慢地走着，他想要传达的意思很清楚，自己并没有试图躲藏起来。提索可以在这一刻放弃这场游戏,不再招惹他;要是提索继续的话，那么想找麻烦的就是提索，而不是自己。

他沿着左侧的人行道往前走，低头看了一眼宽阔的小溪，溪水在阳光的照射下流得很快。小溪的对面立着一面刚刚经过喷砂处理的明黄色的墙，这面墙属于一座带有阳台的建筑，阳台俯瞰着水面。建筑的顶部竖着一面高高的牌子，上面写着“麦迪逊历史酒店”。兰博不禁好奇，一栋看上去仿佛去年才建好的楼，谈得上什么历史呢?

他在镇中心向左拐，走上了一座橙色的大桥，一只手搭在金属栏杆上滑行。栏杆上的油漆涂得很光滑,摸上去是温热的。走到桥中央时,他停下脚步，看了看下面的溪水。这个下午烈日炎炎，快速流淌的溪水看上去很凉。他旁边的栏杆焊着一部机器,机器的上半部分是玻璃的,里面装满了口香糖球。他从牛仔裤里摸出一枚硬币,正打算塞进投币口,又及时地拿了回来。他搞错了。机器里装的不是口香糖球，而是颗粒状的鱼食球。机器上还贴着一块金属牌，上面写着：“喂鱼，10 美分。收益捐献给巴萨特县青年团。忙碌造就快乐的青春。”

当然如此，兰博心想，而早起的鸟儿会上当。他又看了一眼下面的溪水。没过多久，他就听见身后有人走过来的声音。他懒得扭头看是谁。

"上车。"

兰博聚精会神地盯着溪水。"看看下面的那些鱼，"他说道，"一定有两三千条。那条金色的大鱼是什么鱼？肯定不是真正的金鱼。"

"帕洛米诺鳟鱼，"身后的人答道，"上车。"

兰博向溪水更深处凝视："一定是新品种，我从没听说过有这种鱼。"

"嘿，小子，我跟你说话呢，看着我。"

但是兰博没有看他。"我从前经常钓鱼，"他说话的时候眼睛还在朝下看，"那时我年纪还小，但是现在大部分溪流里的鱼都被捕光了，或者溪流被污染了。镇上专门放养这种鱼吗？所以这里才有这么多鱼？"

兰博猜得一点儿不错。自从提索记事起，这个小镇就在往小溪里放养鱼苗了。他的父亲常常带他来这儿，看州立鱼苗孵化站的工人放养这种鱼。工人将水桶从卡车上提下来，沿着斜坡走到溪边，把水桶放进水里，然后倾斜桶身，让鱼游出来。鱼苗和工人的手一样长，使工人的手闪烁着彩虹的颜色。

"上帝啊，看着我！"提索喊了起来。

兰博感到一只手抓住了自己的袖子，他猛地甩开。"放开我。"他说着，眼睛仍然注视着水面。然后他感到那只手又一次抓住了自己，这一次他转过身，猛喝一声："你听见没有！放开我！"

提索耸了耸肩。"好吧，要是你想来硬的，那就来吧。我可是一点儿都不怕。”他从枪带上解下手铐说道，“把手伸出来。”

兰博不为所动：“我是认真的，别来烦我。”

提索笑道：“你是认真的？”说着，他又笑了起来，“你是认真的？你似乎不明白我也是认真的。你迟早都得上那辆巡逻车。唯一的问题是，在你上车之前我需要费多大力气？”他把左手放在自己的手枪上，脸上挂着微笑，“上车只不过是一件区区小事，为什么不放聪明点儿呢？”

路过的行人好奇地看着他们。

“你会拔枪的。”兰博看着提索放在枪上的手，“一开始我还以为你不一样。但是现在我看出来了，你就跟我之前遇到过的那些疯子一样。”

“那你比我略胜一筹，”提索说，“因为我从没见过像你这样的家伙。”他收起笑容，用自己的大手紧紧握住手枪，“走。”

最后还是这样，兰博做出了决定。他们当中必须有一个人要退却，否则提索就会受到严重的伤害。

兰博看着提索放在手枪皮套上的手心中想到，你这个蠢货条子，不等你拔出那支枪，我就会折断你手臂和腿的关节。我可以把你的喉结撕碎，然后把你越过栏杆扔下去，这样鱼就真的有东西吃了。

但是不行，兰博突然对自己说，不能这样。只是想一想可能会对提索做的事，他就平抑了愤怒，控制住了自己。这种控制是他之前做不到的，想到这里，他感觉好些了。6个月前，在医院的康复期结束的时候，他还无法控制自己。在费城的一个酒吧里，有个人推推搡搡地挤在他前面看脱衣舞娘的表演，结果他打碎了那人的鼻梁骨。1个月后，在匹兹堡，他撕碎了一个年轻黑人的喉咙，因为那天晚上在公园湖边露宿时，那个黑人拿刀威胁他。这人还有个同伙，见势不妙想要逃跑，兰博追着他穿过整个公园，终于把他逮住了，当时他正在试图发动自己的敞篷汽车逃走。

不行，不能这样，他对自己说，你现在已经没事了。

现在轮到他微笑了。“好吧，让我再坐一次你的车，”他对提索说，“但是我不知道这有什么意义。反正我还是会走回来的。”

监狱

1

警察局位于一栋古老的校舍中。当提索将车开进旁边的停车场时，兰博注意到警察局的墙壁是红色的。他差点儿开口问提索，把墙壁涂成红色是不是某人故意开的玩笑，但是他知道这绝非玩笑，而且他不禁心想，自己是不是应该解释一下，好摆脱这样的局面。

你根本不喜欢这个地方，它甚至没法让你感兴趣。如果提索当初没有让你上车，其实你现在早就一个人走了。

这样想并不能改变任何事情。

通向前门的水泥台阶看起来似乎是新的，而闪闪发亮的铝门绝对是新的。门内是一个明亮的白色房间，占据了这栋建筑的全部宽度和一半长度，散发着一股松节油的气味。房间交错摆放着许多写字台，只有两张写字台前有人，一个警察在打字，另一个正在对着右后方墙上的收发两用无线电说话。看到提索和兰博之后，他们都停下了动作，兰博等着他们作出反应。

“瞧他这副惨样子。”打字机旁边的警察说道。

就是这种反应，每次都不会缺席。“是啊，”兰博对他说，“现在你大概会说，我是个什么玩意儿，男的还是女的。然后你还会说，要是我穷得洗不起澡，理不起发，你会为我组织一场募捐。”

“我在意的不是他的样子，”提索说，“是他这张嘴。欣格尔顿，有什么我应该知道的新情况吗？”他向无线电旁边的警员问道。

虽然坐着，欣格尔顿仍然显得很高，身材魁梧。他有一张几乎呈完美矩形的脸，整洁的鬓角延伸到耳朵稍下一点的位置。

“车辆被盗。”他说。

“谁在处理？”

“沃德。”

“很好，”提索转向兰博，“过来吧，该处理我们这档子事了。”

他们俩穿过房间，沿着一条走廊来到建筑后部。两侧开着的房门里传出脚步声和说话的声音，大部分房间里是办公室职员，剩下的是警员。走廊雪白又光亮，松节油的气味更重了，尽头的天花板还没有粉刷，露出一片脏兮兮的绿色，下面立着一个脚手架。兰博看到脚手架上粘着一块牌子：白漆用完了，但是明天就会到货，而且我们买了你们想用来盖住外面红漆的蓝漆。

提索打开了走廊尽头的一间办公室的门,兰博站在原地,愣了一下。

你真的确定自己想要经历这些吗？他问自己。为什么不解释一下脱身呢？现在还不算太晚。

脱什么身？我又没有做任何错事。

“快点儿，进来吧，”提索说，“现在可遂了你的心愿了。”

没有立刻走进来是个错误。在门口愣神的片刻让人以为自己怕了，兰博不想给人留下这种印象。不过，现在要是在提索下了命令之后走进去，又好像是在遵从提索的指示一样，他也不愿这样。于是，他在提索再次开口命令他之前走了进去。

这间办公室的天花板很低，几乎要碰到兰博的头，他感到很压抑，想把腰弯下来，但没有允许自己这样做。地板上铺着磨损严重的绿色地毯，仿佛修剪得太靠近地面的草地。左边一张写字台的后面挂着一盒子手枪。他的目光落在一把 0.44 英寸口径的自动马格南手枪上，他记得在特种部队的训练营里用过这种枪：它是威力最强的手枪，能够射穿 4 英寸厚的木头或者干掉一头大象，但是后坐力太强，他一直都不喜欢用它。

“坐在板凳上，小伙子，”提索说，“说出你的名字。”

“叫我小伙子就行。”兰博说。板凳靠着右边的墙，他把睡袋倚在板凳上，然后笔直地坐了下来。

“一点儿也不有趣，小子。说出你的名字。”

“小子也是我的名字，如果你愿意的话，也可以这样叫我。”

“你说得对，”提索说，“到了这个份儿上，我想怎么叫你，就怎么叫你。”

2

这小子真是太讨厌了，让他无法忍受。提索现在只想让他滚出办公室，好让自己能去打电话。现在是 4 点 30 分，按照时区计算，加利福尼亚应该是 1 点 30 分。或许她现在不在自己姐姐家，而是在跟别人吃午餐。会是谁呢，在哪儿呢？他心中暗想。这就是他花这么多时间在这小子身上的原因，因为他必须克制想打电话的冲动 。你不该让私事干扰到工作，私生活只属于家庭，只能在家里解决。如果个人问题让你急躁起来，那就该强迫自己慢下来，更好地完成工作。

这一次，也许他的原则终于要有所回报了。这小子不想说出自己的名字，而一个人之所以不肯透露自己的名字，唯一的原因就是他有事要隐瞒，害怕被拿到逃犯档案里比对。或许他不只是一个固执的年轻人。好吧，提索决定慢慢来，查清真相。他坐在自己桌子的一角上，正对着板凳上的年轻人，然后平静地点燃了一支香烟。“你要来一根吗？”他对那小子说。

“我不抽烟。”

提索点点头，慢悠悠地吸了一口烟 :“我再问你一次，你叫什么名字？”

“不关你的事。”

我的老天，提索想道。他不由自主地从桌子上跳下来，朝着这个年轻人走了好几步。还是要慢慢来，他告诉自己，冷静，不要激动。

“你竟敢这么说，我不敢相信我真的听到了那句话。”

“你听得一点儿没错。我的名字是我的事，你没有理由让它变成你的事。”

“我是警长，你正在跟警长说话。”

“这个理由不够充分。”

“这是世界上最充分的理由了。”他说，然后等待怒火从自己的脸上消退。“把你的钱包给我。”提索用平静的语调说道。

“我不带钱包。”

“那把身份证件给我。”

“我也不带身份证件。”

“没有驾照，没有社会保险卡，没有征兵证，没有出生证明，没有——”

“说得对。”那小子打断了他。

“别跟我来这一套，把身份证件拿出来。”

现在这小子甚至懒得看提索。他转身对着枪盒，抬起手指着挂在一排射击奖牌上方的勋章问道：“杰出服役十字勋章？”

“好吧，”提索说道，“站起来。”这是他能获得的等级第二高的战斗勋章，只有荣誉勋章的等级在它之上。他的嘉奖令是这样写的：授予海军陆战队军士长威尔弗雷德·洛根·提索，以鼓励他在强大敌军火力面前表现出的英勇无畏的领导才能。当时他才 20 岁，而他绝不允许任何看上去不比 20 岁大多少的毛头小子嘲笑它。

“站起来。我受够了每件事都要对你说两遍。站起来，把你的口袋翻出来。”

那小子耸了耸肩，慢慢站起身。他一个接一个将牛仔裤的裤兜翻开，两个口袋都空空如也。

“你还没把外套的口袋翻开。”提索说。

“嗯，你说得对。”这一次，他掏出了2美元23美分，还有一盒火柴。

“为什么会有火柴？”提索问道，“你说你不抽烟的。”

“我需要生火做饭。”

“但是你没有工作也没有钱。你从哪儿弄来食物做饭呢？”

“你想让我说什么？食物是我偷来的？”

提索看着他倚在板凳上的睡袋，猜测身份证件应该就在里面。提索把睡袋解开，平铺在地板上。里面有一条干净的衬衫和一把牙刷。当他开始在衬衫里摸索的时候，那小子说话了。“嘿，我花了很多时间熨那条衬衫。小心点儿，别把它弄皱了。”提索突然感觉自己受够了。

他按下桌子上内部通话系统的按钮说道：“欣格尔顿，这小子进来的时候你见过他。我要你向州警察局报告他的体貌特征，就说我要他们尽快确定他的身份。接下来你查一下他和我们的档案里的记录能不能对得上。他没有工作也没有钱，但是他看上去绝对不缺吃的。我想知道是为什么。”

“所以你下定决心要逼我了。”那小子说。

“你说错了，是你在逼我。”

3

治安官办公室里有一台空调，它嗡嗡作响，时不时还会发出嘎吱嘎吱的声音，寒气逼人，兰博不由得颤抖起来。坐在桌子后面的人身穿一件宽松的蓝色毛衣，他的名字是迪伯詹，门上的牌子是这样写的。他本来正在嚼烟草，看到走进来的兰博时，他停止了咀嚼。

“好吧，让我瞧瞧，”他坐在转椅上朝桌子后面滑动，发出嘎吱嘎吱的声音，“威尔，打电话的时候你应该告诉我镇上来了马戏团。”

无论到哪儿，总是要被评论一番。整件事正在失控，兰博知道自己最好马上屈服，否则他们就会给他好看。但是在这里，他又听到了这种垃圾话，他们一点儿也不收敛，上帝啊，他才不要接受这种侮辱。

“听着，孩子，”迪伯詹说道，“我要问你一个问题。”他的脸很圆，说话的时候，他把口中咀嚼的烟草塞到一侧的脸颊里，让这边的脸鼓出一个圆块，“我在电视上见过示威暴动的年轻人，而且——”

“我不是示威者。”

“我很好奇，你脖子后面的头发那么长，不痒吗？”

他们总是问同样的问题。“一开始有点儿痒。”

迪伯詹挠了挠自己的眉毛，思索着这个答案。“没错，我猜只要你愿意，你就能习惯任何事情。但是为什么要留那么长的胡子呢？这么热的天不会痒吗？”

“有时会痒。”

“那你是着了什么魔，非得留胡子呢？”

“我脸上有皮疹，不能刮胡子。”

“就像我的屁股疼，拉完屎不能擦一样。”提索站在门边说。

“不，别着急，威尔，也许他说的是实话。”

兰博没有忍住：“我没说实话。”

“那你为什么要那样说？”

“我受够了别人问我为什么要留胡子。”

“你为什么要留胡子？”

“我脸上有皮疹，不能刮胡子。”

迪伯詹脸上的表情就像刚刚被扇了耳光一样。空调咔咔作响地运转着。“很好，很好，”他拉长了语调平静地说，“我猜这次是我上当了，是不是，威尔？该被嘲笑的人是我。”他轻笑了一声，“我毫无防备地中招了。当然，就是我，没错。”他嚼着自己的烟草问道：“什么罪名，威尔？”

“罪名有两个，流浪和拒捕。但这只是为了拖住他，我还要去查查他是不是在逃犯。我猜他可能在别的地方偷过东西。”

“我们先处理流浪罪。你承认自己有罪吗，孩子？”兰博说自己没有罪。

“你有工作吗？你身上有超过 10 美元吗？”兰博说自己没有。

“那就没得说了，孩子，你就是流浪汉。你要么坐 5 天牢，要么交

50 美元的罚款。你选择哪样？”

“我刚刚才告诉你我没有 10 美元，我去哪儿弄该死的 50 美元？”

“这里是法庭，”迪伯詹突然向前探了一下身子，但没有从椅子上站起来，“我不允许在我的法庭上出现侮辱性语言。你再出言不逊，我就指控你蔑视法庭。”说完，他停了一会儿才把身体收回到椅子里，又开始咀嚼起嘴里的烟草。“在量刑的时候，我很难不把你这种态度考虑在内，比如说这项拒捕的罪名。”

“我没有罪。”

“我还没问你，等我问到你再说。威尔，他是怎么拒捕的？”

“我让他搭了车，帮了他一个忙，把他送到镇外。如果他就这么离开，那就皆大欢喜，对每个人都好。”提索将一条腿倚在将办公室与门口等待区隔离开的破旧栏杆上说道，“但是他又回来了。”

“我有权利回来。”

“于是我又开车把他送出镇外，然后他又回来了，这次当我让他上车的时候，他拒绝了。最后我不得不使用武力胁迫他服从。”

“你以为我上车是因为害怕？”

“他不肯告诉我他的名字。”

“我为什么应该告诉你？”

“他说他没有身份证件？”

“我为什么需要该死的身份证件？”

“听着，我不能坐在这儿听你们俩斗一晚上的嘴，”迪伯詹说，“我老婆生病了，我应该在 5 点钟回到家给孩子做饭。我现在已经晚了。入狱 30 天或者 200 美元罚款。选一样吧，孩子？”

“200 美元？上帝啊，我刚刚才跟你说，我身上的钱不超过 10 美元。”

“那就是入狱 35 天了，”迪伯詹从椅子上站起身，一边解开毛衣的扣子一边说，“我本来想取消流浪罪的5天监禁，但是你的态度太恶劣了。我必须走了。我已经晚了。”

空调的咔咔声超过了嗡嗡声，兰博不知道自己的颤抖是因为寒冷还是因为愤怒。“嘿，迪伯詹，”兰博在他从自己身边走过时抓住他问道，“我还在等你问我对拒捕罪名认不认罪呢？”

4

走廊两侧的门现在都关上了。兰博经过脚手架，朝提索的办公室走去。

“不，这次你朝这边走。”提索指向右边的最后一扇门，这扇门的顶端有一个带铁栅栏的小窗户。他拿出钥匙准备开门，却发现门已经开了一道缝。他不悦地摇了摇头，把门完全推开，示意兰博走进一条楼梯井，里面有铁栏杆和向下延伸的水泥台阶，天花板上装着荧光灯。兰博刚进去，提索就跟在他身后走进来，锁上门。二人沿着台阶向下走，脚步的摩擦声回荡在楼梯井里。

在走到地下室之前兰博就听到了喷水声。水泥地板是湿的，映出天花板上的荧光灯，而在地下室的最远端，一个瘦警察在用软管冲洗牢房的地板，水从栅栏之间流过，顺着一条排水沟流入地下。看见提索和兰博后，他拧紧了喷头，水流猛地冲出一道宽阔的弧线，戛然而止。

提索的声音在地下室产生了回声：“高尔特，上面的门怎么又没锁？”

“我没……我们现在没有犯人了。最后一个犯人刚醒，我让他走了。”

“这跟我们有没有犯人无关。要是你养成了没有犯人就不锁门的习惯，到了有犯人的时候你也会开始忘记锁门的。所以无论如何，我都要那扇门是锁上的。我不喜欢说下面的话——适应新的工作和新的流程也许很难，但是如果你不能很快学会细心点儿的话，恐怕我就要去找别人了。"

兰博感到这里和迪伯詹的办公室一样冷，他的身体在发抖。天花板上的灯离他的头太近了。尽管如此，这个地方看上去仍然十分昏暗。冷冰冰的铁栅栏和水泥地。上帝啊，他绝不应该让提索把自己带下来。从法庭走出来之后，他应该将提索打翻在地，然后逃之夭夭。任何情况，哪怕是奔波逃命，都好过在这里待 35 天。

你还期待有什么不一样的结果吗？他对自己说。这都是你自找的，不是吗？是你不愿意认怂。

我当然没有认怂，而且我仍然不会认怂。就算我被关起来，也不意味着我完蛋了。我要抓住一切机会抗争到底。等到他准备让我出去的时候，他绝对会很高兴能把我摆脱掉。

当然，你会抗争的。真是可笑。看看你自己吧。你已经在发抖了。你已经知道这个地方让你想起了什么。在那个狭小的牢房待上两天，一准会让你尿裤子。

"你得知道，我不能待在这里。"他忍不住说道，"潮湿，我不能被关在潮湿的地方。"他想起了那个地洞，不禁感到头皮一阵发麻。头顶上的竹篾，从泥土中渗出的水，崩碎的墙壁，几英寸厚的黏滑的淤泥，他不得不睡在上面。

告诉他吧，看在上帝的分儿上。见鬼，你的意思是去求他。

当然，就算这个年轻人现在清醒过来，想要说一番好话就此脱身的话，也已经太晚了。提索仍然没有从整件毫无必要的事中冷静下来。这小子是怎样尽了最大努力，才把自己弄到下面来的啊。“这么湿你应该感恩才对，”他对这小子说，“我们把所有东西都冲干净了。这里周末关了醉汉，周一才把他们赶走，他们在墙上地上吐得到处都是。”

他看了一眼牢房，地板上的水让牢房看上去很干净，闪烁着光。“虽然你对楼上的门疏忽大意，高尔特，”提索对瘦警察说，“但是这些牢房你收拾得不错。帮我个忙好吗，去上面给这个年轻人拿些被褥枕头和一套衣服来。你，”他告诉面前的小子，“我觉得中间的牢房不错。进去，脱掉靴子、裤子、外套。留着袜子、内衣、运动衫。取下首饰、脖子上的项链、手表——高尔特你在看什么？”

“没看什么。”

“我让你去拿的东西呢？”

“我就是看看。我这就去拿。”

他匆匆地走上楼梯。

“你不再跟他说一遍要锁门吗？”这小子问道。

“不需要。”

提索听到门打开时的吱呀声，但是没有锁门的声音。他等了一下，然后听到了高尔特锁门的声音。“先从靴子开始。”他对这小子说。

这小子脱掉了外套。当然，难道他还能指望这小子听自己的吩咐吗？

“你又来了。我跟你说了，先脱掉靴子。”

“地板是湿的。”

“我还跟你说了，让你进去。”

“我现在还不想进去。”他叠好自己的外套，斜着眼看了一眼地上的水，把外套放在台阶上，然后把自己的靴子放在旁边，脱下牛仔裤，叠好之后放在外套上。

“你左膝盖上那块大伤疤是怎么回事？”提索问道，“发生了什么？”

这小子没有回答。

“看上去像是枪伤，”提索说，“你在哪儿受的伤？”

“我的袜子被地板弄湿了。”

“那就把袜子也脱了。”

提索不得不后退，以免碰到他的袜子。

“现在把你的运动衫脱了。”他说道。

“为什么？别跟我说你还在找我的身份证件。”

“这叫彻底搜查，我想看看你有没有在胳膊下面藏着什么东西。”

“比如呢？毒品？大麻？”

“谁知道呢？有人干过这种事。”

“反正不是我。我很早之前就不碰那玩意儿了。见鬼，那玩意儿是违法的。”

“很有趣，快把运动衫脱了。”

这小子终于按照他说的做了。当然，动作慢得不像话。他的腹部肌肉非常结实，胸膛上有三道笔直的疤痕。

“这些伤是怎么来的？”提索惊讶地说，“这是刀疤。你到底经历过什么？”

年轻人斜着眼睛看灯，没有回答。他的胸口有一大团三角形的黑色胸毛，两道刀疤从中贯穿而过。

“举起双手，转过身。”提索说。

“这没有必要。”

“如果有搜查你的更快的方法，我肯定一早就找到了。转过身去。”

这小子的背上有几十条纵横交错的小伤疤。

“上帝啊，这是怎么回事？”提索说，“这些都是鞭痕。谁用鞭子抽过你？”

他还是没有回答。

“州警察局送过来的关于你的报告肯定很有趣。”提索犹豫了片刻，现在到了他最讨厌的部分。

“好吧，把内裤脱下来。”

年轻人转过头看着他，一直看着他。

“别用害臊的眼光看着我，”他说道，心中顿生反感，“到这里的每个人都要经历这套流程，当我结束的时候，每个人都完好无损。把内裤脱下来。好，脱到膝盖就行。我不想看，但这是我的工作。 把你那玩意儿提起来。我想看看有没有藏什么东西。不要用两只手，一只手就行了。用指尖就行。”

提索与年轻人保持一定距离，弯下腰从几个不同的角度观看他的腹股沟。睾丸聚成一团，紧贴在腹股沟下面。现在到了最糟糕的部分了。他本来可以让别人比如高尔特来做这件事,但他不喜欢把脏活儿推给别人。

“转过身，弯下腰。”

年轻人瞪大眼睛看着他喊道 :“要想找乐去找别人。我再也受不了了。”

“你会受得了的。除了你可能会藏起来的东西，我对你的屁股可没兴趣。只管照我说的做。现在往后撅，把屁股掰开。快点儿，这幅场景我一点儿也不乐意看。要知道，当年我在路易斯维尔工作的时候，曾经遇到过一个犯人，他在里面藏了一把3英寸长的小刀，还带皮革刀鞘。我一直想不通他怎么能够坐下来。”

此时，高尔特正在楼上打开门锁，将门推开。

“好了，你是清白的，”提索对年轻人说，“你可以把内裤穿上了。”

提索听着楼上关门上锁的声音，然后高尔特走了下来，鞋子在水泥台阶上发出摩擦的声音。他带来了一件褪色的牛仔布连体式囚服、一张薄床垫、一条用橡胶处理过的床单、一条灰色毯子。他看着身穿短裤站在那儿的小子，然后对提索说：“沃德刚刚呼叫警局了，那辆被偷的车在北边的采石场被找到了。”

“让他守在那里，告诉欣格尔顿给州警察局打电话派人提取指纹。”

“欣格尔顿已经给他们打过电话了。”

高尔特走进牢房，兰博跟在后面，他赤裸的脚踩在地板上的水里，发出啪啪的响声。

“先别进去。”提索对他说。

“怎么又改主意了？一开始你想让我进去，现在你又不想让我进去了，我希望你知道自己想要什么。”

“我想要你走到那边的淋浴喷头。我想要你把内裤脱了，把自己洗干净，再穿上那件干净的制服。别忘了洗头发，在我碰你的头发之前，我希望它是干净的。”

“碰我的头发是什么意思？”

“我得剪掉你的头发。”

“你说什么？你不能剪我的头发。我绝不让剪刀靠近我的头，任何剪刀都不行。”

“我跟你说了，每个人都要走这套流程。从偷车贼到醉鬼，每个人都要走这套流程，像你一样被搜身，然后冲个澡，把长头发剪掉。我们给你的床垫是干净的，把它拿回来的时候它应该还是干净的，不能沾上你睡在棚屋和野外时滋生的臭虫和跳蚤，鬼知道你还在什么地方睡过。”

“你不能剪我的头发。”

“你再敢惹我，我就安排一下，让你在这里多待30天。是你一个劲儿地自找苦吃，现在就慢慢把苦吃完吧。你为什么不乖乖听话呢，这样我们两个都会好受。高尔特，上去把剪刀、剃须膏和剃刀拿来。”

“我只同意洗澡。”年轻人说。

“那就先洗澡吧，事情可以一件一件地来。”

当年轻人慢慢朝淋浴间走去时，提索又看了一眼他背上的鞭痕。此时已经接近6点。州警察局的报告马上就要到了。

想到时间，他的心又回到了加利福尼亚，现在那里是3点。他不确定要不要给妻子打电话。如果她改变了主意，现在应该已经联系他了。所以要是打电话的话，那他只是在施加压力，把她推得更远。

尽管如此，他仍然需试一试。或许等到处理完这小子之后，他就会去打电话，只是随便聊聊，而不提离婚的事。

别自欺欺人了。你开口问她的第一件事一定是她有没有改变主意。

在淋浴间里，年轻人打开了喷头。

5

那个地洞深 10 英尺，十分窄小，兰博坐下来的时候甚至伸不开腿。到了晚上，那些人有时会从上面打开手电筒，透过竹篾观察他。每天黎明之后不久，他们就会移开竹篾，把他吊出来，给他们干杂活。这就是他们拷打他时的那座丛林营地，同一片茅草屋和翠绿的山林。出于某种他一开始还不明白的原因，在昏迷不醒的时候，他们治疗了他的伤口：胸口上的伤痕是那个军官用一把长刀不断地划出来的，刀刃插得很深，在他的肋骨上发出刺耳的摩擦声；背上的伤口是那个军官悄悄走到他身后，突然用鞭子抽打出来的。

鞭打。他的腿有严重的感染，但是当他们向他的小队开火并抓住他的时候，他的骨头并没有中弹，受伤的只是大腿肌肉，到最后他还能一瘸一拐地走。

现在他们不再审问他了，也不再威胁他，甚至根本不和他说话。他们总是用手势告诉他该干什么：泼掉废水，挖掘粪坑，生起灶火。他心中猜测，这些人的沉默是一种惩罚，惩罚他假装听不懂他们的语言。不过晚上待在地洞里的时候，他还是能隐约听到他们的对话。从只言片语中，他心满意足地了解到，即使在神志不清的时候，自己也没有把他们想知道的事情说出来。在遭遇伏击并被捕之后，小队的其他人肯定继续完成了任务，因为他听到了那些工厂爆炸的事，而且这座营地只不过是山里监视其他美国游击队员们的众多营地之一。

他们很快就开始让他做更多更重的杂活，给他的食物越来越少，让他工作更长时间，压缩他的睡眠时间。他开始明白了。他们在他身上浪费了太多时间，可仍然无法得知他的小队在什么地方。既然不能得到想要的信息，他们就治好他的伤，想要像玩弄猎物一样戏耍他，看看他再干多少活儿才会被累死。好吧，他会让他们知道，那可得等好久呢。他们想做的事，不会有多少是他还没有在教官那里领教过的。特种部队的训练，早饭之前跑步 5 英里，早饭之后跑步 10 英里，一边跑一边用双手举着饭盒，但是要小心不能打乱队形，否则就要接受再跑 10 英里的惩罚。爬上高塔，向跳伞指挥官喊出自己的代号，纵身跳起，双肘贴身，双腿并拢，双脚绷紧，在下坠的过程中大喊“一千，两千，三千，四千”，降落伞的弹性带子在即将落地之前将他猛地拽了起来，让他感到整个胃都升到了嗓子眼。在这套流程中，每出现一次失误的惩罚是连续 30 个俯卧撑，同时口中喊道：“为了空降兵！”如果这一声喊得有气无力，就再来 30 个俯卧撑和一次“为了空降兵！”。在食堂，在厕所，在任何地方都有军官伺机等待，猛地大喊一声“开始”，他就必须迅速做出跳伞姿势，喊着“一千，两千，三千，四千”，然后迅速立正等待解散，解散时喊“遵命，长官”，跑开时喊“空降兵！空降兵！空降兵！”。白天练习降落到森林里，夜晚练习降落到沼泽，并且在那里生活 1 周，唯一的装备是一把刀。各种训练课程，包括武器、炸药、侦察、审问和徒手搏斗。他和其他学员手里拿着刀，面对着一片牧场。

牛的肠子肚子在地上流得到处都是，但还活着，惨叫不已。他们得到的命令是爬进去裹住自己，将身体沐浴在鲜血之中。

成为一名特种部队队员就是为了让自己能够承受任何事情。但是在那个丛林营地里，他每一天都在变得更虚弱，最后他害怕自己的身体坚持不下去了。杂活越来越多，越来越重，食物越来越少，睡觉的时间越来越短。他的视野变得灰蒙蒙的，模糊一片。他步履蹒跚，呻吟不已，自言自语。有一次，他们三天没给兰博吃的，然后往地洞里扔了一条蛇，看着他把蛇的脑袋拧下来，把身体生吃了，然而很快又呕吐出来大部分。直到后来，也许是几分钟之后，也许是几天之后（无论多长时间都是一样的），他才开始想这条蛇有没有毒。那条蛇和在地洞里找到的虫子，以及他们偶尔朝着他扔下来的垃圾，在接下来的几天（或者几周，他已经无法分辨了），是他赖以维生的全部东西。在将一棵死掉的树拖回营地的途中，他被允许摘野果吃，结果傍晚的时候就开始拉肚子。他神志昏迷地躺在地洞里，陷入自己的排泄物中，听着他们谈论自己的愚蠢。

但兰博并不愚蠢。在恍惚中，他的思维似乎比被捕以来的任何时候都清楚，而且这次腹泻是他有意为之的。他吃的野果不多也不少，会导致适度腹泻，于是当第二天被从地窖里吊出来的时候，他可以假装严重痉挛。这样的话，在将死树拖回营地的时候，他就可以假装晕倒在地。到时候或许他们会让他休息一会儿。或许他的看守会把他留在丛林里，回去找人把他带回营地。那样的话，在看守回来之前，他就能趁机逃走。

但是随后兰博意识到自己的思维一点儿也没有更清楚。他吃了太多野果，痉挛比预料的严重得多，而且一旦不能继续干活，看守很可能开枪打死他。就算真的跑掉了，像这样饥肠辘辘、半死不活还严重腹泻，又能坚持多久，又能跑得了多远呢？他记不起来自己是在跑掉之前还是之后意识到的这一点。所有事情都很混乱，突然之间他就发现自己独身一人了，在丛林里慌忙奔逃，然后瘫倒在一条小溪里。接下来他只记得自己沿着一面长满蕨类的斜坡往上爬，站在坡顶，摔倒在山沟的草丛里，重新站起来，努力跨过山沟，然后爬上另一座山坡，这一次在坡顶站不起来了，只能继续爬。山地部落，他在心里想。找到一个山地部落，除此之外，他别无他想。

有人在喂他东西喝。一定是士兵抓住了自己，他想。于是想要挣脱，但有人按住他，让他咽下喂给他的东西。不是士兵，不可能是：他们由他挣脱了，继续在丛林中跌跌撞撞地走。有时他觉得自己回到了地洞，只是梦到自己跑出来了。有时他觉得自己仍然在和小队的其他人刚刚一起从飞机上跳下来，自己的降落伞打不开，下面的山显得越来越大。他醒来时四肢摊开，仰卧在灌木丛下，发现自己平躺在一块岩石上。当太阳开始落下时，他判断了一下方向，开始往南走。然后他担心又一次弄错了时间，自己刚刚意识不清地躺着度过了整个夜晚，把日出当成日落，判断错了方向，把北当成了南。他目不转睛地盯着太阳，它还在向下沉，这让他放松了下来。然后夜幕降临，就在漆黑一片，什么也看不到的时候，他又昏昏沉沉地睡去了。

第二天早上醒来，他发现自己躺在一棵大树的高处，被粗壮的树枝托着。他想不起来是什么时候爬上来的，又是怎么爬上来的，但是如果自己没这么做，现在肯定已经死了：独自一人又意识不清，在夜晚的丛林里捕猎的野兽是不会让他活下来的。他一整天都待在树上，把周围的树枝掰弯以提供更好的隐蔽，睡觉，慢慢吃干肉和年糕——他惊讶地在系在脖子上的布袋里发现了它们，而布袋是用他身上破破烂烂的衣服做的。那些按住他让他喝东西的人一定是村民，这些食物一定是他们的。当从树上爬下来，并根据落日的方向继续朝南前进的时候，他留了一些食物到晚上吃。但是他们为什么要帮助他呢？是因为他的样子看上去太惨了，所以他们决定给他一个机会吗？

从那天以后，他只在夜晚逃命，根据星空判断方向，吃草根树皮和溪流里的水田芥。在漆黑的夜晚，他经常听见附近有士兵的声音，于是悄悄躺在灌木丛里，直到声音消失。他的神志时而清醒一些，时而更加错乱，让他经常觉得身后发出一声自动步枪子弹上膛的声音，这时他就会立刻俯身翻滚到灌木丛里，然后才意识到这个声音来自自己踩断的一根树枝。

两周后，雨季开始了。雨下得没完没了，到处都是烂泥和腐烂的木头。连绵不断的雨水倾泻下来，拍在他的脸上，让他几乎不能呼吸。他继续前行，雨水的拍打让他惶惑不安，陷入泥泞中的双脚、贴在身上的湿漉漉的叶子让他心烦意乱。他没法再判断哪边是南方了。夜空中的乌云偶尔会散开，让他能根据星星判别方向，但是云很快又会合上，他只能盲目前进，然后当云再次散开的时候，才发现自己迷失了方向。一天早上醒来的时候，他发现自己兜了个圈子，从那之后，他就只在白天行进了。为了不被发现，他必须放慢自己的速度，更加小心翼翼。当乌云遮住太阳时，他就朝着远处的地标走，无论那是一座山还是一棵高耸的树。日复一日，雨仍然下个不停。

这一天，他走出森林，步履蹒跚地穿过一片田野，突然听到有人朝自己开枪。他踉踉跄跄地扑倒在地，调头往森林的方向爬。又开了一枪，有人穿过草地跑了过来。“我让你表明身份你没听见吗？”一个男人的声音传来，“要不是看见你没有武器，我早就打死你了。快给老子站起来，表明你的身份。”

是美国人。他开始大笑,笑得根本停不下来。在医院休养了 1 个月，他的癔症才消失。他是在去年 12 月降落到越南北部的，而他们告诉他现在已经是 5 月初了。他不知道自己被囚禁了多久，不知道自己逃亡了多久。但是从逃亡开始到现在，他从自己的降落区域一路走到了越南南部的这座美国军营，两地之间的距离是 395 英里。让他大笑不止的原因是,那一天被发现的时候,他肯定已经进入美军占领区很多天了，而这些天里在晚上听到动静并小心躲避的士兵，肯定是美国人。

6

兰博尽可能地在里面拖延，不想走出去。他知道当提索用剪刀碰自己的头，开始剪头发的时候，自己肯定无法忍受。透过洒下来的水帘，他突然看到高尔特出现在楼梯下面，手里拿着剪刀、剃须膏和一把折叠式剃刀。他的胃一阵发紧。他慌乱地看着提索指着楼梯旁边的一副桌椅，对高尔特说着什么。淋浴的声音让他听不清楚。高尔特把椅子搬到桌子前，从桌子里面拿出几张报纸，铺在椅子下面。他做这件事根本没用多长时间。提索直接朝着淋浴间走过来，走到他能听见的地方。

“关掉水。”提索说。

兰博假装没有听见。

提索又靠近了一些。“关掉水。”他重复了一遍。

兰博继续洗胳膊和胸口。肥皂像是一块又大又黄的蛋糕，散发着强烈的消毒剂味儿。他又开始给腿上肥皂。这是他第三次给腿上肥皂了。提索点了点头，走出了兰博的视线之外，来到淋浴间的左边。那里肯定有一个关水阀门，因为喷头里的水很快就停了。兰博的腿和肩膀不禁抖动了一下，水顺着身体流到淋浴间的中空金属底部，提索又出现在他眼前，手里拿着一条毛巾。

“别这么磨磨蹭蹭的，”提索说，“你会感冒的。”

兰博别无选择慢慢地走了出来。他知道如果不走出来，提索会进去抓自己，而他不想让提索碰自己。他不断重复着擦干身体的动作。在寒冷中，毛巾的擦拭让他感到刺痛，手臂都被擦红了，他感到睾丸缩紧了。

“再擦下去，你会把毛巾磨坏的。”提索说。

兰博还是继续擦着身体。提索想要把他拉到椅子上，兰博横跨一步避开提索的手，面对着提索和高尔特向后坐在椅子上。一切都迅速就位，毫无停顿。

提索先举起剪刀在他脑袋旁边迅速剪掉一缕头发，兰博想要控制自己，但还是忍不住地退缩。

“别动，”提索说道，“别碰到剪刀，你会受伤的。”

接下来提索剪掉了一大块头发，完全露出了兰博的左耳，地下室潮湿的空气让兰博感到左耳一阵发凉。“你的头发比我想象的还多，”提索一边说着一边将剪下来的头发扔到铺在地板上的报纸上，“你的头很快就会变轻很多。”报纸吸了水，正在逐渐变成灰色。

然后提索剪下来更多头发，兰博又忍不住地退缩。提索走到他的身后，但是看不见背后发生的事情让兰博感到非常紧张。他转过头想看，提索把他的头往前推。兰博晃了一下头，躲开了提索的手。

但提索又把剪刀伸过来，兰博又一次往旁边退，结果头发绞进了剪刀的转轴，猛地拽紧了他的头皮。兰博再也无法忍受了。他腾地一下从椅子上站起来，转身面向提索。

“走开。”

“坐到椅子上。”

“你不能再剪了。你想让我理发，那就去叫个理发师到这里来。”

“已经过6点了。理发师都下班了。你要是不理发就不能穿那件制服。”

“那我就这样光着身子。”

“你给我坐在椅子上。高尔特，去上面把欣格尔顿叫下来。我已经忍够了。这次我们要把他的头发剪掉，就像剪羊毛一样干净利索。”

高尔特看上去很高兴能够离开。兰博听着他打开楼梯上面的门，发出窸窸窣窣的回声。事情发生得越来越快了。他不想伤害任何人，但他知道这无可避免，他能感觉得到自己的愤怒正在迅速扩张，失去控制。很快就有一个人影从楼梯上下来了，高尔特跟在后面，与他相距半段楼梯。是前面办公室里坐在无线电前面的那个警察，欣格尔顿。现在站着的他看上去身材庞大，头和天花板上明亮的灯挨得很近，眉骨和下颚骨在灯光的照射下分外突出。他看着兰博，兰博感觉自己赤身裸体的程度增加了一倍。

“有麻烦吗？”欣格尔顿对提索说，“听说你这里有麻烦了。”

“我没有，但是他有麻烦了，”提索说，“你和高尔特让他坐到椅子上去。”

欣格尔顿立刻朝兰博走过去。高尔特犹豫了一下，然后也过去了。

“我不清楚这是怎么回事，”欣格尔顿对兰博说，“但我这个人是讲道理的。我给你选择的机会。你是自己来，还是让我动手。”

“你最好别碰我。”他决定控制住自己。只需要再忍5分钟，让剪刀再碰自己5分钟，就结束了，自己就没事了。

他朝椅子走过去，地板上的水让他的双脚打滑，欣格尔顿在他身后说：“天哪，你背上的伤疤是在哪儿弄的？”

“战争。”这是在示弱，他不应该回答的。

“噢，当然。你当然打过仗。你在哪个军队里？”

兰博差点儿当场杀了他。

但是提索又剪了一缕他的头发，把他吓了一跳。一团又一团头发散落在灰色的湿报纸上，其中一些乱糟糟地聚在兰博的赤脚旁。他已经准备好提索继续剪自己的头发了。他正要振作起来撑过这个过程。但是提索随后将剪刀放在离他的右眼太近的地方，剪起了他的胡子，而兰博本能地将头扭到左边。

“别动，”提索说，“欣格尔顿，你和高尔特把他按住。”

欣格尔顿把他的头掰正，兰博猛地把他的胳膊推开。提索又把剪刀伸向他的胡子，用手捏住他的脸颊。

“上帝啊。”兰博扭动着身体。他们靠得太近了。他们将他团团围住，让他想要大声尖叫。

“我们可以陪你折腾一晚上，”提索说，“高尔特，把桌子上的剃须膏和剃刀拿过来。”

兰博还在扭动着身体：“你不能刮我的胡子，你不能拿着那把剃刀靠近我。”

然后高尔特把剃刀递给了提索，兰博看着长长的刀刃在灯下闪烁出一道寒光，想起了那个用刀割他胸口的敌军军官，于是这一切必须结束。他爆发了，猛地抓住剃刀并站了起来，把他们都推开了。他抑制住了攻击的冲动。不能在这里，不能在警察局里。他只想要他们不对自己用剃刀，但是高尔特吓得脸色苍白，眼睛直勾勾地盯着剃刀，正在笨拙地摸索自己的佩枪。

“别，高尔特！”提索叫道，“别掏枪！”

但是高尔特仍在继续摸枪，很不麻利地把枪掏了出来。他肯定是个新手：他看上去好像不敢相信自己真的举起了枪，他的手颤抖着，手指紧紧地压在扳机上。兰博直接用剃刀划开了他的肚子，高尔特迟钝地低下头，看着肚子上出现了一道又深又整齐的伤口，鲜血浸透了衬衫，然后顺着裤子往下流，肠子从肚子里鼓了出来，就像充满气的汽车内胎从外轮胎的裂缝里鼓出来似的。他伸出一根手指，想把肠子戳回去，但它们还是往外冒，血浸透了裤子，从裤管流到地板上。他的喉咙发出奇怪的声音，整个人瘫倒在椅子上，把椅子打翻了。

兰博已经顺着楼梯往上冲了。在动身之前他先看了一眼提索和欣格尔顿，提索在牢房旁边，欣格尔顿靠着墙壁。他知道他们离自己太远，要是拿剃刀去攻击他们俩，必然会有一个人抢在他前面拔枪开火。就在他绕过楼梯的拐角时，第一颗子弹从身后飞来，重重地打进了楼梯井的混凝土墙壁。

楼梯的上下半截之间有一个反转的角度，所以现在兰博跑到了他们的视线之外，在他们的上方，朝着通向走廊的门狂奔而去。他听到下面传来叫嚷，还有人沿着下半截楼梯跑上来的声音。那扇门。他忘记那扇门了。提索警告过高尔特不要忘记锁门。他冲上去，心中祈祷高尔特带欣格尔顿下来时，匆忙得忘了锁门。听到背后传来一声“站住！”以及手枪准备击发的声音时，他刚刚用手握住门把手，准备向外推。谢天谢地，门是开的。他急忙俯身拐到一边，两颗子弹恰好在这个时候射过来，打在门对面白花花的墙上。他用力推了一把油漆工的脚手架，让它倒在门前，木板、油漆桶和钢管堆积在一起，堵住了从门里出来的路。

“怎么回事？”他身后有人在走廊里说。兰博转过身去，发现一个警察站在那儿，惊讶地盯着赤身裸体的自己，正准备掏枪。兰博迅速迈出四步，用手掌侧边砍在那人的鼻梁上，在半空抓住他倒下时从手中脱落的枪。从下面跑上来的人正在推开脚手架。兰博朝身后开了两枪，听到提索大叫了一声。兰博希望这两枪能拖延足够长的时间，让自己能跑到前门。

他跑到前门，又向脚手架的方向开了一枪，然后赤身裸体地冲进了外面炎热又耀眼的傍晚阳光下。人行道上的一位老妇人尖叫起来；一个男人放慢了车速，目瞪口呆地盯着他看。兰博从前门台阶上一跃而下，跳到人行道上，掠过还在尖叫的老妇人，朝着路过的一个摩托车手跑了过去。这个身穿工作服的人犯了个错误，他放慢了速度想看看是怎么回事，等到想加速时已经来不及了。兰博追上他，一脚把他从摩托车上踢了下来。摩托车手头先着地摔在大街上，黄色的安全头盔在人行道上划出了一道长长的痕迹。兰博纵身跳上摩托，赤裸的大腿坐在炙热的黑色车座上，将摩托车开走了。他还不忘把最后三颗子弹射向提索，后者刚刚跑出警察局的大门，看到兰博在瞄准自己，赶紧俯身躲避子弹。兰博开着摩托车经过法院，左拐右拐地“之”字形疾驰，以躲避提索的瞄准。前面有人站在街角观望，他希望误伤路人的可能性会阻止提索开枪。他听到身后传来呼喊声，前面站在街角的人也在大呼小叫。有个人从街角跑出来想拦住兰博，但是被他一脚踢开。然后他在街角往左拐去，现在他安全了，于是将摩托开足马力，绝尘而去。而他心里更明白的是，自己又开始了一次循环。

7

6 发子弹，提索一直在数着。那小子的枪里已经没有子弹了。他眯着眼冲到阳光下，正好看到那小子消失在拐角。欣格尔顿正在举枪瞄准，提索赶紧把他的枪口压下来。

“老天爷，你没看见那么多人吗？”

“我能打中他！”

“你不光能打中他！”提索说着跑回到警察局里，打开前门时发现铝制门纱上有三个弹孔。“快进来！看看高尔特和普雷斯顿怎么样了！打电话叫医生！”他穿过房间跑到收发两用无线电那里，还在为欣格尔顿试图开枪感到震惊。这名警员在办公室如此干练，总是三思而行，而这一次，因为缺少应对经验，他就如此鲁莽地行事。

欣格尔顿冲进来，重重关上纱门，朝走廊深处跑去。提索打开无线电开关，语速飞快地对麦克风说起话来。他感到手在颤抖，肚子又热又胀。“沃德！你在哪儿,沃德？”他向无线电呼叫,但沃德没有在听，直到最后提索才联系到他，告诉他发生了什么事，盘算着应该让他采取什么策略。“他知道中央大道能出城！他往西去了，正是那个方向！截住他！”

欣格尔顿从走廊拐角冲进房间，径直来到提索面前。“高尔特，他死了。上帝啊，他的肠子挂在外面。”他一进来就急匆匆地说，上气不接下气，“普雷斯顿还活着，我不知道他能撑多久。他的眼睛在往外流血。”

“快！打电话叫救护车！叫医生！”提索将无线电拨到另一个频道上。他的手止不住地抖。他的肚子更热更胀了。“州警察局，”他对着麦克风快速说道，“麦迪逊呼叫州警察局。紧急情况。”没有人应答。他用更大的声音重新呼叫了一次。

“我没有聋，麦迪逊，”响起了一个男声，“出什么事了？”

“越狱。死了一名警员。”他赶忙报告州警察局，很不高兴浪费时间重复一遍刚刚发生的事情。提索请求州警察局安排设置路障，对面的声音立刻警觉起来了。欣格尔顿挂断了电话。提索甚至没听见他拨号。“救护车在路上了。”

“给奥瓦尔·科勒曼打电话。”提索切换到另一个频道，呼叫另一名巡逻警员，命令他追捕那个小子。

欣格尔顿已经拨出了电话。谢天谢地现在他冷静下来了。“科勒曼在屋外，接电话的是他妻子，她不让我跟他通话。”

提索接过话筒：“科勒曼夫人，我是威尔弗雷德，我找奥瓦尔有急事。”

“威尔弗雷德？”她的声音细又尖，“真没想到啊，威尔弗雷德。我们好久没有你的消息了。”为什么她不说得快一点儿呢？“我们正打算过去看你，告诉你我们对安娜的离开感到多么遗憾。”

他必须打断她：“科勒曼夫人，我必须和奥瓦尔通话，这件事很重要。”

“亲爱的，真是太抱歉了。他在外面训练狗呢，你知道这时候我不能打扰他。”

“请你一定要让他来接电话。相信我，这件事真的很要紧。”

他听到了她的呼吸声。“好吧，我这就去叫他，但我不能承诺他一定会进来。你知道他训练狗时是什么样子。”

他听到她放下了话筒，便很快点起一支烟。当了15年的警察，他从没让一个犯人逃走，也从没有一个搭档被杀。他想抓住那小子的头，把他的脸砸烂在水泥地上。

“他为什么非要这么干？”提索对欣格尔顿说，“真是疯了。他自己跑过来找麻烦，短短一个下午，他就从流浪汉变成了杀人犯。嘿，你还好吗？坐下来，把头放在膝盖中间。”

“我从没见过有人被刀砍。高尔特，我今天还跟他一起吃了午饭，天哪。”

“见过多少次并不重要，我在朝鲜至少见过50个人被刺刀戳中，但每次都感到恶心。我在路易斯维尔当警察时认识一个人，他干了20年的外勤。有一天晚上他去一家酒吧查看一桩持刀行凶案，地板上有好多血和啤酒混在一起，那场面让他当场心脏病发作，他想回到巡逻车上，结果走到半路就死了。”

他听到电话那头传来捡起话筒的声音。一定要是奥瓦尔，他暗自祈祷。

“什么事，威尔？最好像你说的那样重要。”

是他。奥瓦尔是他父亲最好的朋友，他们三个过去经常在每个周六一起去打猎。在父亲被杀之后，奥瓦尔就像是他的第二个父亲。他现在已经退休了，但体形好过比自己年轻一半的人，而且他拥有全镇受过最好训练的一群猎犬。

“奥瓦尔，我们这里发生了一起越狱事件。我没时间解释了，不过我们正在追捕一个年轻人，他杀了我的一个手下，我觉得既然有警察追捕，他应该不会一直走公路。我敢肯定他会进山，而我很希望你愿意把那些狗借给我，帮助我们抓到他。”

8

兰博骑着摩托车在中央大道上飞奔。风像刀片一样，把他的脸和胸口刮得生疼，他的眼睛在风中噙满泪水，必须减慢速度才能看清前面的路。周围的汽车猛地刹住，驾驶员们纷纷从车窗里探出头，看他赤身裸体地骑在摩托车上。一整条街的人都在对他指指点点。身后响起了遥远的警笛声，他赶紧将车速提高到 60 迈[8]，急冲冲闯过一个红灯，差点儿撞在一辆穿过十字路口的大油罐车上，幸亏及时扭转车把才躲了过去。左边也传来了遥远的警笛声。摩托车不可能跑得过警车。但是摩托车可以去警车去不了的地方：山里。

中央大道突然迎来一段陡峭的下坡，然后又是长长的上坡。兰博加快速度，耳畔仍然有警笛的声音。左边的警车已经拐过来，和后边的警车会合了。抵达上坡路的顶端时，摩托车的速度快得飞了起来，重重地落回到柏油路面上，迫使他放慢速度，重新掌握平衡，然后他又开始全速前进。

他经过了那块“你将离开麦迪逊”的路牌，经过了那条他在那天下午吃汉堡的水沟。公路两边棕黄色的玉米田迅速从身后掠过，警笛

---

[8] 1 迈≈1.61 千米 / 时。

的声音更近了，而群山就在右边。他朝着那个方向拐上一条土路，不料为了躲开一辆牛奶车，差点儿从摩托车上摔下来。牛奶车的司机气得把头伸出车窗，朝他大声叫骂。

现在他将一道飞扬的尘土抛在身后，车速控制在50迈，以免车轮在松散的石子上打滑。警笛一开始在右后方，现在就在身后。它们的速度太快了。如果一直走这条土路，他肯定没办法赶在它们前面进山，他必须离开这条路，去一个警车到不了的地方。他猛地向左拐，从一扇开着的门里驶入一条狭窄的四轮货车道，路面上印着深深的黄色车辙。路两边还是玉米田，群山还在右边。兰博正在寻找去往那里的路。警笛的声音更大了。他来到玉米田的尽头，向右拐到一片枯黄的草地，摩托车在崎岖不平的地面上颠簸得厉害，从草丛中迅速穿过。但是警车仍然在这条路上追赶他，而且他听到警笛更响了，就在身后紧追不舍。

前面出现了一道坚固的木栅栏。为了摆脱警车的追捕，他不顾一切地加速，然后看到了牛，肯定有100头那么多。它们也在这片田野上，但是都在他的前面走着。它们正在慢慢通过栅栏上一扇打开的门，想要走向对面的树林，爬上一面斜坡。身后摩托车的轰鸣惊吓到了它们，让它们慌忙奔逃。这些泽西褐牛低沉地叫着，三头并排从门里穿过去然后走上斜坡，胀得鼓鼓的乳房左摇右晃。随着兰博从后面靠近，它们的身形越来越大了，蹄子在地上敲出巨大的声响。最后，兰博跟着最后几头牛穿过那道门，一路驶上斜坡。坡很陡，他必须前倾身体才能让前轮不翘起来。经过一棵树，又一棵树，山已经很近了，然后他离开了斜坡，在平地上加速前进。他跨过一条狭窄的小溪，落地时差点儿在小溪对岸翻车。不过现在群山已经近在眼前了，他掌握好平衡，将摩托车的马力调到最大。前面是一排树，然后是密林、岩石和灌木丛。终于,他看到了自己寻找的东西——一道夹在两面斜坡之间的冲沟，径直伸向岩石嶙峋的群山。于是他马上朝那个方向驶去，而就在这时他身后的警笛声越来越微弱了。

这意味着巡逻车已经停下来了。警察现在肯定从车上跳了下来，正在用枪瞄准他。他聚精会神地盯着冲沟。一声枪响，子弹从他脑袋旁边飞过去，打进了一棵树。他把摩托车开进零落的树林，朝着冲沟的方向之字形疾驰。又一声枪响，但这一次子弹偏得很远，然后他钻进了密林，离开了追捕者的视线并进入冲沟。前方 30 英尺，乱石堆和倒在地上的树挡住了他的去路，于是他只能从摩托车上跳下来，任由它摔到山下的乱石里。他攀爬在植被茂密的山坡上，尖锐的小树枝扎遍了全身。会有更多警察来抓他的，比后面的那些警察多得多，很快就会来。不过在警察到来之前，他至少还有一点儿时间可以爬到群山高处。他要去墨西哥，在那里找个海滨小镇隐居，每天都在海里游泳。但是最好别让他再看见那个提索。兰博曾经许诺不再伤人，现在那个警察逼他再次出手杀了人，如果提索再紧追不舍，兰博决定给他一次痛快的回击，绝对让他追悔莫及。

山林

1

提索没有多少时间了，他需要召集人手，赶在州警察局之前进入森林。他将巡逻车开下货车道，拐到草地上，沿着两辆警车和那小子在草丛里碾出的车辙往前追，一直追到牧场尽头的木栅栏，朝着那扇开着的门驶去。欣格尔顿坐在他旁边，双手紧紧抵住仪表板，巡逻车开得东摇西晃，上下颠簸。地上的坑深得很，以至于汽车沉重的框架猛地向下压，巨大的重量通过弹簧传导到轮轴上。

“那扇门太窄了，”欣格尔顿提醒他，“你穿不过去的。”

“他们都穿过去了。”

提索突然刹了一下车，放慢速度穿过那扇门，过去时车两边只能留出1英寸的空隙。然后他再次加速冲上陡峭的斜坡，朝停在离坡顶还有四分之一距离的两辆警车开过去。它们肯定在那里抛锚了。开到那里的时候，提索才发现坡度变得非常陡，车子直打滑。他把变速杆拉到一档，油门踩到底，这才感觉草丛里的后轮吃上了劲儿，直奔坡顶而去。

警员沃德正站在坡顶的平地上等着，已经一半沉入左边群山的夕阳把他映成了红色。他的肩膀向前倾着，走路时肚子也有点儿凸出，枪套高高地挂在腰间。提索还没把车停稳，他就走了过来。

“这边，”他说道，指着林木线里面的那条冲沟，“当心那条小溪，莱斯特刚刚就掉进去了。”

蟋蟀在小溪边鸣叫。提索刚刚跨出车门，就听到货车道上传来汽车发动机的声音。他立即扭头看过去，希望不是州警察局的车。

“奥瓦尔。”

一辆老式大众货车，正在隆隆作响地从草地上开过来，同样被夕阳映成了红色。它停在了斜坡底部——这种货车显然不可能像提索的巡逻车那样开上来。又高又瘦的奥瓦尔从里面走了出来，身边还跟着一名警察。提索害怕狗不在货车里，他没听见它们的叫声。他知道奥瓦尔把它们训练得非常好，不该叫的时候绝不会叫。但是他忍不住担心现在的沉默是因为奥瓦尔没有带它们来。

奥瓦尔和那名警察匆匆地登上斜坡。后者才 26 岁，是提索的警队里最年轻的，和沃德的佩枪方式正好相反，他的枪套挂得很低，仿佛一名西部枪手。奥瓦尔迈开长腿，从身后超过了他。奥瓦尔的头顶已经秃了，闪闪发亮，两鬓还长着白色的头发。他戴着一副眼镜，身穿绿色尼龙外套，绿色牛仔裤子，蹬着一双长筒靴子。

提索再次想到州警察局，朝着下面的货车道望了一眼，确定他们还没有来。然后提索将目光返回到奥瓦尔身上，现在他离自己更近了。从前，他只能看到这张瘦削、黝黑、饱经风霜的脸，但是现在他看到了这张脸上沟壑纵横的皱纹和松弛的皮肤，他感到震惊。和 3 个月前相比，眼前的这个男人怎么老那么多。不过奥瓦尔的动作一点儿也没有变老。他仍然登上了斜坡，几乎没有喘气，把年轻的警察远远抛在身后。

“猎狗呢？”提索大声问道，“你把它们带来了吗？”

“当然带来了，但我觉得没必要派那个警察帮忙把它们赶到货车上去，”已经登顶的奥瓦尔放慢了脚步答道，“看看那太阳，1 小时之内天就黑了。”

“难道你以为我不知道这一点吗？”

“我相信你知道，”奥瓦尔说，“我并没有打算教你干任何事情。”

提索希望自己刚刚没说出那句话。他不能再让往事重演。这件事太重要。奥瓦尔对待他的态度，仿佛他仍然只有 13 岁似的，奥瓦尔会告诉他要做的每一件事以及做每件事的方法，就像提索还是男孩时和奥瓦尔生活在一起时那样。当擦拭枪支或者装填特殊的弹夹时，奥瓦尔就会马上过来提出建议，然后动手示范。提索很讨厌这一点，让他不要多管闲事，交给自己来做，因此两个人常常争吵。提索明白自己为什么不喜欢别人的建议：他见过一些老师在课堂之外也不会停止教导别人，而自己有点儿像是他们，太习惯于下命令，所以不能接受别人告诉他该干什么。他并不总是拒绝建议。如果是好建议，他常常会接受。但是他不能养成这种习惯。要想做好工作，他必须依靠自己。如果奥瓦尔只是偶尔告诉他该做什么，他不会在意的。但要是每当他们在一起，奥瓦尔都这么干的话，提索肯定受不了。现在两个人几乎又要开始一番唇枪舌剑，提索知道自己必须闭嘴。现在他很需要奥瓦尔，而奥瓦尔这个人倔得很，要是再吵起来，他绝对会领着自己的狗回家。

提索努力挤出一个微笑说道：“嘿，奥瓦尔，我心情太糟糕了才会这么说。别放在心上。很高兴见到你。”他伸出手来和奥瓦尔的手握在一起。当提索还是个男孩的时候，正是奥瓦尔教会他如何握手的。奥瓦尔曾经这样说。握手要和你说的话一样诚恳。时间要长，握得要紧。现在，当他们的手碰到一起时，提索感到喉咙一阵发紧。无论如何，他爱这个老人，奥瓦尔脸上新出现的皱纹、两鬓更稀薄的白发和更消瘦的头颅让他感到心中一阵酸楚。

他们的握手颇为尴尬。提索故意3个月没有见奥瓦尔，上一次分别的时候，他大喊大叫地走出了奥瓦尔的家门，只是因为他对手枪皮套挂在腰上时应该朝前还是朝后发表了一句简单的评论，结果演变成了两人之间漫长的争吵。没过多久，他就为以这种方式离开奥瓦尔的家感到尴尬。现在他也很尴尬，盯着奥瓦尔的脸，试图表现得自然一些，但是并不奏效。“奥瓦尔——上一次——我很抱歉。我是认真的。谢谢你在我需要你的时候这么快就赶过来。”

奥瓦尔只是咧嘴笑着，他的风度很好。“我没告诉过你握手的时候不要和对方说话吗？直视他的眼睛。不要叽里咕噜地说话。我仍然认为手枪皮套应该朝前。”说到这里，他朝其他警察眨了眨眼，声音低沉而洪亮，“那小子呢？他跑哪儿去了？”

“这边。”沃德说。他带着他们踩着两块不牢靠的石头过了小溪，向上穿过林木线，走进那条冲沟。树下的地面是灰色的，十分凉爽。他们在向上爬的途中看到了那辆摔下来的摩托车，侧躺在一棵死树掉落的枯枝上。蟋蟀声停止了。然后提索一行人停下草丛中的脚步，驻足观察，蟋蟀又叫了起来。

奥瓦尔看着将冲沟拦腰截断的乱石堆和倒下的树，又看向冲沟两侧的灌木丛，点了点头。“看，右边有他穿过灌木丛往山里走的痕迹。”

仿佛他的话是某种信号，灌木丛里传来一阵窸窸窣窣的声音，听动静绝对是个大个头的东西弄出来的。想着有可能是那个小子，提索后退了一步，本能地拔出了自己的手枪。

“周围没有人，”一个男人的声音穿过灌木丛，卵石和松散的泥土纷纷滑落，是莱斯特，他在下坡时失去了平衡，摔倒在灌木丛里。莱斯特刚才掉进了小溪，现在浑身湿透，他的眼睛平常就不知为何总是鼓鼓的，现在看到提索手中的枪，它们睁得更大了。“嘿，是我。我只是在检查那小子会不会还在附近。”

奥瓦尔挠了挠自己的下巴说道：“我希望你没这么做。你可能会破坏现场的气味。威尔，你有那小子的东西可以让我的狗闻闻吗？”

“在汽车后备箱里。内衣、裤子、鞋。”

“当务之急是吃点儿东西，睡一晚上。明天出了太阳开始行动。”

“不，今天晚上。”

“为什么？”

“我们现在已经开始了。”

“你没听见我说不到 1 个小时天就要黑了吗？今天晚上没有月亮，我们这一大群人会在黑夜里走散的。”

提索早就预料到了这种情况。他很肯定奥瓦尔想要拖到明天早上，这是务实的做法。这种务实的做法只有一个毛病，他等不了那么久。

“不管有没有月亮，我们现在就得去追他。”他对奥瓦尔说，“我们已经把他撵出了我们的管辖区，想要去抓他，就只能继续追捕，不能中断。要是等到早上，就只能把这个案子交给州警察局了。”

“那就给他们吧，反正这是吃力不讨好的事。”

“不行。”

“又有什么区别呢？反正州警察局随时都会来——只要这块地的主人给他们打电话，说有好多车闯进了他的牧场。到时候你还是得把案子交给他们。”

“除非我在他们来到这儿之前已经进了林子。”

如果这些手下没有在这儿听着他试图说服奥瓦尔就好了。如果他表现得不够强硬，那么他在手下眼中的形象就会受损，但是如果表现得太强硬，奥瓦尔就会拂袖而去。

奥瓦尔接下来的话并没有让情况好转。“不行，威尔，很抱歉必须让你失望了。我可以为你做很多事，但是这些山很险，就算是白天想进去也很困难，你想把这件事大包大揽下来，但我不会就因为这个在夜里让我的狗上去盲目冒险。”

“我并不是要求你让它们冒险，我只请你带着狗跟着我，什么时候你觉得天色太黑了，我们就停下来露营。只需要这样，我就能继续追捕了。拜托，我们之前露营过，你和我。来吧，就像是我爸仍然在世时一样。”

奥瓦尔深深地叹了口气，看着自己周围的森林。天色更暗了一些，气温更凉了一点儿。“你看不出这有多疯狂吗？我们没有追捕他要用的东西。我们没有步枪，没有食物，也没有——”

“欣格尔顿可以留下来去找我们需要的东西。我们把你的一条狗留给他，明天早上他就能找到我们露营的地方了。我的人手足够维持镇上的秩序，明天欣格尔顿可以带上四个人过来。我在镇机场有个朋友，他会借直升机给我们，运来我们需要的任何东西，还可以飞在我们前面，帮我们寻找那小子的踪影。现在唯一能阻挡我们的就是你了。我问你，你愿意帮忙吗？”

奥瓦尔低头看着自己的脚，一只脚来回在泥土中拖动。

“我没有多少时间了，奥瓦尔。如果我们上去得足够快，州警察局就只能让我继续处理这件事。他们会提供支援，让巡逻车盯着出山的公路，让我们把那小子追赶到高地上。但是我告诉你，要是你不让你的狗进山，我就甭想抓住他了。”

奥瓦尔抬头朝高处看了一眼，慢慢将手伸进外套，掏出烟草袋和卷烟纸。他认真地卷着香烟,思考着这件事。提索知道这时候不能多嘴。终于，就在要点燃火柴之前，奥瓦尔说话了：“行吧，如果我没理解错的话，这个年轻人对你做了什么，威尔？”

“他把一个警员几乎劈成两半，还打伤了另一个警员的眼睛，很可能会瞎。”

“没错，威尔。”奥瓦尔一边说一边划燃火柴，拢着手点着了卷好的烟，“但你没有回答我的问题，这小子对你做了什么？”

2

这片高高的山林茂密崎岖，一派荒野景象，山涧和冲沟纵横交错，到处都是深深的凹陷，不仅像兰博曾经接受训练的北卡罗来纳州山区，更像他在战争中逃亡时的山区。这是他熟悉的地形,这是他熟悉的战斗，任何人都不要把他逼急了，否则他会还击——狠狠地还击。他争分夺秒地利用暗淡下去的光线，以最快的速度飞奔，而且只往上跑。扎到身上的小树枝让他赤裸的身体血迹斑斑；沿途尖锐的枯枝、布满岩石的斜坡和峭壁割破了他的脚，鲜血直流。他爬上一面山坡，坡顶立着一座高压电线塔，电线塔周围的一片树林被清理掉了，以防高压电线缠在树顶。这片清理区域全都是碎石、大石块和细密的灌木枝，他痛苦地往上爬，高压电线就悬在头顶。他需要在天黑之前抵达尽可能高的地方，他需要看到山坡另一面是什么情况，好决定走哪条路。

在电线塔下的坡顶，空气明亮而清澈，兰博匆忙爬到塔下，看到了左边夕阳的最后一抹余晖。他停下脚步，让微弱而温暖的阳光笼罩在身上，尽情享受地面带给双脚的柔软感觉。矗立在对面的下一座山峰也被夕阳余晖映得十分明亮，但山坡变成了灰色，山脚下的洼地已是一片黑暗。那里就是他要去的地方，他要远离坡顶柔软的地面，向下经过更多碎石和大石块，直奔洼地而去。他看到洼地左边有一条小溪流下来，如果在洼地没有发现自己想要找到的东西，他就只能折向这条小溪，沿着它逆流而上了。沿着岸边的那条路会好走一些，而且他寻找的东西几乎肯定会在一条小溪附近。他朝着洼地冲了下去，一路上不停地在碎石地面上失足滑倒，汗水流进他的伤口，火辣辣的疼。跑到那里才发现，那片洼地什么也没有，只不过是一片泥泞的沼泽，还积攒了一些混浊的水。不过至少地面又柔软起来了。然后他绕过沼泽来到左边，找到了往沼泽里注水的小溪。开始沿着小溪向上前进，这次他不再跑了，而是快走。他已经徒步奔袭了几乎 5 英里，而这段距离让他感到疲惫。他的身体已不如在战争中被捕之前那样健壮，他还没有从在医院里待着的那几周里恢复过来。不过他仍然记得在山林中前进的每一个技巧，即使无法健步如飞，他也已经非常出色地穿越了 5 英里的路程。

小溪曲曲折折，他一直沿着它走。他知道很快就会有猎狗追来，但并没有为了掩盖自己的气味涉水而行。这样做只会拖慢他的速度，而且既然最后总得跨出小溪走上岸来。带猎狗的人只需要兵分两岸，直到猎狗再次闻到气味就行了，那样的话他就只是在浪费时间而已。

天黑得比预计的快。他利用最后一丝光线奋力向山上攀爬。森林和林下灌木一起融入阴影之中，很快就只能分辨出最大的树木和大石块的轮廓，然后就是漆黑一片。在黑暗中，可以真切地听到溪水从河底石头上流淌过去的声音、蟋蟀的叫声、夜鸟和动物在巢穴里发出的声响。他开始大声叫骂起来。如果只是沿着小溪走并且放声骂人的话，他想找的那些人是不可能让他知道他们在附近的。他必须让自己听上去更加有趣，让他们想要知道到底是怎么回事。他用越南语叫骂，用他在高中学的那点儿法语叫骂。他模仿南方口音、西部口音和英式口音。他把自己能想到的所有最恶毒的下流话都一股脑儿地喊了出来。

小溪在山坡一侧落入一条短短的溪谷。那里没有人。继续向上，小溪又变成了溪谷，又向上，又是一条溪谷，还是没有人。兰博继续叫骂。如果不能很快找到人，他就会一直走到很高的地方，找到小溪的源头，那样的话他就失去方向，无路可走了。怕什么来什么。汗珠在夜晚的空气中冷却下来，小溪变成了一片小小的沼泽和一处泉水，他能听到气泡涌上来的声音。

到此为止了。他又骂了一遍，让他的脏话飘荡在黑暗的山里。他等了一会儿，再次向上爬去。他盘算着，如果一直朝前走翻越这座山头，最后还能找到另一条小溪的话，那就沿着它走。将泉水抛在身后 30 英尺时，两支手电筒在他的左边和右边射出明亮的光，他立即站在原地，一动不动。

在其他情况下，他都会立刻从手电筒的光柱中跳出去，钻进黑暗之中躲藏起来。在夜里穿行于这些群山之中，四处晃荡，多管闲事，这种举动是会让人送命的。有多少人因为这种事而被一枪打在脑袋上，然后被扔进浅浅的坟里埋起来，任由夜里出没的野兽把他们挖出来吃掉。

两道光柱直接射向他，一道射在脸上，另一道射在赤裸的身体上。他仍然没有动，只是站在那里，仰着头，镇静地看着前方两道光之间的地方，仿佛他属于这里，仿佛他这辈子每天晚上都这么干。

昆虫在手电筒的光柱里飞进飞出，闪着灿烂的光。一只鸟扑棱着翅膀，从树上飞走了。

“嘿，你最好放下枪和剃刀。”出现在右边的是个老男人，他的声音很沙哑。

兰博的呼吸变轻快了：他们没打算杀他，至少没打算马上杀他，他已经让他们产生了足够的好奇心了。同样，拿着手枪和剃刀也是一种赌博。如果这些人看见他拿着这些东西也许会感觉到威胁，开枪打他。但是他也不可能在夜晚两手空空地穿过山林，不拿任何防身的东西。

“遵命，先生。”兰博平静地说道，然后扑通一声把手枪和剃刀扔在地上。“不用担心，枪里没有子弹。”

“当然没有。”

右边是个老人，左边应该是个年轻人，兰博心中暗想，可能是父子或者是叔伯和侄子。这种地方都是这样的，都是家族式管理，一个老的下命令，一个或者更多小的干活。兰博能感觉到这两个人正在打量自己。老者现在保持着沉默，而兰博不打算说任何话，除非对方让自己说。作为一名闯入者，他最好先闭上嘴。

“嘿，你喊的那些肮脏下流玩意儿，”老者说，“你在骂我们吗，还是你在骂谁？”

“爸爸，问问他光着屁股走到这儿来干什么。”左边的人开口了，声音听上去比兰博预计的年轻多了。

“你给我闭嘴，”老者命令男孩，“我跟你说了，别说话。”

兰博听到老者的方向传来一声子弹上膛的声音。“等一下，”他急忙说，“我就一个人。我需要帮助。别开枪，等我把话说完。”

老者没有回应。

“我没说谎。我不是来这里找麻烦的。无论你们俩都是成年人，还是其中一个人只是男孩，对我来说都没有任何区别。我不会因为知道这一点而去伤害任何人。”

这只是一次胡乱的猜测。老者当然可能只是失去了好奇心，决定开枪打死他。但兰博猜测的是，赤身裸体而且浑身血迹斑斑的自己在老者看来十分危险，现在既然自己知道他们只不过是一个成年人和一个男孩，老者不愿意再冒任何风险，想要先下手为强。

“我在被警察追捕。他们拿了我的衣服。我杀了其中一个警察。我大声叫喊，是为了找人帮我。”

“当然，你需要帮助，”老者说道，“问题是，需要来自谁的帮助？”

“他们会带上猎狗追捕我。如果我们不想办法阻止他们，他们肯定会发现这里的蒸馏室。”

敏感时刻到来。如果他们准备杀了他，那就是现在。

“蒸馏室？”老者说问道，“谁告诉你山上有蒸馏室？你以为我在这儿搞私酿酒？”

“现在是漆黑的半夜，这里是在一处泉水附近的洼地，你们还能为了什么跑到这里来？你们肯定把它隐藏得非常好。哪怕知道它就在这里，我也看不出炉子冒出的火。”

“如果我知道附近有个蒸馏室，难道你指望我会跟你在这里浪费时间，而不是赶紧跑过去吗？见鬼，我是捕浣熊的猎人。”

“捕浣熊不带猎狗？我们没时间兜圈子了。那些真正的猎狗明天就会到这儿来，在这之前，我们必须把事情处理好。”

老者自言自语地咒骂起来。

“你们现在已经上了我这条贼船，”兰博说，“很抱歉把你们牵扯进来，但我没有别的选择。我需要食物和衣服，还有一支步枪，在拿到这些东西之前，我是不会让你们置身事外的。”

“开枪打死他算了，爸爸，”左边的男孩说道，“他在耍花招。”

老者没有回答，兰博也保持着安静。他必须给老者思考的时间。如果催促得太紧，老者可能会被逼得铤而走险，朝他开枪。

在左边，兰博听到从男孩的方向传来子弹上膛的声音。

“给我把那把猎枪放下，马修。”老者说。

“但是他在耍花招。你看不出来吗？你看不出来他是政府的人吗？”

“你再不照我说的把猎枪放下，我就把它缠在你耳朵上。”然后老者轻声笑道，“政府的人，真能胡扯。瞧瞧他，他能把徽章藏到哪儿去？”

“最好听你爸爸的话，”兰博说，“他明白现在的情况。如果你们杀了我，明天早上发现我的那些警察会想要知道是谁干的。然后他们会放狗追踪。你们把我埋在哪儿或者试图用什么办法隐藏气味都不重要，他们会——”

“生石灰。”男孩得意扬扬地说。

“当然，生石灰能掩盖我的气味，但到时候你们身上也会沾满生石灰的气味，而他们会放狗追踪这种气味。”

为了给他们思考的时间，他停下片刻，凝视着两支手电筒的光。“麻烦在于，如果你们不给我食物、衣服和一支步枪，那我就不离开这里，直到我发现你们的蒸馏室，明天早上警察就会循着我的踪迹找到它。就算你们今天晚上把它拆成零件藏起来也没关系。我会跟着你们去藏零件的地方。”

“我们可以等到黎明再动手拆，”老者说话了，“你在这里待那么久会被抓住的。”

“我光着脚本来也走不了多远。不，相信我。就我现在这种情况，他们逮住我的机会很大，到时候我会把你们一起拖下水。”

过了一会儿，老者又开始咒骂了。

“但是如果你们帮了我，把我需要的东西给我，那我就能从这里脱身，警察也不会走到任何靠近你们蒸馏室的地方。”

这是兰博能想到的最简单的方法。他认为这番话很有道理。如果他们想保护自己的私酿酒厂，就必须帮助自己。当然他们也可能对他的逼迫怒不可遏，一气之下杀了他。他们还可能是个近亲交配的家族，智力水平不足以理解他的逻辑。

气温更低了，兰博忍不住颤抖起来。现在所有人都沉默着，蟋蟀的声音听上去格外响。

最终，老者发话了：“马修，我想你最好跑回家一趟，把他说的东西拿过来。”他的声音听上去不是很高兴。

“再带一罐煤油，”兰博说，“既然你们愿意帮助我，我就不能让你们为这事儿惹上麻烦。我要把衣服泡在煤油里，晾干之后再穿上。煤油不会阻止猎狗追踪我，但是它能消除衣服上你们的气味，让他们发现不了是谁帮的我。”

男孩的手电筒仍然稳稳地照在兰博身上：“我只听我爸爸的吩咐，而不是你。”

“去把他要的东西拿过来，”老者说道，“我也不喜欢他，但是他说得没错，他把我们拖下水了。”

男孩的手电筒在兰博身上照了更久，仿佛在决定要不要去，也可能是在挽回面子。然后光柱从兰博身上移开，射入灌木丛，紧接着手电筒的光灭了，兰博听见他穿过灌木丛的声音。在这处泉水和家之间，他肯定已经来来往往不知道多少次了，恐怕闭着眼都能走，别说关上手电了。

“谢谢。”兰博对老者说，他的手电筒还照在兰博的脸上，然后光也灭了。“再谢谢你关灯。”兰博说。灯光的形状在他眼睛里停留了几秒钟，慢慢才消退。

“只是为了节省电池。”

兰博听见他开始穿过灌木丛，朝自己走过来。“最好别再靠近，”他对老者说，“不要让你和我的气味混在一起。”

“我没打算靠近你。这里有根树干，我想坐在上面而已。”

老者点燃一根火柴，把火凑到烟袋锅。火柴燃烧的时间并不久，但是当老者抽起烟来，火柴上的火苗变得忽高忽低。在火光下，兰博看到一头蓬乱的头发和一张灰白的脸，一件红色格子衬衫的上半部分，以及肩膀上的两根裤子背带。

“你身上有你们酿的酒吗？”兰博问道。

“可能有。”

“天太冷了，我想喝一口。”

老者迟疑了片刻，然后打开手电筒，递过来一个罐子，好让兰博能在光照中看到它。出乎兰博的预料，罐子像保龄球一样沉，惊讶之下他差点儿没接住。老者低声窃笑。兰博拧开木塞，木塞还是湿的，发出吱呀吱呀的叫声。尽管罐子很沉，他还是单手举起罐子往嘴里送，将食指插进罐子的吊钩，让它在自己的臂弯里保持平衡，他知道用这种姿势会赢得老者的尊重。酒的度数很高，十分有劲，灼烧着他的舌头和喉咙，一直烧到胃里，他差点儿呛到。当他把罐子放下时，眼睛都湿了。

“有点儿猛？”老者问道。

“有点儿，”兰博声音有些嘶哑地问道，“这是什么？”

“玉米酒。不过有点儿猛，对吧？”

“没错，要我说是有点儿猛。”兰博回答，他的声音还是很费力。

老人笑了：“是啊，它就是有点儿猛。”

兰博又提起罐子，将热辣的液体往嘴里灌，老者见状又发出轻快的笑声。

3

晨鸟的第一声鸣叫唤醒了提索。天色还是黑的。他裹着从巡逻车里拿下来的毯子，躺在篝火旁的地上，望着树冠上空的星。他已经好多年没有在树林里睡过觉了。20 多年了，他意识到，上次还是 1950 年，不是 1950 年年底：睡在朝鲜战场上冰冷刺骨的散兵坑里不能算是露营。上一次真正的露营是那年春天，当时他在缅因州接到征兵通知并决定入伍，然后和奥瓦尔在之后的第一个足够温暖的周末徒步进山露营。现在，睡在崎岖不平的地上让他浑身僵硬，衣服被浸透毯子的露水打湿，而且虽然挨着篝火，他仍然感觉冷得要命。但他已经很多年没有感到这么有活力了，很兴奋再次投入行动，渴望追捕那个小子。不过在欣格尔顿带着补给和其他人回来之前，没有必要叫醒大家。现在，作为唯一醒着的人，他很享受这种独自一人的感觉，这和安娜走后他独守空房的夜晚太不一样了。他裹紧了身上的毛毯。

突然传来一股气味，他抬头望去，发现奥瓦尔坐在篝火的另一端，正在抽一根细细的自制卷烟，烟雾在清晨的冷风中朝着提索飘过来。

“我不知道你已经醒了，”提索轻声说，不想吵醒其他人，“你醒了多久了？”

“在你之前。”

“但是我已经醒了1个多小时了。”

“我知道。我睡觉的时间短了。不是因为睡不着，我只是舍不得把时间用来睡觉。”

提索抓住身上的毛毯朝奥瓦尔身边走过去，从篝火里拿起一根燃烧的树枝，点燃一支烟。篝火摇曳着，火焰很低，当他把树枝放回去的时候，火焰又升腾起来，噼啪作响。当他告诉奥瓦尔这场露营会像旧日时光，他是对的，不过当时他只是需要奥瓦尔，自己并不相信这句话，而且他讨厌自己对奥瓦尔打感情牌。他们一起搜集柴火，清理石头和树枝好让地面更平整一些，铺开自己的毯子，这感觉多么美好。如果不是昨晚，他早就忘记这种感觉了。

“安娜就这么走了？”奥瓦尔问道。

提索不想谈论这件事。离家出走的是她，而不是自己，这让他看起来像是有错的那个人。或许他是有错，但她也有错。但他不能责怪她，否则奥瓦尔会小瞧自己的。他试图从中立的角度解释这件事。“她会回来的。她正在考虑。我不想假装什么，但是有一阵子，我们吵得很厉害。”

“你不是个容易相处的人。”

“是吗？你也不是。”

“但是我已经和同一个女人生活40年了，照我看碧翠丝从没想过要离开我。我知道现在肯定有很多人问你这件事，但是考虑到我们的关系，我相信我有权利问你。你们是为了什么吵起来的？”

提索差一点儿拒绝回答。谈论个人私事总是让他尴尬，尤其是这一次，他自己都还没有理清楚谁是对的，自己的行为是否正当。“关于孩子。”他说，既然已经说出口，他就继续说了下去，“我跟她提出至少要一个孩子。男孩还是女孩,我都不介意。我就想有个孩子在我身边，就像当年我在你身边一样。我——我不知道怎么解释。哪怕只是谈论这件事，都让我感觉自己很蠢。”

“不要对我说这很蠢，孩子。不要这么说，毕竟我曾经尝试了那么久，也想有一个自己的孩子。”

提索看着他。

“噢，你就像是我自己的孩子，”奥瓦尔说，“像我自己的孩子。但我总是忍不住地想，碧翠丝和我会生出什么样的孩子。如果我们当初能生出来孩子的话。”

这让提索感到伤心——仿佛这些年来对于奥瓦尔而言，他不过是挚友生前留下的困苦遗孤而已。他不能接受这一点，这比安娜的离家出走更让他自我怀疑。现在既然在谈论安娜，他就必须坦率地谈论这件事。

“去年圣诞节，”他说道，“我们去你家吃晚饭之前，先去欣格尔顿家喝了点儿东西。在那里看到他的两个孩子收到礼物时兴高采烈的样子，我想，也许有个孩子会挺不错的。在这个年纪还想要孩子，我自己都感到惊讶，就更别说她了。我们开始谈论这件事，她始终不愿意，又过了一会儿，我有些小题大做了。接下来的事，就像是她在我和生孩子带来的麻烦之间做出了选择。她走了。最可笑的是，虽然我想让她回来想得睡不着觉，但在某种程度上，我很高兴她走了。我又是自己一个人了，没有人和我争吵，想什么时候干什么就干什么，回家晚了也不用打电话解释，说抱歉错过了晚餐，想出去就出去，到处乱逛。

有时我甚至想，关于她的出走，最糟糕的部分是离婚会让我付多少钱。与此同时，我简直无法用语言形容我有多需要她回到我身边。”

他呼出的气凝成了一团白雾。早晨的鸟儿聚在一起，吵吵闹闹地叫起来。提索看着奥瓦尔吸了最后一口烟，烟头快要烧到他的手指了，他的指关节很粗糙，被尼古丁熏成了黄色。

“那我们在追捕的这个人呢？”奥瓦尔说，“你把怨气都撒在他身上了？”

“没有。”

“你确定吗？”

“你了解我。我只在需要强硬的时候强硬。你也和我一样清楚，一个城镇保持安全，靠的就是小事得到控制。持枪抢劫或者行凶杀人这样的大案子,任凭你做什么也防止不了。要是有人真的很想去做这些事，他就会去做的。但是决定城镇面貌的是那些小事，那些你可以盯着并且确保安全的小事。如果我对那小子的态度一笑置之，很快我就会习惯起来,让其他小子这样对待我,那么很快我就会对其他事情听之任之。我不只是在意那小子，我同样在意我自己。我不能允许自己松懈起来。我不能有时候维持治安，有时候放手不管。”

“即使分内的工作已经结束了，你还是一门心思想去追捕他。这件事现在应该是州警察局的了。”

“但他杀的是我的人，抓到他应该是我的责任。我想让我的手下知道，什么都不能阻止我抓到任何伤害他们的人。”

奥瓦尔看着自己手中的烟蒂，点了点头，然后将它弹进火堆。

天色渐明，树木和灌木丛的轮廓清晰起来。这只是黎明前转瞬即逝的假曙光，很快就会暗淡下来，然后太阳才会出现，将一切笼罩在光明之下。可以把他们叫起来了，提索想。欣格尔顿呢，他带来的人手和补给呢？他半小时之前就应该到这里了。也许镇上出了什么事。也许州警察局拦住了他。提索用一根树枝翻动着低沉下去的篝火，火焰又升腾起来。那小子又在哪儿呢？

这时，他听到远处的树林里传来第一声狗吠，它让拴在离奥瓦尔最近的一棵上的其他猎狗躁动起来。它们一共有 5 条,刚刚就已经醒了，俯身趴在地上，急切地望着奥瓦尔。现在它们站起来，十分兴奋，用叫声回应着。“嘘。”奥瓦尔说。它们马上看着他，不作声了，但背还在颤抖。

这下，沃德、莱斯特和那个年轻的警员可睡不踏实了。他们靠近篝火的另一侧，还裹在毯子里。“啊……”沃德咕哝着。

“等会儿。”莱斯特闭着眼嘟囔道。

远处的狗又叫了起来，不过听上去更近了一些。作为回应，奥瓦尔身边的狗竖起耳朵，兴奋地叫起来。

“嘘，”奥瓦尔提高了声调，“趴下。”

它们没有趴下，而是将头伸向远方，鼻孔颤动。

“趴下。”奥瓦尔命令道，然后它们顺从地依次趴下了。

沃德侧着身体在毯子里扭动，膝盖蜷缩在胸口附近。“怎么了？出什么事了？”

“该起来了。”提索说。

“什么？”莱斯特扭动着身体，“上帝啊，真冷。”

“该起来了。”

“等会儿。”

“他们走到这儿也就是一会儿的事儿。”

那边有人在灌木丛里穿行，声音越来越近。提索又点上了一支烟，他的嘴和喉咙发干，感觉自己身上又有了力气。突然之间，他意识到可能是州警察局的人，赶紧站起来，猛吸了一口烟，朝着发出响声的灌木丛望去。

“上帝啊，真冷，”莱斯特说，“我希望欣格尔顿带了热乎食物。”

提索希望来者是欣格尔顿和镇上的警员，而不是州警察局的人。在寒冷而朦胧的晨光下，突然有5个人出现在视野中，急匆匆地穿行于树木和灌木丛之间，但提索看不出他们制服的颜色。他们正在彼此交谈，有个人绊了一下，嘴里骂骂咧咧的，但是提索分辨不出是谁的声音。如果他们是州警察局的人，他正在思索掌控局面的办法。

他们走近了，急匆匆地走出树林，爬上这段短短的斜坡，然后提索看到欣格尔顿跌跌撞撞地牵着猎狗走在前面，那条狗一个劲儿地想往前挣脱，然后他看见后面都是自己的人，见到他们从来没有让自己这样高兴过。他们带着鼓鼓囊囊的麻布袋，还有步枪和绳索，欣格尔顿的肩上还扛着一台野外无线电，跟着狗走进了营地。

“热乎食物，”莱斯特站起来问他，“你带热乎食物了吗？”

欣格尔顿显然没听到。他喘得上气不接下气，把狗交给奥瓦尔。莱斯特急冲冲地问其他警员：“你们带热乎食物了吗？”

“火腿鸡蛋三明治，”一名警员喘着气说，胸口上下起伏，“保温杯里还有咖啡。”

莱斯特伸手去拿这个警员的麻布袋。“不在这儿，”警员对他说，“在我后面的米奇那里。”

米奇咧嘴笑着打开了自己的麻袋，取出蜡纸包裹的三明治，每个人都接过三明治吃起来。

“你们昨天晚上摸黑走得挺远啊，”欣格尔顿对提索说，他正靠在一棵树上喘气，“我还以为走半小时就能找到你们，结果走到这儿花了我整整 1 个小时。”

“我们不可能像他们昨天晚上走得那样快，”米奇说，“我们带的东西更多。”

“他们还是走了很远。”

提索无法判断欣格尔顿是为迟来找借口，还是真的惊讶他们走了这么远。

提索咬了一口三明治，油腻腻的，已经不怎么热了。但是天哪，这感觉真好。他接过米奇倒在纸杯里的热腾腾的咖啡，用嘴吹了吹，啜饮一口，咖啡烫到了他的上唇、上颚和舌头，还把他嘴里凉了的鸡蛋和火腿弄热乎了。“那边怎么样？”

欣格尔顿笑了。“州警察局对你的行动很恼火，”他停下来咬了一口三明治，“跟你说的一样，昨天晚上我在那片牧场等着，你们走进森林才 10 分钟，他们就出现了。他们真是气疯了，因为你竟然利用剩下的那点儿亮光钻进林子里去，这样就能继续追捕那小子，抢先掌握主动。我真没想到他们那么快就发现了你的意图。”

“那你是怎么应付的？”

欣格尔顿自豪地咧嘴笑笑，又咬了一大口三明治。“我在警察局里跟他们耗到半夜，最后他们同意配合你。他们会封锁出山的公路，在山外等着。这么跟你说吧，我费了好多口舌才说服他们不要进山。”

“谢谢。”他知道欣格尔顿在等着这一句。

欣格尔顿点点头，继续咀嚼着：“我最后说的那句话是最管用的，我说你比他们更了解那小子，你最知道他下一步会做什么。”

“他们有没有说他是谁，有没有什么前科？”

“他们正在查。他们说用这台无线电保持联系。要是遇到任何麻烦，他们就会带上他们带来的所有东西进山。”

“不会有麻烦的。来个人把那边的巴尔福德踹醒，”他说，用手指着篝火旁仍然裹在毯子里的年轻警员，“这家伙什么情况下都睡得着。”

奥瓦尔爱抚地拍了拍欣格尔顿还给自己的狗，把它牵过去舔巴尔福德的脸，这名年轻警员一下子就醒过来了，气恼地用手擦去嘴边的口水。“见鬼了，怎么回事？”

在场的人都笑起来，然而笑声很快就因为惊讶中断了。那是发动机隆隆作响的声音。现在它还太远，提索猜不出是哪种发动机，但是声音越来越清晰，接着变成了巨大的轰鸣。一架直升机出现在树冠上方的天空，硕大的机体盘旋着，在朝阳下闪着光。

“这——”莱斯特说。

“它怎么知道我们在哪儿？”

猎狗们叫了起来。在喧嚣的发动机上空，螺旋桨划破空气，发出刺耳的尖叫。

“州警察局给了我一件新玩意儿，”欣格尔顿说，拿出了一件形似灰色香烟盒的东西，“它会发射无线电信号。他们说要知道任何时候你所在的方位，所以就让我带着它，还把另一半给了借给你直升机的人。”

提索把剩下的三明治囫囵吞下。

“上面跟他在一块的警员是谁？”

“朗。”

“你的无线电能跟他联系上吗？”

“当然能。”

无线电被欣格尔顿挂在了一棵树低矮弯曲的树枝上。提索打开控制面板上的一个开关，抬头望着盘旋的直升机，不停尖叫的螺旋桨被太阳照得闪闪发光。他对着麦克风大声喊：“朗，波蒂斯，你们准备好了吗？”

“随时待命，警长。”无线电里的声音既平淡又沙哑，听上去仿佛来自数英里之外。

在发动机的轰鸣中，提索几乎听不到对方的回答。他环顾了一下周围的人手。奥瓦尔正匆忙收集纸杯和三明治的蜡纸，把它们丢进火里。其他人正在整理装备，背起步枪。纸杯和蜡纸很快烧成灰烬，奥瓦尔正在把土踢到火堆上。“那好吧，”提索说，“我们出发。”

因为过于兴奋，他费了一番力气才把麦克风挂回到无线电上。

4

整整一个上午，兰博不是在跑就是在走。在逃亡途中，他总是能听到几英里外发动机的声音，偶尔还有几声沉闷的枪声，一个低沉的男声通过扩音器喊话，但是听不清楚。然后发动机的声音翻越了几座山头，他突然意识到这是在战场上见识过的直升机，于是开始以更快的速度移动。

这个时候，他身上的衣服已经穿了几乎12个小时了，不过在经历了寒夜裸体爬山之后，衣服温暖的触感仍然让他享受。他穿着昨天午夜时分那个男孩带来的一双沉重的旧鞋子。这双鞋子有点儿太大了，他在脚趾的部位塞了一些树叶，让脚贴合在鞋子里，不至于在里面打滑或者起水泡。即便如此，这双鞋坚硬的皮子仍然把他的赤脚弄疼了，他多希望那个男孩记得带袜子啊。也许他是故意忘了带的。而这条裤子又太紧了，想到那个男孩也是故意把这条裤子拿给他的，他忍不住笑了。太大的鞋子，太紧的裤子，这是对他开的一个绝妙的玩笑。

这条裤子看上去似乎曾经是正装裤，后来在椅子上扯破了，打了补丁，现在变成了工作裤，裤子的颜色很浅，带着深色的油脂污渍。

衬衫是白棉布的，袖口、纽扣洞和领口都有一些磨损，而且为了让他在夜里保暖，老者甚至还把自己厚厚的红色方格羊毛衬衫给了兰博，让他套在外面穿。老者竟然在最后变得如此友好而慷慨，这实在让他惊讶。或许是威士忌起了作用。在他和老人吃了男孩带过来的胡萝卜和已经凉掉的炸鸡之后，他们又你来我往地举起罐子喝了不少威士忌，男孩也加入进来。到最后，老者甚至把自己的步枪和一包用手帕包裹的弹药给了他。

“我也曾经在山里躲过几天，”老者说道，“那是很久之前了。当时的我比我儿子现在大不了几岁。”他没有说为什么，兰博也谨慎地没有问。“那次我连回家拿枪的机会都没有，不然肯定可以对他们放几枪。等你脱身之后，你要把这把步枪的钱寄给我。我要你保证。我关心的不是钱，就凭我酿的东西，上帝也知道我还能再买一支。但是你要是脱身了，我想知道你是怎么做到的，而我指望这支枪提醒你想着我。告诉我，这是一支好枪。”的确如此，这是一把温彻斯特步枪，威力大得足以将半英里之外的人一枪射穿，就像射穿一块奶酪一样。老者在枪托末端安装了一块厚实的皮革以减轻后坐力。为了便于夜间瞄准，他还在枪管末端抹了一点儿夜光油漆。

兰博信守了承诺，沿着小溪往回走，远离老者用来藏蒸馏室和威士忌的地方。不久他转向西边，仍然计划着最后往南去墨西哥。他知道去墨西哥的旅程并不简单。既然不准备冒险偷一辆车，他就只能在偏僻的荒野里徒步走几个月，至于食物也只能在野外就地取材。但是除了墨西哥之外，他实在想不到还有什么更近的地方能为他提供安全的栖身之处，边境虽远，但是就眼下而言，至少它给自己提供了方向。因为天太黑，他不得不放慢脚步又走了几英里，然后睡在一棵树上，醒来时太阳已经升起了。他吃了早餐，是昨晚老者送给他在路上吃的胡萝卜和炸鸡。此时太阳高高悬挂在天空，醒来后他已经走了数英里，穿过树林爬上一条又长又宽的冲沟。枪声更响了，扩音器里传来的声音更清楚了，他知道要不了多久，直升机就会来查看这条冲沟。他猛然冲出树林，想要穿过一片长着青草和蕨类的开阔地。跑到四分之一距离的时候，他听见螺旋桨轰鸣的声音几乎在自己头顶，便赶紧寻找掩护。根本没时间跑回树林，他只能找到草地里一棵孤零零的被雷劈倒的松树。他跑过去，躲在它浓密的枝叶下面，当他爬进去的时候，感到松树的树枝在刮擦自己的背，然后透过松针，他看到直升机从冲沟下方升了起来。它离自己越来越近了，起落架几乎要碰到森林最顶端的树梢。

“我们是警察，”直升机的扩音器里传出一个男声，“你跑不掉了，投降吧。森林里的人请注意，一名危险的逃犯可能在你们附近。走到我们能看见你的地方。如果你们看到一个独行的年轻男子，请向我们招手。”声音停了一下，然后又机械地重复起来，仿佛这些话是看着卡片念出来的。“我们是警察。你跑不掉了，投降吧。森林里的人请注意，一名危险的逃犯可能在你们附近。”

扬声器一遍又一遍地喊着，兰博一动不动地躺在松枝下，他知道在松针的遮挡下，陆地上的人肯定看不到自己，但他不能肯定飞机上的人会不会发现。他看着直升机从树林上方掠过，朝草地飞过来。现在直升机已经很近了，他甚至能透过前面的玻璃罩，看到驾驶舱里的状况。有两个人正在通过两边打开的窗户向外查看，一个是民航飞行员，另一个是警察，他的灰色制服和提索的手下是同一种颜色，而且他将一支带瞄准镜的大威力步枪伸出窗外，正在瞄准。“啪！”空气中回荡着枪声，这一枪是瞄着直升机刚刚飞过的一片乱石堆和灌木丛的边缘打的。

天哪，看来提索是真的要和自己死磕到底了，让手下向有可能的藏身之地开枪，他完全不担心打中无辜的人，因为大多数人都会听从刚才的喊话，走到他们能看见的地方。从提索的角度出发，为什么不这样做呢？在提索看来，他是个杀死警察的罪犯，不能容许他脱身，必须要让他受到惩罚，杀鸡儆猴，以免其他人效仿，也去杀警察。即便如此，提索作为警察还是够格的，他不可能直接下令枪杀自己而不给自己投降的机会。因此才会有扩音器的喊话，枪击可能的藏身之处应该只是为了把他给吓出来，而不是为了击中他。但他仍然很有可能被打中，所以无论放枪是不是为了吓唬自己，都不重要。

“啪！”子弹打在树林边缘的又一个灌木丛上，现在直升机正在飞过这片草地，几秒钟之内就会飞到他上空，那时他们肯定会开火。兰博端起步枪，穿过松枝瞄着越来越近的枪手的脸，只要对方把眼睛凑到瞄准器上，他就准备一枪把枪手送上西天。他不想再杀人了，但是他别无选择。但是如果他毙了这个人，情况会变得更糟。飞行员会让直升机俯首低飞，躲到他的视线之外迅速飞走并用无线电呼叫救援，然后所有人都会知道他的藏身之地。他阻止飞行员的唯一办法是把直升机的油箱打爆炸，但他知道这个想法太荒唐了。他当然能打中油箱，但是让它们爆炸？既然没有白磷弹，想要做到这一点无异于痴人说梦。

他僵硬地躺在松枝下等待着，当直升机飞到自己上空的时候，他的心猛地一沉。枪手立刻将脸凑到步枪的瞄准镜上，他也正要扣动扳机。正在这时，他看到了枪手的目标，谢天谢地他及时看到了，然后松开了手指。在他左边50码[9]的地方有一排大石块和灌木丛，旁边还有一个水池。当他刚听见直升机靠近的声音时，他差一点儿就藏在那儿了，但是那里离得太远，只能作罢。现在直升机正在朝那里飞过去——“啪！”眼前的状况让他不敢相信，他以为自己的眼睛花了。灌木丛在移动。他眨了眨眼，灌木丛还在起伏不定地翻腾，然后他知道自己的眼睛没有花，因为灌木丛突然分开，从里面钻出一头巨大的鹿，长着巨大的鹿角，肩背宽阔，蹒跚着翻过大石块。它跌了一跤，又站了起来，在草地上跳跃着，朝另一侧的森林里跑去，直升机在后面追着。一股深红色的血顺着鹿的后腿流下来，但这点伤似乎对它并没有什么影响，在直升机追赶它的时候，它仍然能迈着大步飞奔。兰博的心狂跳起来。

他的心仍然在重重地跳个不停。他们会回来的。那头鹿不过是个玩物。当它跳进森林不见了踪影，他们就会回来的。既然水池边的那些灌木丛里藏着东西，那么这棵倒下的树里也可能藏着东西。他必须赶紧转移。

但是他必须等到直升机的机尾对着自己时才能行动，直升机上的人还在盯着前面他们追赶的那头鹿。他绷紧身体等待着，最后再也等不了了，从松枝下翻身滚出，朝着草长得最短、不会留下痕迹的地方跑过去。他正在靠近那头鹿藏身的灌木丛和石块。很快直升机的声音就发生了变化，它升到了高处。那头鹿已经跑进森林了。直升机正在盘旋着返回。他在惊慌之中俯身朝石块跑去寻找掩护，在灌木丛里跌

[9] 1码≈0.91米。

了一跤，连忙爬起来做出射击姿势，如果他们看到他了，他就准备还击。

“啪！”“啪！”直升机飞向倒下的松树时发出了第一声枪响，当它缓缓升起，盘旋转向，沿着冲沟继续向上时发出了第二声枪响，然后直升机离他越来越远。“我们是警察，”那个声音又响了起来，“你跑不掉了，投降吧。森林里的人请注意，一名危险的逃犯可能在你们附近。走到我们能看见你的地方。如果看到一个独行的年轻男子，请向我们招手。”未消化的胡萝卜和鸡肉从兰博胃里混着酸水涌到嘴里，被吐在草地上，他感到嘴里又酸又苦。这里是冲沟的顶端，两侧的悬崖向上延伸并靠近。呕吐后虚弱无力的兰博透过灌木丛，看到直升机掠过那里的树木，然后升了起来，它在一面悬崖的顶上盘旋，然后向下飞入下一条冲沟，轰鸣声渐渐远去，扩音器里传出的声音也变得模糊不清。

他站不起来，他的腿颤抖得太厉害了。身体的颤抖让他心里更慌张，于是抖得更厉害了：那架直升机不应该把自己吓成这个样子。在战争中，他曾经经历过更恶劣的情况，脱身时也颤抖得厉害，但从未至于像现在这样连身体都控制不了。他的皮肤湿冷黏腻，他需要喝水，但是灌木丛之中的那个水池是绿色的，而且是死水，喝那里的水会让他的状况比现在更糟。

你太久没有战斗了，仅此而已。他对自己说。你的身体状况也不如以前了，仅此而已。你很快就会适应的。

当然，他暗中想道。必须是这个原因。

他用手抓在一块石头上，强迫自己慢慢站起来，把头伸出灌木丛，扭头看看周围是否有人。确认四下无人之后，他靠在石块上，腿还是站不稳。兰博拂去落在步枪上的松针，无论如何，武器必须保持良好的状态。衣服上已经没有煤油的气味了，取而代之的是那棵松树在他身上留下的淡淡的松脂味道，有些刺鼻。这种气味和他嘴里的苦味混在一起，让他再次想要呕吐。

一开始他不确定是不是听错了：一阵风吹过来，那些声音就消散了。然后空气静止下来，这一次他绝对听到了，在身后，从冲沟的底部传来了微弱的狗吠。兰博的腿又颤抖起来。他转身向右，面前的草坡向上延伸，散落着许多岩石和树木，然后是一面悬崖。他振作了一下精神，然后开始逃亡。

5

那小子没有领先多长时间。当提索和他的人手跟在猎狗后面穿越树木和灌木丛时，他在心里盘算。那小子是 6 点半越狱的，天是 8 点半变黑的，晚上他没法在山里走太远，估计能再走 1 个小时的路，最多 2 个小时。他应该和警察一样，太阳出来就动身了，这样算来，他总共只比他们多走了 4 个小时的路程。但是考虑到其他因素，或许只有 2 个小时，甚至更短：他赤身裸体，这会拖慢他的速度；他不了解这里的地形，所以会时不时走进没有出口的冲沟或洼地，绕路走出去又会让他消耗更多时间。另外他没有食物，这会加剧他的疲劳，进一步拖慢速度，缩短他和他们之间的距离。

“他肯定在离我们不到 2 小时的地方，”奥瓦尔一边跑一边说，“应该不会超过 1 个小时。看看这些狗。他的气味非常清晰，猎狗甚至不用低头闻地面。”

奥瓦尔走在提索和其他人的前面，和狗一起奔跑着，他的手臂绷得紧紧的，仿佛是他手中拉着的狗绳的延伸结构，提索在灌木丛中费力地穿行，想要跟上他的脚步。在某种程度上，这是一幅有趣的画面，一个 72 岁的老人竟然飞奔在前，跟在后面的所有人都气喘吁吁。奥瓦尔生活得非常规律，每天早上跑5英里，每天只抽4根烟，从不喝酒。但是提索每天抽一包半烟，喝6罐啤酒，而且已经许多年没有锻炼过了。能够赶上奥瓦尔的步调，对他来说已经是一件了不起的事情。他喘气喘得又急又快，感觉肺像在燃烧，他的腿有胫骨骨膜炎，但是至少不像一开始那样跑得姿势怪异了。他在缅因州当过拳击手，进行过跑步训练。不过他的身体已经多年没有练习，他必须重新让自己移动的步伐既稳健又迅速，身体前倾一点，让身体的拉力带动双腿，推动自己前进，这样才不会跌倒。他渐渐开始适应起来，跑得更快更轻松了，身体的疼痛消失了，洋溢着一种快乐的感觉。

上一次他有这种感觉还是5年前。当年他从路易斯维尔回到家乡，担任麦迪逊镇的新警长。小镇的面貌并未改变太多，然而一切看上去都不一样了。他长大成人的那座老砖头房子，后院里他父亲曾在树上做了秋千，父母的墓碑，在离家的这些年，他对这些东西的记忆已经变得平淡苍白，就像在黑白照片里一样。但是现在它们有了尺度和深度，它们染上了绿色、棕色和红色，而墓碑是紫色的大理石。他没想到的是，再次看到父母的墓碑会让自己的回乡如此伤感。那个女婴，确切地说应该是个胎儿，装在塑料袋里，躺在母亲的脚边，和母亲一起装进她的棺材。两具尸体早就已经化为尘土。这一切都因为母亲是个天主教徒。胎儿对她的身体很不利，然而天主教会禁止堕胎，所以她就只能遵从，然后死了，胎儿也跟着她一起死了。这件事发生的时候他才10岁，他不明白为什么父亲从此以后再也没有去过教堂。父亲极力想尽到母亲的职责，不仅教他射击和钓鱼，还教他怎样补自己的袜子，怎样自己做饭，如何打扫房间和洗衣服，让他能够独立生活，好像父亲已经预见到自己 3 年后会在树林里被人开枪打死。然后奥瓦尔将他养大，最后去了朝鲜、路易斯维尔，然后他在 35 岁的年纪回到家乡。

然而这里已经不再是家乡，只是他曾经长大的地方。回来的第一天，在那些曾经熟悉的地方故地重游时，他只是意识到自己已经人到中年了。他有些后悔回来，甚至差一点儿打电话到路易斯维尔去，问自己能不能回去工作。最后他在一家房地产公司即将下班关门之前找到了那里，那天晚上，他和一名房地产经纪人去看了一些待出售或出租的地方。但是他看到的所有房屋和公寓目前都有人住，而他觉得其中任何一个都不适合独自居住 。经纪人给了他一本带照片的目录，让他在睡前研究。回到自己小小的酒店房间里翻阅的时候，他看到了自己需要的地方：坐落在山丘中的一座消夏营房，门前有一条小溪流过，屋后有一座木桥和一面树木茂盛的山坡。窗户被砸碎了，屋顶下陷，门廊坍塌，油漆剥落，百叶窗四分五裂，吊在半空。

第二天早上，这座房子就是他的了。接下来几周的日日夜夜，是他度过的最忙碌的时光，从早上 8 点到下午 5 点，他召集手下并和他们逐个谈话，解雇掉不愿意在晚上去靶场或者不愿意进州警察局夜校的人，招募一些愿意多干活的人手，扔掉陈旧的设备，购买一批新设备，处理前任留下的杂乱事务。他的前任是心脏病突发去世的，就死在警局门口的台阶上。然后从 5 点一直到入睡之前，他都在修理那栋房子，给它加盖新屋顶，给窗户安装新玻璃并堵上缝隙以免漏水，购买一座新门廊，将它涂成铁锈色，融入周围绿色的树木。

每天晚上，他都用从屋顶和门廊拆下来的坏木头在院子里生一堆火，坐在火堆旁做饭，吃自己做的辣椒肉酱汤、牛排、烤马铃薯或者汉堡。

他从未吃过如此美味的食物，也从未睡过如此踏实的觉，他的身体从未感觉那么好，手上磨出的茧让他骄傲，僵直的腿和手臂变得强健有力，活动自如。整整3个月，他都是这样度过的。整修房子的工作完成了。接下来的一段时间他还能找些小东西修修补补，但是后来的夜晚就无事可做了，于是他会出去喝杯啤酒或者别的什么，在靶场或者别的地方消磨时间，回到家里就只是看电视喝啤酒。再然后他结了婚，不过这场婚姻也要结束了。此时从树林里跑到草地上，喘着粗气，大汗淋漓，他感觉非常好，以至于开始纳闷为什么会不再锻炼身体，照顾好自己。

猎狗在前面狂吠，奥瓦尔迈开长腿，紧紧跟住它们。警员们试图跟上提索，而他在用尽全力跟上奥瓦尔。当他奔跑在草地上，明亮而炽热的阳光洒在他身上，双腿和双臂轻快稳定地摆动，有一瞬间，他觉得可以永远这样跑下去。奥瓦尔突然加快速度向前猛冲，这下提索再也跟不上他的速度了。他的腿变得越来越沉。那种良好的感觉离他远去了。

“慢一点儿，奥瓦尔！”

但是奥瓦尔仍然紧紧跟在猎狗后面。

悬崖

1

跑到有树木和岩石的地方时，兰博不得不放慢脚步，留意自己的落脚点，以免在岩石上滑倒，否则摔断腿也不是没有可能的。在悬崖底部，他急匆匆地快走，寻找攀登到顶部的便利路线，然后发现悬崖上有一条3英尺宽的裂缝直通顶部，于是便沿着它往上爬。在靠近悬崖顶部的地方，用来抓握的突出石块间距变宽了，他不得不用力抓紧它们，一点一点往上挪，不过随后攀爬的过程又变得轻松起来，很快他就爬出了裂缝，走到平坦的石头上。

在悬崖顶上，猎犬狂吠的回声已经很大了。兰博蹲伏在地上，观察直升机是否在附近。没有直升机的踪影，连它的声音都听不到了，而且没有任何迹象表明有人正在从附近的高处或者下面看着自己。他潜伏进入悬崖边附近的灌木丛和树林，快速匍匐爬行到右边的一块突出岩石上，在那里可以将整条冲沟一览无余。他在那里趴下，观察不断交替的草地和树林。在冲沟之下1英里的地方，他看到一群人正在从树林里跑出来，穿越一片开阔地，跑向另一片树林。距离太远，人影很小，让他难以辨认。他数了数，估计有10个人。他看不清狗的数量，不过听叫声应该有很多。但让他担心的并不是狗的数量，而是它们显然已经发现了他的气味，正在迅速追踪他。15 分钟后，它们就会来到这里。提索不应该这么快就能追上自己，他应该被抛在身后 1 个小时才对。一定是有人非常了解这里的地形，知道有一条捷径可以追上他，也许是提索本人，也许是他的某个手下。

兰博跑回到悬崖顶端的裂缝开口处。他可不能让提索像自己一样轻松地爬上来。他把步枪放在一处长满青草的土堆上，以免有尘土跑进枪里，然后开始推动悬崖旁边的一块大石头。这块石头又大又沉，不过一旦让它滚动起来，它自身的重量就会产生惯性，为他增加一臂之力。很快他就把它推到了自己想要的位置，完全堵住了裂缝顶端，还有一侧从悬崖边缘伸了出去。从下面爬上来的人没法绕过这块大石头，也没法爬上来。要想爬到悬崖上，他得把它推开，但是人在它下面，根本使不上力。需要好几个人帮忙才能办到，但是这条裂缝太窄了，一次装不下好几个人。提索得花好长时间才能想出移开大石头的办法，到那个时候他早就逃之夭夭了。

兰博这样盘算着。他朝下面的冲沟瞥了一眼，惊讶地发现，就在他推动大石头的时候，下面那群人已经飞快地跑到了他刚刚藏身的水池和灌木丛那里了。小小的人影停下脚步，看着灌木丛，猎狗们正在那里嗅着地面，一边转圈一边汪汪叫。一定是有什么东西混淆了气味。是受伤的鹿，他意识到了。他在躲进那个灌木丛时，身上沾了一些鹿血，现在那些狗在决定应该选择哪一条踪迹，他的还是鹿的。它们做出选择的速度可真快啊。就在它们狂吠起来，沿着他的踪迹朝着悬崖方向前进的一刻，他立即转身抓起步枪，穿过更多灌木丛和树林，朝森林深处跑去。在灌木丛非常浓密的地方，他挥动双臂分开密集的枝条，并将它们往身后拨拉，脱身后继续往前跑。刚才在将大石头推到裂缝顶端的时候，他就已经使得脸和胸膛上挂满了将自己蜇得生疼的汗珠，现在当他从一片荨麻中奋力挣扎的时候，更多汗涌了出来，而荨麻的刺硬生生地刮擦着他的手指，扎得他满手是血。

很快，兰博就从灌木丛的束缚中挣脱出来。他从幽深的森林里冲出来，进入到明亮的阳光下，脚下是一面遍布石块和页岩的山坡。他驻足片刻喘了口气，然后小心翼翼地走到山坡边缘。山坡底部有一面悬崖和一片茂密的森林，树叶已经染成了斑斓的秋色。悬崖太陡了，没法爬下去。

现在他的身前和身后各有一面悬崖，这意味着他只有另外两条路可以走。如果向东，将回到那条冲沟的底端。但提索很可能已经派人驻守在冲沟的两端进行搜索，以防他突然折返回来。既然如此，他就只能走另一条路，也就是往西，直升机刚刚离去的方向。于是他就往西跑，直到遇见又一个陡坡，他把自己给困住了。

上帝啊。猎狗的叫声越来越响了，他握紧步枪，咒骂自己忽略了曾经学过的一条重要常识：总是选择一条不会把你困住的路线。永远不要跑到可能让自己深陷困境的地方。上帝啊。当身体躺在医院床上的时候，自己的思维也跟着一起退化了吗？他无论如何都不该爬上那面悬崖。他活该被抓住。如果被抓住，他活该忍受提索会给他的羞辱。

猎狗的叫声更近了。汗水将兰博的脸庞刺得生疼，他用手摸了一下脸，碰到尖锐粗糙的胡楂。他放下手，看到手上黏糊糊的全是血，都是刚才被灌木丛和荨麻弄的。手上的血迹让他对自己很恼火。他还以为摆脱提索的追捕会是一件易如反掌的小事，以为在经历了战争中的那些遭遇之后，自己能应付任何事。现在他知道自己是过于乐观了。在直升机下颤抖的样子本应让他警醒，他知道这一点，但是他仍然自信满满地认为能逃脱提索的追捕，结果把自己困在了这里。现在要是他能够不添新伤，仅仅带着身上这些血脱身，那就是幸运到家了。现在他能做的只有一件事。他沿着这面新悬崖的顶部跑起来，一边跑一边朝下面张望，估计着悬崖的高度，最后停在悬崖看上去最矮的地方。200 英尺。

好了，他告诉自己。这是你自己犯的错，你要为此付出代价。让我们看看你这笨蛋的屁股到底有多结实。

兰博把步枪插进皮带和裤子之间，把它移动到身体一侧，枪托在腋窝旁边，枪管在膝盖旁边。确认好步枪不会脱落下来，掉在最下面的岩石上摔碎之后，他双腿朝外趴在悬崖边上，一点点往后挪，用双手扒住悬崖边，两只脚在空中晃荡。落脚点，他找不到落脚点。

猎狗开始歇斯底里地狂叫起来，似乎它们已经抵达了被石头堵上的裂缝那里。

2

为了用直升机上的滑轮和卷扬机挪开那块石头，为了查看兰博是否还藏在那面悬崖上，无论是为了什么原因，提索肯定立刻使用无线电呼叫了直升机增援。当兰博沿着悬崖向下爬了 10 个身长时，他再次听到了直升机的声音，它在远处嗡嗡作响，而且声音越来越大。据他估计，每向下爬 1 个身长的距离，都要花将近 1 分钟的时间。用手抓握的每一条缝隙和突出的岩石都很难找，每一个落脚点都必须进行测试，必须逐渐将自己的重量加在上面，直到确认牢靠之后才能松一口气。他的身体常常晃荡在半空，就像刚刚在悬崖顶上一样，鞋子在岩壁上胡乱摆动，四处寻找支撑点。他的抓握点相距太远，所以为了躲避直升机的视线而向上爬会和向下爬时一样艰难。而且就算他向上爬，也很可能无法在直升机飞到自己上空之前爬到悬崖顶上，所以根本不用做无谓的尝试，他还不如只管向下爬，希望直升机不会发现自己。

悬崖底部的岩石渐渐扭曲了形状，看起来很大，仿佛兰博正在用放大镜一点点把它们放大，引诱着他往下跳。他试图装作这一切不过是跳伞学校的一次训练，然而这不是训练。听着猎狗的狂吠和越来越近的直升机的轰鸣，他加快了下降的速度，吊在半空时寻找离自己最远的落脚点，测试落脚点时也不那么小心翼翼了，顺着脸颊流下并积聚在嘴唇和下巴上的汗珠让他发痒。此前，当穿越草地跑向那棵倒下的松树寻求掩护时，直升机逼近的声音像是一股强大的力量，将他往前推。但是现在，受困于悬崖之上，情况万分紧急但速度只能这么缓慢，他感觉直升机越来越响的轰鸣就像是某样滑腻的东西正在从自己的腰部往上爬，爬得越高，它就越重。当这样东西即将爬到后脑勺的时候，他稳稳地攀附在墙壁上，扭头去看身后的天空，直升机从树冠上空快速飞过，直奔这面悬崖而来。他穿在外面的羊毛衬衫是红色的，在灰色岩石的映衬下十分醒目，他祈祷枪手看不到这件衣服。

但是他知道枪手一定会看见它。

他的手指抠住悬崖中的裂缝，鲜血淋漓。鞋子前端紧紧踩在宽仅1英寸的岩架上。一只脚不慎从岩架上滑落，让他的喉咙不由自主地颤抖起来。一颗子弹重重地打进了他右肩旁边的悬崖里，他在惊吓之中几乎松开了手，他赶紧摇了摇头摆脱恐惧，然后拼命往下爬。

兰博只往下爬了三步，就找不到落脚点了。“啪！”第二颗子弹从岩石上跳开，这一次的位置比刚才高一些，在他的头附近，带来的惊吓程度和第一枪不相上下，他知道自己恐怕是死路一条了。直升机的振动是他现在还没被打中的唯一原因，枪手在振动下无法瞄准，而且直升机正在快速飞行，让振动更猛烈了。但是很快飞行员就会意识到这一点，让直升机保持平稳。兰博的双臂和双腿在压力之下抖个不停，他向下逐一找到两个抓握点，然后放下脚，又一次在空中晃荡起来，寻找岩壁上可以踩踏的落脚点。

但是并没有任何可供支撑的落脚点。兰博用流血的手指让自己吊在岩壁上，那架直升机朝他猛扑过来，像是一只怪异的巨大蜻蜓，上帝啊，让那玩意儿继续动吧，千万别悬停在空中，让枪手能轻易瞄准。“啪！”炽热的子弹打在他的脸旁边，子弹的高温和岩石碎片让他的脸火辣辣的疼。他低头看了看脚下距离自己 100 英尺的岩石。汗水流进眼睛，蜇得生疼，他在隐约中看到一棵向上生长的茂密冷杉，它最顶端的树枝可能在自己下面 10 英尺的地方。也许是 15 英尺，或者是 20 英尺，他没有仔细观察的时间了。

直升机又冲了过来，螺旋桨卷起的风将他团团围住。兰博调整了一下姿态，让身体对准冷杉的顶端，然后松开血迹斑斑的手指，掉了下去。在突然的虚无中，他感觉胃在向上翻腾，喉咙猛地胀大。下坠的过程显得如此漫长，仿佛没有尽头，他的身体猛地掠过最高处较细的树枝，又笔直地向下坠落，砸断了不少大树枝，直到撞在一根粗短坚硬的枝干上。

身体完全麻木了。

兰博不能呼吸。他张大嘴巴喘气，疼痛占据了整个身体：胸口和背部在剧烈悸动，他确信自己中弹了。

但是他并没有中弹，冷杉树上方直升机的喧嚣和穿透树枝的一颗子弹让他赶紧行动起来。他掉在了这棵树的高处。他的步枪仍然夹在皮带和裤子之间，但是刚才那一跳的冲击力让步枪狠狠地撞击了身体，让他的半个身子都麻痹了。他在痛苦中强行弯曲手臂，紧紧抓住步枪，想把它从身上拔下来，但它就是不肯出来。上方，直升机正在盘旋，准备调转机身再来一枪，而他还在努力拔枪，终于把它弄了出来，结果拔出来时用力过猛，脚下的这根树枝猛地摇晃起来。兰博一下子失去了平衡，大腿刮在尖锐的树皮上，慌忙之中他用没有拿枪的手臂勾住了上方的一根树枝。脚下的树枝发出了断裂的声音。他屏住了呼吸。如果它断掉了，就会把他向外抛到树枝的末梢，让他直接落在下面距离还很远的岩石上。树枝又响了一下，但仍然稳稳地连接在树干上，于是他又可以呼吸了。

但是现在直升机的声音却不一样了。飞行员搞清了状况，让直升机悬停在空中。兰博不知道他们能不能透过树枝看到自己，但这一点并不重要。这棵树的顶端空间不大，要是枪手来个扫射，自己肯定会被打中的。他没有时间转移到更粗壮的树枝上了，下一颗子弹就可能结果了他。在绝望之中，他拨开松针和小树枝，悄悄向外窥视，寻找直升机悬停的地点。

就在他对面，比他高一座房子的高度。枪手的头从驾驶舱打开的窗子里伸了出来。就在枪手准备再次开枪的时候，兰博看到了他圆圆的、长着一个大鼻子的脸。对兰博来说，只需看一眼就足够了。他以本能般的流畅动作举起步枪，将枪管放在上面的那根树枝上架稳，用它瞄准那张圆脸的正中央，那个大鼻子的鼻头。

轻轻叩动扳机。正中靶心。

在驾驶舱里，枪手突然用手抓了一把自己炸开的脸。他还没来得及张嘴喊一声就死了。有那么一会儿，飞行员继续稳稳地操控着飞机，好像什么都没有发生，然后兰博通过驾驶舱的玻璃门看到了这一枪对飞行员的影响，驾驶舱里到处都是骨头渣、毛发和脑子，他的搭档失去了半个脑袋。兰博看见他惊恐地看着洒在衬衫和裤子上的鲜血。他的眼睛睁得溜圆，嘴巴剧烈地抽搐着。接下来他慌慌张张地解开自己的安全带，一边俯身躲向驾驶舱的地板上，一边疯狂地紧紧握住油门操纵杆。

兰博试图在树上给他一枪。他看不见飞行员，但是很清楚地知道他会蜷缩在地板上的什么位置，于是就在直升机急转弯向悬崖上空飞起时，他瞄准那个位置。直升机的上半部分漂亮地躲开了岩石，但是它上升的角度太陡了，尾部撞在了悬崖边上，兰博好像在马达的轰鸣中听到了一声金属断裂的声音，但不是很确定。直升机似乎永远地挂在了半空，然后突然向后倾倒，一头栽在岩壁上向下坠落，发出尖锐刺耳的摩擦和破裂声，螺旋桨的桨叶在爆炸中弯曲和断裂。伴随着震耳欲聋的爆炸声和金属高速颤动的声音，一个巨大的火球从树枝旁掠过，摔在树下。冷杉树最外面的树枝都被点燃了。汽油和烧焦的尸体散发出阵阵恶臭，从下面升了上来。

兰博马上行动起来，向树下爬去。树枝太浓密了。他必须围绕树干转圈才能找到容身之处。猎狗的声音此时更大更凶猛了，好像已经突破了悬崖上的那处障碍。那块大石头本应该需要更长时间才能挪走，他想不通提索和那群人怎么这么快就爬上来了。他紧紧抓住步枪向下滑行，尖锐的松针不停扎在手上和脸上。刚刚往树上的那一跳还让他胸口疼痛——就像是断了几根肋骨，但他不能被疼痛分心。猎狗吠叫的声音更近了。他必须更快地往下爬，一边扭曲身体一边滑行。他的羊毛衬衫挂在一根树枝上，他赶紧把衣服扯下来。再快一点儿。那群该死的狗快到了。他必须更快才行。

在快爬到底部时，一股黑色的浓烟扑面而来，让他感到窒息。他透过浓烟模糊地看到了直升机的残骸，它正在燃烧，噼啪作响。现在距离地面20英尺,他却无法再往下爬了。下面没有树枝,只剩下树干了。他无法用手臂环抱着树干滑下去,树干太宽了。跳吧,没有其他办法了。猎狗的叫声已经在上方响起，他看了看下面的岩石和大石块，选择了岩石之间积攒着尘土和干燥棕色松针的一块地方，然后下意识地笑了，这种事情正是他的受训内容，他曾在跳伞学校一连几周地练习从高塔上跳下。一只手拿着步枪，另一只手抓住最后一根树枝，慢慢将身体吊下去，然后松手。落地堪称完美。膝盖弯曲得恰到好处，身体跌倒和翻滚得恰到好处，站起来的姿势也像此前的1000次那样恰当。当离开树下呛人的浓烟，匆匆绕过岩石时，胸口的疼痛更严重了，这下他的笑容消失了。上帝啊，我要输了。

兰博迈开腿跨越地上的岩石，沿着一面山坡冲向森林，胸口痛苦地上下起伏。前面是草地，然后他离开那片岩石，进入了草地，向着树林狂奔，他听到狗在身后发了疯似的狂吠。它们肯定已经到了刚刚从悬崖上爬下去的地方,那群人随时都会开枪打他。身处这样的开阔地,他毫无机会，他需要跑进树林。他左躲右闪，低下头，使用知道的每一种方法让自己成为难以瞄准的目标，身体保持着紧张的状态，准备迎接打在身上的第一颗子弹。他从灌木丛中冲了出去，钻进树林，继续往前冲,在藤蔓和树根上跑得跌跌撞撞,直到他绊了一跤,摔倒在地,趴在散发着甜味的潮湿森林地面上气喘吁吁。

他们没有开枪。他想不明白是为什么。他趴在那里喘气，发出又粗又重的呼吸,已经完全顾不上胸口的疼痛了。他们为什么不开枪呢?他马上就知道了：他们根本就没有登上那面悬崖的顶部，他们还在赶往那里的途中,他们只是听上去已经到悬崖顶了而已。他的胃一阵反酸,但是这次什么也没有吐出来。然后他翻了个身平躺着，目光穿过秋色斑斓的树叶，望着深邃的天空。自己这是怎么了？他此前从未犯过这种判断错误。

墨西哥。他的脑海里浮现出海浪轻轻抚摸着温暖沙滩的画面。该动身了。他挣扎着站起来，准备向森林更深处走去，正在这时他听到了身后传来人的叫喊声和狗的狂吠，现在那群人肯定已经跑到悬崖顶了。他站在原地听了一会儿，然后决定折返回去，他仍然气喘吁吁。

严格地说，并不是原路返回。那片通向森林的草地，草长得很高，他知道自己刚刚在其中留下了一条痕迹，从悬崖顶上能一目了然地看出来，那群人一定会根据这条线索注意自己进入的那部分森林，当回来的时候，就会很容易被他们发现。所以他决定往左边走，往那个方向的森林边缘去，他们绝对预料不到他会出现在那里。当树木开始变得稀疏，他卧倒在地匍匐前进，藏在一些灌木丛后面观察：他能清楚地看到悬崖顶上的人和狗，距离自己大约 100 码。他们都在朝着他刚刚爬下去的地方跑，猎狗一边跑一边叫，有一个人在后面牵着狗绳，其他人都跟在他后面。现在他们都停下了脚步，望着下面直升机冒出的烟和火。自这场追捕行动开始以来，这是兰博看到他们距离自己最近的一次。在刺眼的阳光下，他们显得非常近，身形仿佛变大了似的。6 条狗，他数了数，10 个人，9 个人和提索一样穿着灰色警服，1 个人穿着绿色外套和裤子，就是牵着狗绳的那个。猎狗们在嗅刚刚他从悬崖边上爬下去的地方，来回打转，确认气味有没有去往别的地方，然后又返回悬崖边，挫败地叫了起来。身穿绿衣的人比其他人年纪大，个头也更高，他一边轻轻拍打猎狗，一边轻声抚慰它们，兰博听不清他说的是什么。有的警察坐在地上，有的则站在悬崖边沿，看着下面直升机的残骸，还有的用手指着他刚才进入森林的地方。

但他对这些人不感兴趣，让兰博感兴趣的只有一个人，他正在来来回回地踱步，用手一个劲儿地拍着大腿——提索。不可能认错，壮实的短粗身材，膨胀前突的胸部，低垂的脑袋像斗鸡一样晃动。没错，像个鸡。你就是这副样子，提索，你就是个鸡吧？

这个低俗的笑话让他微笑起立。他趴在灌木丛下，这个地方被树荫隐蔽得很好，光趴在这儿什么也不干实在是太奢侈了。在提索和身穿绿衣的人说话时，兰博举起步枪瞄准了他。如果提索在刚把一个词儿说出来一半的时候，就发现一颗子弹穿透了自己的喉咙，他难道不会惊讶吗？那会是多棒的笑话呀。他激动得差点儿扣动扳机。

那样就是犯错了。他当然想杀提索。在被直升机和这群人追赶带来的恐惧中，他已经不在意为了脱身而不得不做的事了，现在想起他杀死的直升机里的那两个人，他意识到自己已经不像杀高尔特时那样困扰了。他再次习惯了死亡。

但是杀戮这件事，也要考虑轻重缓急。那面悬崖无法阻止提索，只能拖住他大概 1 个小时左右的时间。杀死提索并不一定能阻止这群人的追捕，他们仍然有猎犬，仍然可以快速追踪。那些猎犬，它们不像他在战争中见到的德国牧羊犬那样凶残，但它们也是天生的猎手，如果它们抓住了他，甚至会直接攻击他，而不是像受训时那样将他逼到角落里，所以他必须先杀了它们。然后他会干掉提索，或者穿绿衣服的人，如果打中他的机会更好的话。看着他牵狗的样子，兰博就能肯定此人一定深谙追踪之道，如果他俩都死了，其他人估计就会不知所措，只能打道回府。

毫无疑问，这群人对这种类型的战斗一无所知。他们就那么一览无余地站在那里或者坐着，这让兰博轻蔑地抽了一下鼻子。很显然，他们甚至没有想到他可能就在附近。穿绿衣的人正在努力让猎狗安静下来，它们挤在一起，互相纠缠着。绿衣男将狗绳分开，把其中3条狗交给一个警员。兰博趴在灌木丛下的荫凉中，举枪瞄准了绿衣男留下的3条狗，“啪！”“啪！”干净利落地打死了其中的2条。如果绿衣男没有将剩下那条狗从悬崖边猛地拽回来，他同样会结果了它的命。警察们大呼小叫，逃出了他的视线。另外3条狗像疯了一样嚎叫，拼命想要挣脱牵着它们的那个警员。兰博迅速打中了其中1条。另外2条不顾一切地朝悬崖冲去，拿着狗绳的警员试图把它们拽回来，不料身体失去了平衡，带着自己和手里的3条狗摔下了悬崖。他惊恐地哀号了一声，然后落在下面的岩石上，发出沉重的撞击声。

3

片刻之间，他们全都一动不动地趴在地上，猛烈的阳光照射在他们身上，没有风，什么也没有。这个片刻似乎持续了很久很久。然后欣格尔顿连忙爬起来，举枪瞄准下面的森林，对着森林边缘开枪射击。打出第 4 发子弹时，另一名警员加入了战斗，接下来所有人都依次拔出了枪,只有提索和奥瓦尔除外。拔枪的警员都朝下面射出了不少子弹，一时间枪声大作，子弹乱飞，就像弹药袋被扔进了熔炉，滚烫的弹壳连续不断地飞溅。

“够了。”提索下令道。

但是没有人服从命令。他们沿着悬崖边趴成一排，躲在岩石和土丘后面，用步枪的最快射速朝下面开火。“啪！啪！啪！”他们扣动扳机的手不停地动作，推出旧弹壳，把新子弹推进枪膛，开枪时并没有真的在瞄准,后坐力让他们的身体乱晃。“够了,我说够了！给我停下！”

但是枪声并没有停，他们继续朝着林木线射击，子弹令树叶摇动起来，看上去像是有人在动，引得更多子弹倾泻而来。两三个人正在重新装弹，然后继续射击。大多数人已经重新装过一次弹药了。不同种类的步枪一起开火：温彻斯特连发步枪、斯普林菲尔德后装式步枪、雷明顿步枪、马林步枪、萨维奇步枪。它们的口径也不一样：.270、.300、.30-06、.30-30[10]。枪栓和控制杆也各不相同，弹匣容量不一，6 发、7 发或 9 发子弹的都有，空弹壳散落一地，而且数量还在增加。奥瓦尔稳稳地拉住最后一条狗，喊道："别动！"提索从藏身处站起，弯着腰仿佛要猛扑过去似的，脖子上青筋暴起地喊道："见鬼，我说停下！谁再开枪，罚两天的薪水！"

这句话一下子奏效了。有人还没有第二次装弹。其余的人则紧张地停止，步枪还放在肩膀上，手指停留在扳机上，仿佛渴望着重新射击。然后一片乌云遮住了太阳，众人也冷静下来。他们大口喘着气，慢吞吞地放下步枪。

一阵微风吹来，吹拂着他们后面森林枯黄的树叶。"上帝啊。"欣格尔顿说。他的脸颊紧绷而苍白，就像鼓面一样。

沃德垂下手肘，放在肚子上，舔了舔嘴角。"上帝是对的。"他说。

"从来没这么害怕过。"有人在不停地喃喃低语。提索看过去，发现是那个年轻的警员。

"这是什么气味？"莱斯特说。

"从来没这么害怕过。"

"他，是他身上的味儿。"

"我的裤子。我——"

"别管他。"提索说。遮住太阳的云渐渐移走了，阳光重新照在身

[10] .270、.300 表示子弹的口径，单位为英寸，即 0.27 英寸、0.30 英寸。.30-06，短横线前的数字代表子弹的口径，后面的数字代表子弹定型的年份。.30-30，短横线前的数字代表子弹的口径，后面的数字代表反射弹药重量，单位为格令。后文中关于口径的表达皆为此意。

上。提索注意到又有一朵更大的云飘了过来，在它不远的地方，半边天空已经乌云密布了。他把汗津津的衬衫从胸前扯开，但是它马上又粘在胸口，然后就没有管它。他希望能下一场雨，至少会凉快一点儿。他听见身边的莱斯特谈论那个年轻的警员："我知道他忍不住，但是天哪，那种气味。"

"从来没这么害怕过。"

"别管他。"提索说，仍然看着乌云。

"我们刚刚有没有打中那小子？"米奇说。

"有人受伤吗？大家都没事吧？"沃德说。

"当然，"莱斯特说，"大家都没事。"

提索用锐利的目光盯着他。"再猜一次。我们这里只有 9 个人。杰里米从悬崖边掉下去了。"

"我的 3 条狗跟他一起掉下去了，还有 2 条中枪了。"奥瓦尔说。他的声音总是一个调子，仿佛来自机器，这种怪异感让所有人都朝他看过去。"5 条狗，损失了 5 条狗。"他的脸变成了水泥一样的青灰色。

"奥瓦尔，我很抱歉。"提索说。

"见鬼，你当然应该抱歉。一开始就是你那蠢主意的错，你就是不愿意等着州警察局来接手。"

最后一条猎狗蹲坐在地上颤抖着，发出一阵哀鸣。"没事了，没事了。"奥瓦尔对它说。他轻轻地抚摸它的背，透过眼镜眯着眼看了看悬崖边上 2 条死去的狗。"别担心，我们会报仇的。如果他在下面还活着，我们一定找他算账。"他将目光转移到提索脸上，用更大的声音说，"你就是等不了州警察局来接手，是不是？"

奥瓦尔看着提索，想要一个答案。提索动了动嘴唇，但是没有说出话来。

“你想说什么？”奥瓦尔说，“要是你有话说，那就像个男人一样明明白白地说出来。”

“我说过没有人逼你来。你在我们面前出尽了风头，让我们看到你是多硬的一把老骨头，跑在所有人前面，很快就爬上那条裂缝移开那块石头，证明你有多聪明。狗被打死是你自己的错。既然你懂的那么多，就不应该让它们冲到悬崖边上。”

奥瓦尔气得浑身发抖，提索希望自己没有说这些话。他低头盯着地面。他不该嘲笑奥瓦尔好胜的秉性。当奥瓦尔想出怎么移开大石头的时候，他还心怀感激：奥瓦尔爬上去将绳索的一端系在大石头上，让其他人拽绳索的另一端，而他用一根粗树枝撬动巨石。在众人的齐心协力之下，大石头终于骨碌碌地滚动下来，碰撞着四周的岩石，撞成了一块块碎片。“好了，奥瓦尔，”平静下来的提索说道，“对不起，它们是很棒的狗。相信我。对不起。”

他身边突然有了动作。欣格尔顿举起步枪瞄准，朝下面的一丛灌木开了一枪。

“欣格尔顿，我跟你说了，停下！”

“我看见有东西在动。”

“两天的薪水没了，欣格尔顿。你老婆一定会对你发飙的。”

“但是我确实看见有东西在动。”

“别告诉我你以为自己看见了什么。你这是兴奋起来乱开枪，就像那小子越狱时你在警察局门口想开枪一样。听着，你们所有人都听着。

你们根本打不着那小子。等到你们想起来回击的时候，他就算是在下面拉一泡屎再埋起来，也早就脱身了。”

“拜托，威尔，两天的薪水？”欣格尔顿说，“你不可能是认真的吧。”

“我还没说完。看看地上浪费掉的子弹，现在一半的弹药都没了。”

警员们看着散落在周围泥土里数量巨大的空弹壳，脸上露出了惊讶的神色。

“再次碰到他时，你们怎么办？打光子弹，然后朝他扔石头吗？”

“州警察局可以给我们运来更多。”莱斯特说。

“等他们来到这儿，嘲笑你们是如何浪费掉全部子弹的，难道你们会感觉很不错吗？”

提索再次用手指着地上的空弹壳，然后他第一次注意到，有一堆弹壳很不一样。当他的目光扫过地上的弹壳时，警员们都羞愧地垂下目光。“这些子弹甚至没有击发。在你们这些蠢蛋里，有个人甚至连扳机都没有扣动，直接把所有子弹推出去了。”

他很清楚发生了什么事，这是第一次面对猎物时的紧张心情导致的。在捕猎季的第一天，没有经验的猎人在看到目标时，很可能兴奋得只顾拉枪栓，把所有子弹全都推出枪膛，却全然忘记要扣动扳机，还在那里纳闷为什么打不着瞄准的猎物。提索不能放过此时，他必须让他们注意这个问题。“说，谁干的？这个新手是谁？把你的枪给我，我来教教你怎么射击。”

子弹壳上的编号是 .300。当他正要检查谁的步枪是这个口径时，他看见奥瓦尔用手指向悬崖边，然后听到了一声呜咽。那小子打中的狗并没有全部死掉，有 1 条被子弹的力量震晕了，现在才苏醒过来，正在踢腿，呜咽。

“腹部中弹。”奥瓦尔气愤地说。他拍了拍手里牵着的猎狗，把狗绳交给了身边的莱斯特。“抓紧点儿，”他说，“你看见它抖成什么样了。它闻见了其他狗的血，容易发狂。”他又拍了拍它，然后站起身来，灰尘和汗水在绿色衣服上融为一体。

“等等，”莱斯特说，“你的意思是，这条狗会变得凶残起来？”

“也许吧，但是可能性不大。最有可能的情况是，它会试图挣脱，然后逃走。只管抓紧点儿就行了。”

“我一点儿也不喜欢这条狗。”

“没人要求你喜欢它。”

他把狗绳交给莱斯特，然后走到受伤的狗旁边。它侧躺在地上，不停地蹬腿，想要翻过身站起来，但总是不由自主地重新躺在地上，嘴里发出痛苦的哀鸣。

“果然，”奥瓦尔说，“腹部中弹，那混蛋打中了它的肚子。”

他用袖子擦了一下嘴，看了看没有中弹的狗。它正在拽自己的狗绳，想要从莱斯特手中挣脱。

“你把它给抓紧了，”奥瓦尔对莱斯特说，“我接下来要做的事会让它跳起来。”

奥瓦尔弯下腰检查狗肚子的伤口，翻出来的肠子被太阳照得闪闪发光，他气愤地摇着头站起身，然后毫不犹豫地往猎狗耳朵后面给了一枪。“可耻，太可耻了。”他低声说。看着猎狗的身体在地上痉挛扭曲，然后很快就不动了。他的脸从灰色变成了红色，皱纹从来没有这么深过。“还在等什么？”他平静地对提索说，“让我们去宰了那小子。”

刚从狗的尸体迈开一步，奥瓦尔就趔趄着失去了平衡，丢下了手中的步枪，姿势怪异地捂住脊背，凄厉的枪声回荡在下面的森林中。他踉跄着往前迈了两步，然后脸和胸部着地，重重地摔在地上。冲击力让他鼻梁上的镜片裂成了两半。这一次没有人开枪还击。“卧倒！”提索大喊，“全部卧倒！”他们全都猛扑在地上。最后1条猎狗从莱斯特手中挣脱，飞奔到奥瓦尔身边，结果也中弹倒地了。提索紧紧贴住地面，攥着拳头，发誓追到天涯海角，也要把那小子抓住，把他弄残废。自己绝不放弃。不再是因为高尔特，因为他不能让杀了自己手下的人逃之夭夭。现在是私人恩怨了。为了他自己。生父，养父，他们都是在山上被枪杀的。生父被杀的记忆激起了他疯狂的愤怒，他怒目圆睁，想要掐住那小子的喉咙，直到把他的喉管捏碎。你这个家伙。你这个混蛋。直到他开始想象如何从这面悬崖爬下去，亲手抓住那小子时，他才猛然明白过来，自己犯了一个多大的错。

并不是他在追捕那个小子，情况正好相反，他一直在任由那小子把他们引入埋伏。

上帝啊，这是怎样的一场埋伏。最近的城镇在30英里之外，中间隔着凶险的荒野，直升机坠毁了，狗都死了，那小子只要愿意，可以在任何时候解决掉所有人。因为他们身后没有平路。因为在距离悬崖边8英尺的地方是一面只能往上的山坡。要想撤退，他们必须沿着这面山坡向上爬，到时候那小子就能在下面的森林里看得清清楚楚，将他们一网打尽。可那小子的步枪到底是从哪儿弄来的，他怎么会懂得设下这样的埋伏？

就在这一刻，从乌云笼罩的那半边天空传来了轰隆隆的雷声。

4

奥瓦尔，提索忍不住看向他。老人四肢伸展，平静地趴在悬崖边上,提索几乎不能呼吸了。都是因为我。他这辈子就这一次放松了警惕，而我没有提醒他卧倒。他开始朝奥瓦尔爬过去，想把他抱在怀里。

“那小子会绕过来的。”莱斯特声音嘶哑地说。

怎么嘶哑成这样，提索心中想道。他不情愿地返回，为他的手下担忧。他们现在只有 7 个人了，紧绷着脸，用手指拨动着自己的步枪，看上去毫无用处。全都没用，只有欣格尔顿除外。

“我跟你说那小子会绕过来的,”莱斯特说。他的裤子破了，露出了膝盖。“他会兜个圈子，绕到我们身后。”

警员们猛地回头看他们身后的山坡，仿佛那小子已经藏在那里了似的。

“他肯定会过来的,”年轻的警员说，一道棕色污迹从他灰色裤子的臀部位置渗了出来，其他人都离他远远的。“上帝啊，我要离开这里。让我离开这里。”

“那就走吧,”提索说，“跑上这面斜坡。看看他打中你之前，你能跑多远。”

年轻的警员吞了一口唾沫。

“你还在等什么？”提索说，“走啊，跑上这面斜坡。”

“不，”警员说道，“我不去。”

“那就闭嘴。”

“但是我们必须上去，”莱斯特说，“赶在他过来之前上去。要是我们等待太长时间，他会爬上来的，我们就永远别想从这儿离开了。”

庞大的乌云离他们更近了，不时夹杂着几道闪电。轰隆隆的雷声又响了起来。

“什么动静？我听见有声音。”莱斯特说。他从裤腿裂缝里露出来的膝盖在地上摩擦得通红。

“是雷声，”欣格尔顿说，“它让你产生了幻觉。”

“不是幻觉。我也听见了。”米奇说，“听。”

“那小子。”

这声音像是轻微的呕吐声，像是人被呛到了发出的声音。是奥瓦尔。他正在动，他弓着背，用手捂着胸口，膝盖和头顶在地上，肚子离开地面，想要硬撑起来。他看上去就像一条弓起背向前挪动的毛毛虫，但是他不能挪动半步。将背高高弓起之后，他的身体便骤然倒地。血从他的手臂上滴下来，他张着嘴在流口水，一咳嗽就全都是血往外冒。

提索难以置信地呆住了。他本以为奥瓦尔已经死了。“奥瓦尔。”他说了一声，便急忙冲上前去，然后才意识到自己在做什么。“卧倒。”他提醒自己，然后将身体紧贴在岩石上，以免自己像刚才的奥瓦尔一样成为靶子。但是奥瓦尔距离悬崖边太近了，提索知道从下面的森林里肯定能看见他。他抓住奥瓦尔的肩膀，用尽力气想把他拖回去。但是奥瓦尔太重了，他花了很长时间也没拖动，那小子随时都可能开枪。他拼了命地连拉带拽，奥瓦尔慢慢移动了。但是还不够快。地上的岩石参差不平，奥瓦尔的衣服挂在了悬崖边附近尖锐的石头上。

“帮帮我。”提索向身后的人喊道。奥瓦尔咳出了更多血。

“来个人帮帮我！搭把手！”

然后有人急匆匆地来到他身边帮忙，一起将奥瓦尔从悬崖边上拉走，很快他们就安全了。提索大口大口地喘气。他擦去眼角的汗珠，根本不需要看就知道是谁帮了自己：欣格尔顿。

然后欣格尔顿咧嘴笑了，声音不大，不是开怀大笑，但还是笑了。他非常兴奋，胸膛上下起伏，继续发出笑声。“我们做到了。他没有开枪，我们做到了。”

这当然很好笑，提索也开始笑了。然后奥瓦尔咳出了更多血，提索看到了奥瓦尔脸上痛苦的表情，事情就一点儿也不好笑了。

奥瓦尔的衬衫已经被血浸透了，提索伸出手去解衬衫的扣子。“别紧张，奥瓦尔。我们检查一下就给你处理。”

他试图轻轻解开衬衫，但是凝固的血迹已经将布料和血肉粘在一起，最后只好将衬衫扯下来，奥瓦尔发出了痛苦的呻吟。

伤口让提索不忍直视。炸开的胸膛散发出一股难闻的气味。

“有……多严重？”奥瓦尔说，脸上的肌肉抽搐着。

“不要担心，”提索说，“我们会治好你的。”他一边说一边解开自己衬衫的扣子，将衬衫从肩膀上脱下来。

“我问你……多严重。”每一个字都是痛苦的低语。

“你见过很多受伤的情形，奥瓦尔。你和我一样清楚伤势有多严重。”

他把自己汗津津的衬衫卷成一团，压在奥瓦尔胸口的洞上。衬衫很快就浸满鲜血。

“我想听你告诉我。我问你——”

“好了，奥瓦尔，保存体力吧，不要说话。”他系上奥瓦尔衬衫的扣子，盖住刚刚放在胸口上的那团衬衫，弄得手上都是黏糊糊的血。“我不会骗你的，而且我知道你不想让我骗你。有很多血，很难看清楚，但是我猜他打中了一个肺。”

“噢，我的上帝。”

“现在我要你别说话，保存体力。”

“求求你，不要丢下我，不要丢下我。”

“这你根本不用担心。我们要把你带回去，我们会为你竭尽全力。但是你必须要为我做一件事。听着，你必须集中注意力，按住你的胸口。我把我的衬衫塞进了你的衬衫里面，我要你紧紧按住被打中的地方。我们必须把血止住。你能听到我说话吗？你明白了吗？”

奥瓦尔舔了舔嘴唇，虚弱地点点头。提索突然感觉自己嘴巴里充满干涩尘土的味道。这么大的伤口，那件卷成一团的衬衫不可能止得住血。他的嘴里仍然有尘土味儿，并且感觉有汗珠在顺着自己赤裸的背往下流。太阳早就被乌云挡住了，但他仍然很热，他想要喝水，这让他意识到奥瓦尔一定很渴。

他知道不该给奥瓦尔水喝。他是在朝鲜知道这一点的。胸部或腹部中弹的人会把喝下的水呕吐出来，伤口会撕裂得更大，让伤员更疼。但是奥瓦尔不停地舔嘴唇，不停地舔，提索实在看不下去他那么痛苦的样子。我就给他一点儿水。一点儿水不会有事的。

奥瓦尔的皮带上挂着一个帆布面的水壶。提索把它解下来，拧开瓶盖，向奥瓦尔的嘴里倒了一点儿水。奥瓦尔咳嗽起来，水混着血一起涌了出来。

“上帝啊。”提索说道。有那么一会儿，他的脑子一片空白，不知道接下来应该干什么。然后他想起了无线电，立刻挪动到它旁边，打开开关。“提索呼叫州警察局。州警察局。紧急情况。”他提高了声调，“紧急情况。”

云层静电的干扰让无线电发出噼噼啪啪的声音。“提索呼叫州警察局。紧急情况！”

他本来打定主意，无论发生什么都不用无线电呼叫增援。就连看见坠毁燃烧的直升机时，他都没有呼叫。但这是奥瓦尔，奥瓦尔要死了。

“这里是州警察局。”

闪电让无线电发出了尖锐的噪声，一个模糊的声音断断续续地传来：“这里……州……”

提索不能浪费时间让他再说一遍。“我听不见你说什么，”他急匆匆地说，“我们的直升机坠毁了。我这里有人受伤。我需要州警察局再为他派一架直升机。”

“……完毕。”

“我听不见。我需要再来一架直升机。”

“……不可能。雷暴就要来了。所有……无法起飞。”

“见鬼，但是他要死了！”

那个声音说了些什么，但是提索听不清，然后它消失在静电干扰中，当它重新恢复的时候，正说到某句话的一半。

“我听不见你说什么！”提索喊起来。

“……精英……想追捕……陆军特种部队队员……荣誉勋章。”

“什么？你再说一遍。”

“特种部队？”莱斯特说。

那个声音又说了一遍，时断时续，然后就突然中断了，再也没有任何反应。开始下雨了，先是细小的雨滴落在尘土上，滴在提索的裤子上渗了进去，还洒在他赤裸的背上，让他感到一阵凉意 。乌云遮住了头顶的天空。刹那间电光闪闪，像聚光灯一样照亮了悬崖，然后又转瞬而逝，取而代之的仍是乌云下的阴影，伴随着震耳欲聋的雷声。

“荣誉勋章？”莱斯特对提索说，“你把我们带来追捕一个有荣誉勋章的人？一个战争英雄？一个特种部队队员？”

“他没有开枪！”米奇说道。

提索猛地看着他，害怕他已经失去了控制。但米奇并没有失去控制。他很激动，试图告诉他们什么，而提索知道他想说什么：他已经想到了这一点，并且知道情况不妙。

“当你把奥瓦尔拖回来的时候，”米奇说，“他没有开枪，他已经不在下面了。他正在往我们身后绕，现在我们动身的机会来了！”

“不。”提索告诉他，雨水落在他的脸上。

“但是我们有机会……”

“不。也许他在往我们身后绕，但要是他没有呢？如果他的目标不只是一个人呢？如果他在下面静静地等待，等到我们所有人都放松警惕，全都暴露自己呢？”

警员们的脸色唰地变灰了。乌云铺天盖地地席卷而来，大雨倾盆而下。

5

雨下个不停，狠狠地砸在他们身上。提索从没见过这么大的雨。狂风呼啸，将雨点甩向他的眼睛，落进他的嘴里。

“暴风雨，老天爷。这是特大暴雨。”

他趴在水里，觉得情况不能再糟了，雨下得越来越大，几乎将他埋在水里。闪电突然照亮了一切，像阳光一样刺眼，随即就是笼罩一切的黑暗，天色越来越黑，直到像夜晚一样，尽管此时才只是下午晚些时候，而雨水猛烈地打在提索的眼睛上，甚至让他看不到悬崖边缘。雷声把他震得心里发懵。“那是什么？”

他用手遮着眼睛保持视野。那是奥瓦尔，在雨中张开嘴仰面躺在地上。他会淹死的，提索想。他的嘴会灌满雨水，被他吸进肺里，然后他就会淹死。

他朝悬崖边上的警员们望去，意识到奥瓦尔不是唯一可能淹死的人。现在他们所有人趴着的地方变成了一条凶猛溪流的河床。雨水沿着身后的山坡朝下倾泻，从他们身上冲过去，奔向悬崖边缘。虽然现在看不见悬崖边缘，但是他记得它的形状。它曾经是一面瀑布的顶端：

如果暴风雨再猛烈一点儿，他们就会被洪水冲下悬崖。

而奥瓦尔将会是第一个被冲走的。

他抓住奥瓦尔的腿。“欣格尔顿！帮帮我！”他开口喊道，雨水趁势灌进了他口中。

就在此时，天空响起一声炸雷。

“抓住他的胳膊，欣格尔顿！我们要离开这里！”气温迅速下降。打在赤裸背部的雨让他感到刺骨的寒冷，他想起了那些在山里被洪水困住的人的故事，他们被洪水顺着冲沟冲下去，伴随洪水掉下悬崖，然后摔死在下面的岩石上。“我们必须离开这里！”

“但是那小子！”有人叫道。

“他现在看不见我们！他什么也看不见！”

“但那小子可能在等我们爬上去！”

“我们没时间担心他了！我们必须离开悬崖边！要是暴风雨变大了，我们都会被冲走的！”

闪电发出明亮的光。提索面对看到的景象，无奈地摇着头。在闪电和雨水中，这些警员的脸色就像惨白的骷髅。骷髅刚一现形，就迅速消失在黑暗中，提索在黑暗中眨眼，一道响雷在他头顶炸开，就像是一连串迫击炮的轰鸣。

“我在这儿！”欣格尔顿高声喊道，手里抓着奥瓦尔的胳膊，“我抓到他了。我们走吧！”

他们把他拖出水，抬着他朝山坡走去。雨下得更猛更急了，把他们浇得浑身湿透，在大风的裹挟下毫不留情地扑打他们，要把他们推到旁边去。提索滑了一跤，肩膀重重地摔在地上，奥瓦尔随即掉进了湍急的水流。他在水里挣扎着去抓奥瓦尔，想将奥瓦尔的头托出水面，结果脚下再次打滑，让自己的头沉入水面之下。

他忘记了要屏住呼吸，从鼻子里吸进去的水呛住了鼻道，从上颚后部的两个小孔流进嘴里。他慌乱不已，拼命咳嗽，然后发现自己从水里出来了。有人抓住了他，欣格尔顿正在拽他。

“不！奥瓦尔，去抓住奥瓦尔！”

他们找不到他了。

“他会掉下悬崖的！”

“这里！”有人喊道。提索眨眨眼，把雨水从眼睛里挤出去，试图看清是谁在喊。“奥瓦尔！我抓住他了！”

水漫到了提索的膝盖。他涉水而行，双腿搅动起漩涡，来到那人旁边,后者正将奥瓦尔的头托出水面。“水流把他冲到这儿了！”是沃德，他正在拖着奥瓦尔,拽着他朝着山坡移动。“刚刚他正在朝悬崖漂过去！经过时正好撞在我身上！”

欣格尔顿很快赶到，他们一起将奥瓦尔从水里拉起来，抬着他跌跌撞撞地朝山坡走去。当他们走到那里时，提索就明白水为什么涨得那么快了。山坡上有一条槽谷，而山顶的小溪漫出来之后，多余的水灌进了这条槽谷，向下冲到他们这里来。

“我们必须继续往前！”提索说,“我们必须找一条容易上去的路！”风向突变，雨开始从左边打在他们脸上。他们顺着风力一齐往右移动。但是其他人在哪儿呢，提索想知道。他们已经在爬坡了吗？他们还在悬崖边吗？为什么他们不来帮忙抬奥瓦尔？

水漫过了他的膝盖。他将奥瓦尔往上提了提，然后他们蹒跚前进。

紧接着风向又变了，它不再按照他们希望的方向推他们，而是将他们推向来时的方向，他们只能用力顶着狂风暴雨前进。欣格尔顿的手臂抓住奥瓦尔的肩膀，提索抓着他的腿，沃德支撑着他的背。他们跌跌撞撞地在雨中前进，直到终于走到山坡看上去最容易爬的地方。这部分山坡也有洪水在往下流，不过没有那边的槽谷凶猛，而且有一些突出地面的大块岩石适合支撑。要是能看到坡顶就好了，提索想。要是能确定这些岩石一路通往坡顶就好了。

他们开始爬坡。欣格尔顿走在最前面，他背对山坡向后退着走，蹲下来抓住奥瓦尔的肩膀。他将一只脚放在身后的一块岩石后面，向后移动一步，然后眯着眼看到了身后的另一块岩石，再往后迈一步踩上去。提索和沃德紧跟着他的步伐,弯下腰来承受奥瓦尔的大部分体重，让欣格尔顿放心去找身后更高的落脚点。顺着山坡向下的水流更猛烈地冲刷着他们的腿。

但是其他人在哪儿呢，提索想要知道。他们为什么不来帮忙？雨水倾泻在背上，让他感到分外寒冷。他正在摸索着抬起奥瓦尔，他能感觉到前面的欣格尔顿正在背对山坡向上爬，一边爬一边拉着奥瓦尔，而提索感到臂膀疼得厉害，肌肉在奥瓦尔的重量下扭曲痉挛。太久了。他们无法继续抬着他太长时间，提索知道这一点。他们必须尽快爬到坡顶。这时沃德脚下一滑摔倒了，提索也差一点儿松开了奥瓦尔。他们趴在山坡上，被水流裹挟着往下滑了几英尺远，然后才手忙脚乱地去摸索奥瓦尔。

他们抓住了奥瓦尔，然后继续朝山坡上爬。

而这是他们能把奥瓦尔带到的最远的地方。欣格尔顿突然大叫一声，越过奥瓦尔一头栽进了提索怀里。他们向后摔倒在地，朝下翻滚，提索松开了抓住奥瓦尔的手。等他反应过来的时候，已经躺在山坡底部了，水从他身上漫过，身下的岩石翻滚着，把他硌得生疼。

“我没办法！”欣格尔顿哭喊道，“石头从我脚底下滑走了！”

“奥瓦尔！他被水流冲走了！”

提索蹚着水走向悬崖。他用手臂擦了擦眼睛，眨着眼试图在雨水中看清。他不能离悬崖边太近，那里的水流太强了。但是上帝啊，他必须拦住奥瓦尔。

他放慢脚步，一边擦着眼睛一边朝悬崖边摸索。一道闪电划过。他清清楚楚地看到，奥瓦尔的身体正漂在悬崖边上，转瞬之间就栽了下去。然后一切归于黑暗。提索感到胃部一阵抽搐，热泪和冷雨混合在他脸上，他放声长嚎，直到喉咙嘶哑，“那些家伙。我要杀了那些袖手旁观的混蛋！”

欣格尔顿走到他身边。“奥瓦尔！你看到他了吗？”

提索转过身，和他擦肩而过。他朝山坡走去。“我要杀了他们！”

他抓住一块岩石，把自己拉上去，然后又将一只脚踏在一块岩石上，站了上去，接着用手穿过汹涌的水流在山坡上挖出抓握点。很快他就爬上了坡顶，并向森林中走去。那里的声音震耳欲聋。狂风吹弯了树，雨水拍打着树枝，发出尖锐的声音，一道闪电突然劈中了附近的一棵树，发出类似斧子劈开结实木板的声音。

这棵树倒在提索前面，他一跃而过。

“警长，”前面有人叫他，“到这儿来，警长。”

他看不清那张脸，他只能看到蜷缩在树边的一个人影。

“快到这儿来，警长。”那个人正在用力挥动手臂。提索冲过去，抓住他的前襟。是米奇。

“你这是在干什么？”米奇说，“你怎么了？”

“他掉下去了！”提索说。他挥起拳头，狠狠打在米奇的牙齿上，米奇踉跄着撞上身后的树干，跌倒在泥水里。

“上帝啊。”米奇说道。他晃了一下头，又晃了一下，呜咽着捂住自己血流不止的嘴。“上帝啊，你这是怎么回事？”他在哭。“莱斯特和其他人都跑了！我还留在后面，想跟着你！”

6

提索此时一定已经进入了森林，兰博非常肯定这一点。那场暴风雨持续得太久，雨势太猛，提索和他的手下不可能在那片开阔的岩架上逗留太长时间。在大雨的掩护下，他无法看清瞄准，他们肯定利用了这个机会爬上那面山坡，钻进了森林。没关系，他们不会走远的。他在雨中干过不少次这种活儿，他完全知道怎样在下雨时捕杀别人。

他从灌木丛和树林中走出来，冒着雨走向悬崖底部。他知道，在暴雨的掩护下，他可以选择另一条路，钻进密林之中然后逃之夭夭，只要他愿意。根据乌云的密集程度判断，在风雨平息到提索能够追踪他之前，他可以遥遥领先数个小时的路程，这么远的距离，提索绝不可能再次追上他。经过这场伏击和暴雨，提索可能再也没有心思追赶他了，但是从决定无论是否被追都再也不逃跑的那一刻起，这些都不重要了。刚刚趴在灌木丛下，看着悬崖顶部寻找下一个目标的时候，他在思考提索是怎样让他再次变成杀手，让他因为谋杀而遭到通缉的。当他想到若要走到墨西哥至少要 2 个月，而在这段时间里他必须继续逃亡并东躲西藏的时候，就越来越愤怒了。现在，他对天发誓，自己要逆转这场游戏，让提索在他的追杀下逃亡，让他感受一下地狱的滋味。

那个混蛋要为此付出代价。

然而这一切并非全都是提索造成的，你也要承担部分责任。你本可以选择退让，避免争端。

第16次选择退让？绝不。

就算是第100次又如何？选择退让总比现在这样好。别去管他了。结束吧。现在就走。

什么？那并不是你这样做的原因？承认吧，你想让这一切发生。这都是你自己要求的，这样你就能向他展示你懂得的东西，让他发现你是个不该惹的人，并为此大吃一惊。你喜欢这种感觉。

我没有要求任何事情。但是没错，我喜欢这种感觉。那个混蛋将要付出代价。

大地变成了一片黑色。湿透的衣服冷飕飕地贴在皮肤上。在前面，又长又细的草被雨水打得弯着腰，兰博涉水从草地里穿过，草叶从他光滑而潮湿的裤腿上滑过。他来到向上通往悬崖底部的岩石，小心翼翼地伸出脚踩上去。水顺着它们往下流，而且还刮着风，很容易打滑摔倒，加重肋骨的伤势。他从悬崖上跳下，砸在那根大树枝上时弄伤了肋骨，每一次呼吸，他都感觉有东西在右胸里面猛地朝外挤压。仿佛那里有一个大鱼钩，或者有一块玻璃瓶的碎片。他必须设法处理。要快一点儿。

刻不容缓。

耳畔响起了轰鸣声。在后面的树林里时，他就听到这个声音了，当时他还以为这是狂风暴雨发出的声音。但是现在当他翻越这些岩石朝悬崖走去的时候，声音变得越来越大，他知道这绝不是雨。悬崖逐渐出现在视野中，然后他看到了。是山洪。悬崖变成了瀑布，洪水倾泻而下，咆哮着拍打在岩石上，在雨中激起一阵高高的雾气。再往前走就不安全了，他开始朝右边走。再走大约 100 码就是他跳的那棵树。在距离树很近的地方，应该会有那个和猎狗一起掉下悬崖的警察的尸体。

他没有在树边找到任何尸体。正当他准备查看直升机残骸时，他突然意识到，尸体应该是被瀑布冲了下去，翻越岩石冲进了高高的草丛。他顺着岩石走下去，发现那个警察的尸体果然在岩石和草地的交界处，脸朝下趴在水里。他脑袋的上半部分被撞平了，胳膊和腿都以奇怪的角度伸展着。兰博不禁好奇狗的尸体去了哪里，找不到它们。它们肯定是被冲到更远的草丛里了。他单膝跪地仔细在尸体上搜寻。

这个人的武装带，他需要这玩意儿。他一只手拿着步枪以防掉进水里，用另一只手将尸体翻过来。脸还不算太糟，他在战场上见过比这更糟的脸。他停下来看了一下这张脸，然后就专心致志地解开武装带，想把它拽下来。这套动作让他断裂的肋骨在胸口里割到了血肉，疼得龇牙咧嘴。最终他还是取下了武装带，赶紧查看上面都有什么东西。

一个水壶，表面摔得凹了进去，但是没有摔破。他拧开瓶盖喝里面的水，水壶是半满的，倒水时发出汩汩的声音。里面的水有一股陈腐的金属味儿。

武装带上还有一只枪套，里面插着一把左轮手枪。枪套的手柄处有一片翻动式的皮革盖：不会有多少水流进枪里。他从枪套中取出手枪，对提索手下的精良装备深感惊诧。这是一把柯尔特蟒蛇左轮手枪：粗厚的枪管长达 4 英寸，末端有一个巨大的瞄准器。这种枪出售时一般配的是塑料手柄，但是这把枪换上了坚固的木头手柄，防止沾水后打滑。击锤旁边的瞄准器也经过了改造。瞄准器通常是固定的，但是这把枪的瞄准器可以调节，方便远距离射击。他没想到竟然能得到一件如此精良的武器。它的枪膛装的是 .357 马格南子弹，是手枪子弹中威力第二大的。用它能打死一头鹿，子弹甚至能穿过鹿的身体。他推开枪身一侧的控制杆，摇出圆筒状弹仓。里面还剩 5 发子弹；撞针下面的那个弹巢已经空了。他马上把手枪塞回枪套，以免被雨淋湿，然后打开弹药袋数了数，里面还有 15 发子弹。他站起来把武装带扣在腰上，又弯腰去搜索此人的口袋，同时感到肋骨一阵疼痛。但是口袋里没什么可以拿的，尤其是没有食物，他还以为此人至少会在身上带一些巧克力。

因为弯着腰，他感觉胸口比此前任何时候都疼。他现在必须处理好伤势。他解下此人的裤腰带，痛苦地拿着它站起身，解开红色羊毛衬衫和白色棉衬衫的扣子。雨水拍打着胸膛。他将腰带缠绕在肋骨上，把它束紧,就像用一卷强力胶带把自己绑紧一样。疼痛不再像刀割一样，变成了一种肿胀的疼，向外顶着腰带。兰博感到难以呼吸。太紧了。

但是至少不再疼得像刀割一样了。

他扣上衬衫的扣子，感觉棉布衬衫又湿又冷地贴在身上。提索，该去追他了。他犹豫了一会儿，几乎就要拔腿走进森林：追赶提索会浪费他逃脱的时间，如果又有一群人进山追捕，很可能会撞上他们。但是 2 个小时并不算长。抓住提索只需要用这点儿时间，然后在夜色的掩护下，他仍然有充足的时间逃走。值得用 2 个小时抓住那个混蛋。

就这样决定了，那么接下来走哪一条路去追他呢？那面悬崖的裂缝处，兰博决定了。如果提索想迅速爬下悬崖，他很可能会掉头回去，经过那里。如果顺利的话，他可以抢在提索前面抵达那里，在提索沿着裂缝爬下来时见到他。他匆忙朝右边走去，沿着草地的边缘前进。很快他就遇到了第二具尸体。

是那个穿绿衣服的老人。但是他怎么从悬崖上掉下来，最后落到这里来了？他的武装带上没有手枪，倒是有一把猎刀，还有一个口袋，兰博发现口袋里有东西——食物。一大把条状的肉。他咬下一口，几乎没有嚼就咽下去了，又咬了一口。是香肠，烟熏香肠，已经被水打湿了，而且在老人掉在岩石上时有点儿摔碎了，但它还是食物。他又咬了一口，狠狠地咀嚼着，又迅速咽下。他强迫自己慢下来，让香肠充盈整个口腔。他很快就要把香肠吃光了，正在把最后一点儿碎末倒进自己的口中，吮吸自己的手指。最后只剩下残留在嘴里的烟熏味，肉里的辣椒让他感觉自己的舌头微微发热。

一道闪电突然划过天空，轰鸣的雷声好像撼动着大地。自己的运气未免太好了。先是手枪、子弹、水壶，现在又是刀和香肠。这些东西到手得如此轻松，他最好当心一点儿。他知道这些东西都是有用的，也知道好运往往不能长久。前1分钟你还在走运，后1分钟——好吧，他决定当心一点儿，让所有好运气都站在自己这边。

7

提索揉着拳头，张开手又握住。他的指关节打在米奇
现在肿了，但是米奇的嘴唇肿得比提索的手厉害多了
声里，米奇试图站起来，但是一只膝盖没有支撑住身
靠着树抽泣起来。

“你不该打得那么重。”欣格尔顿说。

“难道我不知道吗？”提索说。

“你是个受过训练的拳击手，你不必打得那么重。”

“我说了我知道。我根本就不该打他。我们离开这里吧。”

“但是看看他。他站都站不起来。这个样子，他要怎么走？”

“这没什么，”沃德说，“我们还有更大的麻烦。步枪、无线电，都被冲下悬崖了。”

“我们还有手枪。”

“但是它们射程太短，”提索说，“没法跟步枪比。只要天色亮起来，那小子就能在1英里之外开枪把我们干掉。”

“除非他趁着暴风雨赶紧逃走。”沃德说。

“不。我们必须做好他反扑过来的准备。我们之前就太不小心了，

现在必须按照最坏的情况做打算。就算他不来找我们，情况也很危险。没有食物，没有装备，没有组织，精疲力尽。回到镇上时我们要是还能在地上爬的话，就算是走运了。”

他看着坐在雨水和泥泞里的米奇，后者捂着嘴发出一阵呻吟。“帮我把他扶起来。”他说着，伸手去拉米奇。

米奇一把将他推开。“我没事，”他掉了几颗牙，口齿不清地说，“你干的好事够多了，别靠近我。”

“让我来。”沃德说。

但是米奇把他也推开了：“说了我没事。”他肿胀的嘴唇变成了紫色，脑袋低垂着，双手捂着脸。“见鬼，我没事。”

“你当然没事。”沃德蹲下来，用手抓住米奇。

“上帝啊，我的牙。”

“我知道。”提索说，他和沃德一起把米奇架起来。

欣格尔顿看着提索，不住地摇头。“真是一团糟。看他的眼睛多黯淡。再看看你，连衬衫都没穿，你怎么熬过今晚？你会冻僵的。”

“不用担心。现在要紧的是小心莱斯特那帮人。”

“现在他们早就走远了。”

“这么大的暴风雨，他们是走不远的。他们看不清，没办法走直路。他们还会在这面悬崖上的某个地方游荡，如果撞上他们，一定要小心。莱斯特和那个年轻警员对那小子怕得要命，他们很可能把我们当成他，朝我们开枪。我从前见过这种事。”

在朝鲜战场上，一个哨兵开枪误伤了战友，提索想到的是这件事，但没有时间解释了。在路易斯维尔的雨夜，两个警察看不清对方，拔枪对射。他的父亲，这种事还发生在他父亲身上——但他不能让自己想这件事，回忆起这件事。

“走吧，”他突然说道，“还有很长的路要走，但是我们无法补充体力。”

雨点打在背上，他们扶着米奇在树林中穿行。一开始米奇的腿只能在泥泞中拖动，然后他笨拙地、缓慢地走了起来。

战争英雄。提索心中暗想。冰冷的雨水沿着后背冲刷下来，冷得他都麻木了。那小子说他上过战场，但那时候谁会相信他的话？那小子为什么不多说几句为自己解释呢？

就算是那样，又有区别吗？你会因此给他特别待遇，用不一样的态度对待他吗？

不，我不会。

好吧，那你就只用担心当他来找你时会怎么对付你了。

如果他来的话。也许你错了。也许他不会来。

他一次又一次返回到镇上，不是吗？这一次，他还会回来的。对，他一定会回来。

“嘿，你在发抖。”欣格尔顿说。

“只管小心莱斯特和那帮人。”

他没法不想起那件事。他吃力地迈着僵硬的腿，扶着米奇在雨中树林里艰难前行，不禁想起了发生在父亲身上的事，想起那个星期六，想起那 6 个和父亲一起去猎鹿的人。他父亲本来想让他跟着一起去，但是有 3 个人说他太小了，他父亲不喜欢他们说话的方式，不过还是让步了：那个星期六是狩猎季的第一天，任何一场争执都会破坏期待已久的狩猎。

提索完全记起了这个故事。他们在一条干涸的河床边占据位置，鹿在那片河床里留下了新鲜的足迹和粪便。他父亲绕到高处发出动静，目的是把鹿吓得跑到河床上去，让看见它的人开枪射击。规则是每个人都坚守自己的位置，让每个人都知道别人在什么地方，以防误伤。但是其中有个人是第一次狩猎，他对整天等待鹿的出现感到乏味，擅自脱离队伍试图寻找机会。当他听见声音，看见灌木丛里的动静时便举枪开火，把提索父亲的头几乎打成两半。举办葬礼时尸体差一点儿无法开棺供亲友瞻仰。头比乍看上去还要破碎，但是殡仪员用了一顶假发遮掩，所有人都说尸体看上去就像还活着一样。当时奥瓦尔也在现场，现在他也中弹了。当提索扶着米奇在暴风雨中前进时，他越来越害怕自己也要死了。他紧张地张望着，想看清莱斯特和其他人有没有在前面黑暗的树林里。如果他们迷失了方向，出于恐惧而胡乱开枪的话，他知道这不是别人的错，而是他自己的错。他的手下到底是些什么人，难道自己不清楚吗？年薪 5700 美元的交通警，接受的训练只能应付小镇犯罪的小镇警员，总是希望别发生什么严重的事，需要帮助时总是能很快得到帮助。现在他们孤立无援地身处肯塔基州最荒凉的山区，面对一个经验丰富的杀手，只有上帝知道他们是怎么撑了这么久的。他意识到自己不该把他们带到这里，而应该等州警察局接手。5 年来，他一直在欺骗自己，让自己相信这支警队和路易斯维尔的那批警察一样坚韧自律，现在他才明白过来，随着岁月的流逝，他的手下已经渐渐习惯于例行公事的工作节奏，早就失去了锐气。他自己也是一样。想想看，他是如何光顾着和奥瓦尔争吵，忘记了留意那小子的，他是如何让所有人遭受伏击的，他们的装备是如何丢失的，这群人是如何分崩离析的，奥瓦尔是如何死的，他突然意识到——这个想法出现之后曾被他驱散，现在它更强烈了——自己已经变得多么软弱无能且粗心大意。

比如对米奇出拳重击。

比如没有警示奥瓦尔卧倒。

在轰隆隆的雷声中，提索仿佛听到一种声音，但他不能确定是否真的听见了。他停下来，看向其他人。“你们听见了？”

“我不确定，”欣格尔顿说，“好像是在前面，大概是右边。”

然后又响了三声，毫无疑问，是步枪射击的声音。

“是莱斯特，”沃德说，“但是他没朝这边开枪。”

“我不觉得他会比我们更能保住弹药，”提索说，“是那小子在开枪。”

又是一声枪响，仍然是步枪发出的，他等着下一声枪响，但是此后就没有动静了。

“他绕到了那面悬崖的裂缝处，在那里截住了他们，”提索说，“他开了4枪，打中了4个人。第5枪把受伤的人结果了。现在他要来追我们了。”他匆匆转身，架着米奇往枪声相反的方向走。

沃德犹豫了一下：“等等。我们不应该去帮助他们吗？我们不能就这样把他们丢下不管。”

“这要视情况而定。他们已经死了。”

“而且现在他要冲我们来了。”欣格尔顿说。

“说得没错。”提索说道。

沃德焦急地看着枪声的方向。他闭上眼，难过地说：“这些可怜的蠢货。”他勉强架着米奇，然后朝左走去，加快了速度。雨势先是变弱，然后又下大了。

“那小子会在悬崖那里等着我们，以防我们没听见枪声。”提索说，“这会让我们有领先优势。当确定我们不往那边走，他就会过来寻找我们的脚印，但是这场雨会把脚印抹掉，不让他发现任何东西。”

“那样的话，我们就安全了。”沃德说。

“就安全了。”米奇神情恍惚地重复着。

“不。当找不到我们的脚印时，他就会跑向悬崖的最远端，试图在我们之前赶到那里。他会寻找一个我们最有可能爬下去的地方，在那里趴着等我们。”

“那样的话，”沃德说，“我们只需要先到那儿，不是吗？”

“先到那儿，不是吗？”米奇重复着，脚步蹒跚。沃德把它说得如此简单，米奇的回应听上去太滑稽了，让提索忍不住笑了出来，神经质地笑。“没错，我们只需要先到那儿。”他一边说，一边看着欣格尔顿和沃德，为他们的自控能力感到惊讶，然后他突然觉得也许能够安全脱身。

8

6 点钟时，雨水变成了重重的冰雹。欣格尔顿的脸被几个冰雹狠狠砸中，他们不得不先躲在一棵树下。树叶已经掉光了，但是仍然有足够多的树枝，可以挡开大部分冰雹，剩下的冰雹砸在提索赤裸的背部和胸口上，还有他抬起来护住脑袋的手臂上。尽管急切地想要重新迈开步子前进，但他知道这样做是在发疯。这么大块的冰雹，只需要几下就能把人砸晕。但是他待在树下的时间越长，那小子就有越多时间赶上来，他只能希望冰雹同样迫使那小子停下脚步，寻找掩护。

他等待着,朝四周张望,准备迎接袭击。冰雹终于停了,也不再下雨。天色变亮，风力渐弱，他们快速在悬崖上穿行。但是没有风声和雨声的遮掩，他们在灌木丛里快速穿行的声音听上去很响，对那小子而言是明显的信号。他们试图走慢一点儿，但声音几乎一样大，于是他们重新加快了步伐，急匆匆地前进。

“这片悬崖顶难道没有尽头吗？”欣格尔顿说，“我们已经走了几英里了。”

“几英里了，”米奇含糊地重复道，“4 英里，5，6。”他的脚又开始在地上拖了。

然后他腿一软，身体就倒了下去，沃德把他架起来，然后突然站立不稳，向后栽倒。步枪开火的声音回荡在树林里，沃德现在躺在地上，手臂和腿都以死亡特有的姿势伸展着。提索已经趴在了地上，他看到沃德的中弹部位是胸口。他很惊讶自己是趴在地上的。他不记得做出了卧倒的动作，他还惊讶地发现自己不知什么时候掏出了枪。

天哪，现在沃德也死了。他想爬到他身边，但是那又有什么用。米奇怎么样了？他不会也死了吧。提索抬眼望去，看到米奇躺在泥泞中一动不动，仿佛也中弹了似的。没有，他没事，他的眼睛还睁着，冲着一棵树眨眼。

“你看见那小子了吗？”提索连忙问欣格尔顿，“你看见他从哪儿开枪了吗？”

没有回答。欣格尔顿趴在地上，两眼茫然地望着前方，脸绷得紧紧的，巨大的下颚骨显得更加突出。

提索摇晃着他的身体。“你看见了吗，我问你呢。振作起来！”

摇晃他就像是按压泄气阀。欣格尔顿猛地动起来，举起拳头逼近提索的脸。

“见鬼，放开你的手。”

“你看见他了吗，我在问你。”

“没有，我说了！”

“你什么也没说！”

“没说。”米奇迟钝地重复着。

他们看着米奇。“快，搭把手。”提索说道。然后他们把米奇拖进了前面的一个灌木丛环绕的浅坑，坑边有一棵腐烂的树正好倒在他们前面。

浅坑里满是雨水，提索感觉身体在缓慢地下沉，胸口和肚子一阵冰凉。

当他查看手枪，确认没有水堵塞枪管时，他的手在颤抖。他知道现在必须做什么，而这件事让他害怕，但他看不到其他选择，而且如果他对此想得太多，他可能就无法逼自己去做这件事了。“和米奇留在这儿。”他口干舌燥地对欣格尔顿说。他的舌头已经干了几个小时了。“如果有人从灌木丛里跑回来，又不先开口说是我，就朝他开枪。”

“留在这儿是什么意思？你要——”

“到前面去。如果我们想沿着来时的路掉头回去，他只会跟在我们后面。我们不如别再跑了，在这里解决战斗。”

“但是他接受的训练就是为这样的战斗准备的。”

“我在朝鲜也接受过夜间巡逻的训练。那是20年前了，但是我还没有全忘光。也许我的反应不够快，也疏于练习，但是我想不到更好的办法了。”

“留在这里等他。让他过来找我们。我们知道他会过来的。我们做好准备就行了。”

“要是等到天黑，他悄悄潜伏到我们身边偷袭呢？”

“天黑了我们就往外走。”

“那会弄出更大的动静，他甚至不用看就能打中我们。他只用瞄准我们弄出动静的地方就行了。你刚刚也说了，他受过专门的训练，而我敢说我们的优势就在这里。他想不到我会跑出去，按照他的方式玩这场游戏。他一定以为我会逃跑，而不是攻击。”

“那我跟你一起去。”

“不。米奇需要你和他在一起。我们两个一起爬的声音太大，会让那小子发觉的。”

之所以单独行动，提索还有另一个原因，但他没有进一步解释。他已经等得太久了。他立即从浅坑里爬出来，从左边绕过那棵倒下的树。泥巴顶在肚子上的感觉如此冰凉，他必须强迫自己趴下爬行。他往前爬了几英尺，然后停下来凝神倾听，继续向前爬动。每一次往前爬，他都将鞋子插进泥里，用蹬力向前推动身体，泥巴会发出吸气的声音，让他感到一阵紧张。吸气声越来越大，直到他终于不再用脚往后蹬，而是手肘和膝盖在地上扭动着前进，每一步都注意让枪远离泥巴。当他在灌木下蠕动的时候，冰凉的水滴落在背上。他停下来，竖起耳朵听周围的动静，继续往前爬。

自己这样做的另一个原因，反正欣格尔顿也不会理解的，提索心想。因为在追捕行动中负责并犯错的人不是欣格尔顿，而是自己，是自己犯下的错误杀死了奥瓦尔、莱斯特、年轻警员、沃德、高尔特、直升机里的两个人以及所有其他人。所以欣格尔顿如何能够理解自己为什么不愿意带上他，让别人为自己送命呢？这次是他自己和那小子的对决，不涉及别人，就像这件事刚刚开始时那样，如果又出了什么差错，这次付出代价的应该只是他自己。

当提索出发时，手表指针指向 6 点 30 分。他只顾着关注自己的动作和周围的声音，当再次看表的时候，已经 7 点了。一只爬上树的松鼠吓了他一跳，他还以为是那小子，差点儿朝它开枪。天色又暗了下去，不是因为云，而是因为快要到晚上了。气温变得更低，他一边爬一边发抖。即便如此，汗水仍然流淌在脸、后背和手臂上。

是恐惧。肛门热乎乎地发紧，肾上腺素涌进他的肚子。他很想掉头回去，这让他催促自己继续向前。仁慈的主啊，如果他错过了干掉那小子的机会，那绝不会是因为他怕死。不，他不怕。他要为奥瓦尔报仇，为不幸殒命的部下报仇。

7点15分。现在他已经爬了很远，正来来回回地在森林里移动，不时停下窥视树丛深处，看那小子是不是藏在里面。那些不是自己弄出来的微小声音总是让他一阵激动，树枝折断的声音可能是那小子在瞄准时调整位置准备开火，树叶的沙沙响可能是那小子绕到了自己背后。他慢慢地爬着，努力克服慌张和加速的冲动，将注意力集中在周围的所有事物上。那小子只需要随便找个掩护，而他要是再次不小心，不去检查每一丛灌木、每一个树桩，或者地面上的每一处凹陷，一切就都结束了。事情会发生得非常迅速,他不会听到杀死自己的那声枪响。

现在是7点30分，一道道阴影互相交织，让他难以看清眼前的景象。看上去像那小子的东西，只是远处黑暗中一棵歪脖子树的树干。倒在一丛灌木后面的一根树干也以同样的方式骗到了他。他知道已经尽力了，现在只能掉头回去，这是最糟糕的情况。他的双眼疲惫不堪，各种阴影让他风声鹤唳，只想赶快回到欣格尔顿那里，然后放松片刻，让欣格尔顿盯着那小子。但是他不敢就这样放弃搜索，加速赶回去。就算是在爬回去的途中，他也不得不抽时间检查每一个灌木丛和每一棵树木，才敢往前爬一下。他必须回头看，害怕那小子从后面摸上来。他感觉后背如此赤裸，在黑暗中白得醒目，以至于在四处张望时总觉得会发现那小子正在微笑着瞄准他的两块肩胛骨之间。子弹会打烂他的脊椎骨，击碎他体内的组织，让他当场毙命。慌忙之中，他再也顾不上许多，急匆匆地往回赶。

他差点儿忘了要让欣格尔顿知道是他回来了。冒险去搜索那小子，结果被自己人打中了，那样的话岂不是太可笑了。“是我，”他轻声说，“我是提索。”

但是没有人回应。

我的声音太小了，他没有听见。提索这样想。“是我，”他提高声调重复了一遍，“我是提索。”但是仍然没有人回应，提索明白情况不对。

他绕过浅坑，从后面爬了过去，这才发现情况不只是不对。欣格尔顿不在那里，而米奇躺在水里，喉咙被割开了，伤口几乎从一只耳朵旁边贯穿到另一旁，鲜血在寒冷中冒着热气。欣格尔顿，欣格尔顿在哪儿？他一定是非常担心而且厌倦了等待，所以也去追捕那小子了，把米奇一个人丢在这里，结果那小子溜过来割开了米奇的喉咙，悄无声息地杀了他。 那小子。提索意识到那小子肯定在很近的地方。他蹲在地上，旋动身体朝四面八方张望。米奇惨死的样子，试图从所有方向保护自己的冲动，都让他想要大叫。欣格尔顿，回到这儿来，欣格尔顿！背对背的两个人或许能在那小子发动袭击之前先看见他。他想呼喊欣格尔顿的名字。

相反，倒是欣格尔顿从右边的某个地方喊出了他的名字。“小心，威尔，他抓到我了！”一声枪响打断了他的声音，这下提索再也承受不住了。心理防线终于崩溃，他不顾一切地拔腿就跑，尖叫着穿过重重阴影，穿过树木和灌木丛。啊——啊！他放声大叫。悬崖上那处裂缝，他脑海中只有这一个念头。悬崖！悬崖！

9

兰博朝提索开了一枪，但是光线太差，树木太茂密，而且欣格尔顿抓了一下他的步枪，子弹被压低了。他以为欣格尔顿已经死了。他的颅骨中了一枪，怎么可能又从地上扑过来，让步枪偏离了瞄准的目标。当兰博朝他开第二枪的时候，心中不由得涌起一阵敬佩之情。这一枪穿透了欣格尔顿的一只眼睛，他必死无疑。

打死欣格尔顿之后，他没有做片刻停留，立即拔腿去追提索。很显然提索是想掉头跑到悬崖的裂缝处，而他打算在那里开枪打他。他没有走和提索一样的路。提索可能会冷静下来，趴在什么地方等着他过去，于是他选择了一条与提索平行的路线，准备提前爬到悬崖，在那里击毙提索。

但是兰博错过了。他急匆匆穿越树林，看到了前面的悬崖边和裂缝顶部，便停下脚步跪在地上，藏起来等待提索。但是他马上听见了碎石沿着悬崖往下滚落的声音，下面还有沉重的喘气声。他赶紧跑过去，正好看见提索从裂缝的最后几英尺跳下，沿着崖壁东躲西藏。他还看到了自己刚刚在悬崖底下杀死的4个警察的尸体。他不喜欢现在的位置。现在优势在提索那边了，如果沿着这条裂缝爬下去追提索，提索就能轻而易举地瞄准他开枪，就像他射杀那 4 个警察一样。

他很清楚提索不会在下面等自己一整个晚上。很快提索就会找机会溜之大吉，而他会待在悬崖顶上，怀疑提索已经走了，但又不敢轻易冒险下去。为了确保安全，他必须找到另一条从崖壁上下去的路，而且那条路必须和提索逃回家的路位于同一个方向。

想到这里，他向后跑回杀死欣格尔顿的地方，经过他的尸体，继续向前跑，希望悬崖会在前面变成缓坡进入那条冲沟。果然如他所愿，半个小时后他就跑进了那条冲沟，穿过树林跑向他在上面时模模糊糊地看见的一片草地。光线更快地黯淡下去，他匆匆忙忙地在黑暗掩盖提索的踪迹之前赶到了草地。他小心地沿着草地边缘的林木线奔跑，不想在搜索踪迹时反倒成了目标。他停下来仔细看，又往前跑了一段继续看，但是潮湿的泥土里并没有脚印。他想到也许提索离开悬崖的速度比较慢，开始担心提索还在后面，而且一边往前走一边朝这里观察。就在天色更暗，将要开始下雨的时候，他发现了被压倒的草。

在这儿。

但是他必须接受不利条件，让提索先在前面跑一会。尽管他很想冲到开阔的草地上追赶提索，但是必须等到天完全黑下来。提索也可能并没有跑在前面，而趴在另一侧的灌木丛中，朝着这边举枪瞄准。兰博一直等到天足够黑，才穿过开阔的草地向前跑，以防自己成为靶子。但他的担心是多余的，因为当他跑到对面时，并没有发现提索。雨点儿轻轻地打在树木上，不足以掩盖其他声音，然后他听到前面有东西试图钻出浓密的灌木丛的声音。

兰博拔腿去追，然后停下来仔细聆听那个动静，调整好自己的方向，再继续追赶。他以为提索很快就会放弃逃跑并试图伏击自己，但是只能听见提索的声音，最保险的办法就是跟在后面追赶他，尽管这样做也会弄出声响。有一次他停下脚步听动静，前面的跑步声也紧跟着停止了，他慢慢趴在地上，开始静悄悄地往前爬。不一会儿，前面的跑步声继续响起来，而他也猛地站起身，跟在后面追赶。这样的模式持续了1个小时，奔跑、停下、倾听、爬行、再奔跑。冷冷的雨淅淅沥沥地下着，捆住肋骨的皮带变松了，他只好重新扎紧以减轻疼痛。他现在很确定肋骨已经断了，骨头尖锐的裂口正在切割身体组织。他疼得想要放弃，但他知道很快就能追上提索。他痛苦得直不起腰，但是提索还在前面跑着，于是他挺直身体，逼迫自己继续前进。

这场追赶十分漫长，先是爬上一片长满树木的山坡，翻过一片岩石遍地的山脊，然后向下穿过一片页岩山坡，沿着溪边跑了一段，横穿小溪进入又一片树林，穿过一条山涧。当兰博纵身跳过山涧的时候，胸部的伤口一阵剧痛，让他差点儿失足掉进山涧，但是他振作起精神聆听提索的动静并继续追赶。每当他的右脚踩在地上，震颤都会传导至整个右半边身体，摩擦着肋骨的伤口。他又呕吐了。

10

上上下下，山里的路总是重复着这样的模式。跌跌撞撞地爬上一面布满岩石和灌木丛的山坡，提索感觉又回到了之前的悬崖边，正在努力爬上山坡进入森林。在黑暗中，他看不到坡顶。他希望能知道坡顶还有多远，他无法继续往上爬多长时间了。雨水让岩石变滑，他一下子失去平衡，重重地摔了一跤。他挣扎着爬起来，岩石扯破了他的裤子，割伤了他的膝盖。而在他身后，在山坡底部的树林里，他听到了那小子在灌木丛中穿行的声音。

提索加快了爬上去的速度。如果他能看见坡顶，知道还要爬多远就好了。那小子现在肯定钻出了树林，正在爬上山坡。他想盲目地朝下开枪，阻挡那小子的前进。但是他不能。枪口喷出的火光会成为那小子开枪的目标，但是上帝啊，他必须做点儿什么。

提索在绝望的冲刺中抵达坡顶，但是他还不知道已经到坡顶了，直到他绊了一下，赶紧抓住一块岩石，才没有从山坡的另一边滚下去。现在，现在他可以开枪了。他伸直手臂举起枪，仔细倾听那小子是从哪儿冲上山坡的，然后朝着发出声音的方向一连开了 6 枪。接下来他紧紧趴在地上，以防子弹没有打中，接着一颗子弹从下面飞来，从他头顶飞了过去。他听见那小子从左边爬上来的声音，于是又朝那个方向开了1枪，然后从山坡的另一面跑下去。他又摔了一跤，这次他的肩膀结结实实地撞在一块岩石上，疼痛令他抓紧肩膀，整个人都不由自主地翻滚起来，一直滚到山坡底部。

提索头晕目眩地躺在地上。他摔得喘不上气来，努力想要呼吸，但是做不到。他张开嘴喘息，想要收紧腹部肌肉，但它们却想往外扩张。他好不容易吸进来一点儿空气，接着又是一点儿，这让他可以再次正常呼吸了。就在这时，他听到了那小子爬上坡顶岩石的声音。提索挣扎着爬起来，发现手枪在摔下来时从手里脱落了，它就掉在这面山坡上面的某个地方。

没有时间回去找了。天这么黑，根本看不见它在哪儿。

他跌跌撞撞地在树林中穿行，猜自己应该是在打转，毫无头绪地四处乱窜，直到被逼入绝境。他已经双膝发软，行进方向歪歪扭扭，不停地撞在树上。提索的脑海中突然浮现出一副奇怪的场景，他坐在办公室里，一双赤脚搭在办公桌上，歪着头品尝罐头热汤。番茄汤。不，是豆子熏肉汤。滋味醇厚、价格昂贵的那种，标签上还写着“无需加水”。

11

再过几分钟就能抓到提索了。前面的声音慢了下来，更加杂乱无章而且显得很笨拙。兰博可以听到提索粗重的呼吸声，他离自己这么近了。提索和自己展开了一场漫长的赛跑。几英里前自己就盯住他了，现在还在紧紧跟随。但是不会太久了，只需要几分钟，一切就都结束了。

肋骨的疼痛让兰博不得不放慢脚步，但步伐仍然很快，而且既然提索已经慢下来了，他也就不用太担心。他用手按住皮带，右半边身体都肿起来了。皮带在雨中比之前更松散，他必须一直用手按住才行。

然后他踉跄了一下，摔倒了。他之前还没有摔倒过。不，关于这一点，他错了。他在山涧那里踉跄了一下。他又绊了一下，赶紧站起来继续向前追，这下要想追上提索就要稍微多花一点儿时间了。不过仍然会很快，这一点毫无疑问。只需要比几分钟再多一点点的时间，就都结束了。

他刚刚是不是把这个想法大声喊出来了？

他在黑暗里突然撞上了刺藤，尖刺一下子挂住了自己的脸。他后退两步，捂住受伤的脸颊。他知道弄湿脸颊和双手的不是雨水。但是没关系，因为他听到了前方不远处提索在刺藤里爬行的声音。这就是结局，他抓到提索了。他闪到刺藤的左边往下跑，等着它的边缘往里收，将自己引到这片刺藤的底部，让他可以在那里守株待兔，等待提索从刺藤里爬出来。在黑色的夜幕之中，自己是看不到开枪打提索时他脸上惊讶的表情了。

但是沿着刺藤的边缘跑得越远，它们就延伸得越长，让兰博怀疑这片刺藤是不是覆盖了山坡的这一整个部分。他急匆匆地继续向下，而刺藤还没有往里收，这下他知道了，它八成会一直延伸到山坡脚下。他想停下原路返回，但是转念一想，要是再往下走一点儿，刺藤也许会往里收的。抓住提索需要的时间越来越长了，据他判断，从 5 分钟变成了 15 分钟，然后变成了 20 分钟，现在他在浪费时间，他应该跟在提索后面钻进刺藤里的，但是现在他不能了。在黑暗中，他不知道提索是从哪里进去的。

沿原路返回。也许这些刺藤在这条山脊的另一端不会延伸那么长，也许它们会在那边往里收。他冲了回去，捂着胸口，呻吟着。他沿着右边的刺藤从急匆匆地奔跑，直到再也不相信它们会往里收。当他再次绊倒时，他脸朝下趴在了泥泞的草地上，没有起身。

他跟丢了。他花掉那么多时间和力气，已经离得那么近，还是跟丢了。刺藤在他的脸上留下又深又长的伤口，像针扎一样疼。他的肋骨像火烧似的，双手沾满了黏糊糊的血，衣衫褴褛，遍体鳞伤。然而他还是跟丢了。一阵凉爽的小雨从天空洒下，他四肢张开趴在那里，深吸一口气，暂停一下，慢慢呼出气体，再次深吸一口气，让沉重的手臂和腿随着每一次缓慢的吐气放松下来——自记事以来，他第一次哭了，发出轻声的啜泣。

12

那小子随时都可能从刺藤里钻出来，追上自己。提索歇斯底里地爬行。刺藤变得越来越低，越来越稠密，他不得不紧贴在地面上，扭动着匍匐前进。即便如此，最低矮的枝条还是划伤了他的后背，勾破了他臀部的裤子。当他扭曲身体试图挣脱时，其他枝条又戳伤了手臂和肩膀。那小子要过来了，他心里想，然后拼命向前扭动，让枝条上的倒刺扎得更深。他的皮带扣在地上划动，把泥土铲进裤子里。

但是他在往哪儿爬？他怎么知道不是在转圈，返回到那小子身边？他停下来，惊恐万分。地面是向下倾斜的，自己一定是在一面山坡上。如果一直往下爬，他的方向就是对的。果真如此吗？身处黝黑的刺藤丛和连绵不断的雨水中，提索感到窒息，难以思考。你这个混蛋。我要从山里逃出来，杀了你报仇。

杀了你报仇。

提索从泥地里抬起头，一时想不起是怎么爬到这里的。然后他渐渐明白过来，自己刚刚晕过去了。他绷紧身体，朝四周张望。那小子刚才可以在他不省人事的时候摸过来割断他的喉咙，就像对米奇做的那样。上帝啊，他大声地说了出来，他的声音低沉沙哑，把自己吓了一跳。上帝啊，他又说了一遍，想清清嗓子，但是声音就像碎冰一样破裂。

不，我错了，他暗自想道。他的头脑慢慢清醒了过来。那小子不会趁我睡着摸上来杀了我，他会先把我叫醒。他一定想让我知道正在发生什么。

那么他在哪儿呢？在近处观察？发现了我的踪迹，正在跟过来？他竖起耳朵听刺藤丛里的声音，但是什么也听不到，只能继续前进，必须和那小子保持距离。

但是在试图快速爬行时，提索只能缓慢地扭动向前。他一定在那里昏迷了很长时间，天色渐明，到处灰蒙蒙的，他可以看到四处都是稠密丑陋的刺藤，藤蔓上的尖刺长达1英寸。他用手摸索后背，发现自己就像豪猪一样，皮肤上勾着几十根倒刺。他睁大眼睛看着血迹斑斑的手，继续向前蠕动。也许那小子就在非常近的地方盯着他，得意扬扬地看他受苦。

想象和现实仿佛混淆起来，然后太阳出来了，透过头顶的刺藤，他看见了明亮湛蓝的天空。他笑起来。你在笑什么？

笑什么？我甚至不记得雨是什么时候停的，现在天空已经放晴，毫无疑问是白天了。他又笑起来，接着感觉笑得有些头晕。而笑得头晕这件事很好笑，又让他再度发笑。当他从那片刺藤爬出去10英尺远来到一片秋耕农田时，提索才明白过来，自己出来了。真是一场笑话啊。他眯起眼，想要看到农田的尽头，但是看不到，想要站起来但是站不起来，他的脑袋一片混乱，让他不由得再次大笑起来。他突然停止了笑声。那小子可能在附近的某个地方瞄准自己。他会先得意地看着我遍体鳞伤地从刺藤里爬出来，再开枪打死我。这个混蛋，我要……

豆子熏肉汤。

他呕吐起来。

这也是个笑话。因为他到底往胃里填了什么东西，还能吐得出来?什么也没有。对，什么也没有。那面前这些地上的东西是什么？覆盆子派，他开玩笑地想道。这又让他感到一阵恶心。

他爬进这片耕过的农田，翻过两三道垄沟后瘫软在地，又翻过了几道垄沟。两道垄沟之间有一摊黑色的水。他整个晚上都不时将脸朝向天空，张开嘴去接雨水，但是舌头仍然干涩，喉咙仍然又干又肿。他把头埋得很低，贪婪地喝这摊泥水，他的脸埋进了水里，差一点儿晕过去。带着甜味的沙土进入他的口中。再爬几英尺，只需要再往前爬几英尺，我就逃脱了。我要杀了那个混蛋小子……把他撕碎……

因为我是个……但是这个想法突然在脑海中消失于无形。

我是个？但他就是想不起来，他不得不停下来休息，下巴放在垄沟顶上，太阳照得后背暖洋洋的。不能停下，昏过去就死了。动起来。

但是他动不起来了。他无法撑起身体用手和膝盖爬行。他试图用手扒住前面的泥土把自己往前拉，但是也无法以这种方式移动。必须动起来，不能昏过去，昏过去就死了。他将脚抵在一条垄沟上，使劲往后蹬，这次终于往前推动了一点儿。他的心脏怦怦狂跳，更用力地用脚抵住垄沟，一寸寸在泥巴里挪动，而且不敢停下来，他知道一旦停下就再也没有力气动起来了。脚抵住垄沟，蹬，蠕动。那小子。现在他记起来了。他要狠狠修理那个小子。

我不是个和他一样优秀的战士。

没错，那小子是个更优秀的战士。

没错，但是我，这个想法又在脑海中消失了，他只是无意识地重复着脚抵垄沟的机械动作，蹬，再来一次，再蹬，再来一次。他不知道手臂是什么时候参与其中的，双手扒住泥土，向前牵引着身体。组织。这就是他一直在找的词。他又用手向前扒土，然后碰到了一样东西。

他过了一会儿才认出来是什么，一根铁丝。

他抬头望见更多铁丝。这是一道铁丝网。上帝啊，铁丝网那边是一幅怎样美妙的景象啊，他不敢相信真的看到了。一道排水沟、一条柏油路。他的心脏剧烈地跳动着，他大笑起来，将头钻过铁丝，扭动着身体钻了出来，铁丝网又刮伤了他的背，但他根本不在乎，大笑着滚进了排水沟。沟里全是水，他躺在里面，水灌进他的耳朵，挣扎着往路上爬，不时滑倒在地又起来继续爬，终于有一只手已经摸到公路上的石子了。他的手指没有摸到石子的感觉，但是能看到石子。他眯着眼看着它，不过手已经麻木得失去了知觉。

组织。对了。现在他想起来了。我知道如何组织。那小子是个更好的战士。但是我知道如何……组织。为了奥瓦尔。为了欣格尔顿、沃德、米奇、莱斯特、那个年轻警员，为了他们所有人。

为了我。

我要彻底打败那个混蛋。

提索躺在路边，在心里一遍一遍地重复这些话。他在耀眼的阳光下眯上眼睛，对裤子的破烂不堪和身体的血迹斑斑窃笑不已。发现他的州警察惊诧地喊了一声："我的上帝！"放弃了将他抬上巡逻车的念头，而是赶紧用车载无线电呼叫救援，此时他还在咧着嘴笑，不断向这名州警察重复自己的这些想法，鲜血浸透了粘在他身上的泥巴。

矿井

1

现在是晚上，卡车的后部散发出油脂的气味。一块硬帆布盖在车顶，构成一面屋顶，而提索就坐在这面屋顶下的一张长凳上，盯着悬挂在壁板上的一幅大地图。一只没有灯罩的灯泡悬挂在地图上方，它是唯一的光源。地图旁边有一张桌子，上面摆着一台笨重的收发两用无线电。

无线电话务员头戴耳机。“国民警卫队 28 号卡车就位，”他正在对一名警员说，“小溪拐弯处下游 3 公里。”警员点点头，又将一个红色图钉按进地图南边的其他几个红色图钉旁边。地图东边的黄色图钉表示的是州警察局部署的力量，北边的白色图钉代表的是来自路易斯维尔、法兰克福、莱克星顿、鲍灵格林和卡温顿的警察。

“你不会在这里待一整夜吧？”有人从卡车后面对提索说。提索扭头望去，是科恩，州警察局派来的现场指挥。他站在卡车外面比较远的地方，灯泡的光只能照亮他的一部分脸，额头和眼睛都处在阴影之中。“为什么不回家睡一觉呢？”科恩说，“医生让你休息，而且暂时不会有什么重大情况。”

“不能回家。”

“噢？”

“各路记者都在我家和办公室等我，据我所知，不向他们复述一遍所有的事情就是最好的休息。”

“反正他们很快就会到这儿来找你的。”

“不会，我跟路障那边你的人说了，不要放他们过来。”

科恩耸耸肩，朝卡车走过来，直到完全被灯光笼罩。耀眼的灯光让他前额和眼角的皱纹更明显了，显得比实际年龄更加苍老，红色头发没有反光，更加显得黯淡而沉闷。

他的年纪和我一样，提索心想。如果他看上去是这副样子，那过去几天的折磨让我看上去是什么样子呢？

“光是给你的脸和手包扎绷带，就差点儿让那个医生发财，”科恩说，“从你的衬衫上渗出来的深色污渍是什么？别告诉我你又流血了。”

“是一种药膏，他涂得太厚了。我的衣服下面也有绷带。缠在腿上和膝盖上的绷带太紧了，我几乎走不了路。”提索挤出一个笑容，仿佛缠得太紧的绷带是医生故意开的玩笑。他不想让科恩察觉到自己现在感觉多糟，他感到非常恶心和晕眩。

“疼吗？”科恩问道。

“他把绷带缠得这么紧之前，我倒还没那么疼。不过他给了我一些药，每小时吃一粒。”

“有效果吗？”

“效果足够了。”这话听上去像那么回事。在和科恩谈论自己的伤时，他必须小心说话，对于疼痛尽可能轻描淡写，但是又不能太轻描淡写，以免科恩不再相信他，要求他回到医院。之前在医院的时候，科恩刚一现身就大发雷霆，斥责他竟然不等州警察局就贸然冲进森林追捕那小子。“那是我的职权范围，你却擅自抢先行动，现在你别想插手了。”科恩这样说道。提索一声不吭地承受了这顿斥责，让科恩发泄掉他的怒气，然后耐心地用尽最大的努力让科恩相信，要想组织规模这么大的搜索，不能只靠他一个人。提索还有一个没有明说的理由，但他敢肯定科恩考虑到了这个理由：既然追捕行动一开始就死了这么多人，就应该有人为此承担责任。科恩是那种比较软弱的领导者。提索太多次看见他依赖别人了。所以现在提索在指挥部帮忙，但不一定会待多久。尽管有软弱的毛病，但科恩的确为手下担心，不知道他们能承受多少工作，而且如果他发现提索过于疼痛，便会下令将他送回医院。

外面，一辆辆卡车在夜色中轰隆隆地驶过，是大块头的载重卡车，提索知道里面肯定有士兵。突然响起了警报声，它从卡车旁边快速经过，朝着镇上的方向去了，他很高兴谈论一些和他感觉疼不疼无关的事。“这辆救护车是怎么回事？”

“又有一名平民中枪了。”

提索摇了摇头道：“这些人真是拼了命地想要帮忙啊。”

“拼命是个恰如其分的词汇。”

“发生什么了？”

“还不是因为蠢。一群人在树林里露营，打算第二天早上跟我们一起搜索。他们在夜里听见声音，以为是那小子想偷偷从山上爬下来穿过公路，于是就抓起步枪到外面去看。他们在夜里看不清谁是谁。有个人听到另一个人的动静，以为是那小子，开了枪，那个人也开枪还击，其他的人也开始举枪乱射。谢天谢地没有人送命，最多只是重伤。我从没见过这样的事。”

“我见过。”之前盯着地图的时候，提索就感觉脑袋里好像塞满了绸缎，现在那种感觉毫无预兆地再次出现。他感觉耳朵里也塞了绸缎，那句“我见过”仿佛是从身体外面传过来的回声。他感到有些恶心，身体失去了平衡，想要躺在长凳上休息一会儿，但是他不能让科恩知道自己的真实状况。“我在路易斯维尔工作的时候，”他开口说道，差一点儿说不下去，“大约 8 年前，我们附近的一个小镇，有个 6 岁的小女孩被绑架了。当地警察认为她可能被强奸后抛在荒野里，便组织了一场搜索，那个周末我们没有当值的一些警员也开车过去帮忙。问题在于组织这场搜索的人在无线电台和报纸上呼吁民众帮忙，于是任何想要一顿免费午餐和找点儿刺激的人都决定加入进来。”

提索决定不躺下来。但是灯光在他眼里似乎变成了灰色，身下的长凳好像在倾斜。最后他采取了折中的办法，向后靠在卡车的壁板上，希望自己看上去轻松自在。“四千人，”他说，集中精神把每一个字都咬得很清楚，“根本没有地方可以让这么多人睡觉和吃饭，而且根本无法协调。小镇一夜之间膨胀起来，拥挤不堪。大部分志愿者一半的时间都在喝酒，然后带着宿醉出现在前往搜索区域的大巴车上。有个人差点儿在沼泽里淹死。有一群人迷路了，搜索行动不得不暂停，让所有人去找他们。有人被蛇咬了，有人摔断了腿，还有人中暑。局面最后混乱得一发不可收拾，不得不命令所有平民志愿者回家，只留下警察继续搜索。”

他点燃一支香烟,狠狠吸了一口,试图用尼古丁麻痹自己的眩晕感。然后抬头看了一眼，发现无线电话务员和那个警员都转过身子面对自己，饶有兴致地听着。自己说了多久了？感觉好像有 10 分钟，但绝对不可能有这么久。他感觉自己的思绪在急速波动。

“别停下来呀，”科恩说道，“那个小女孩呢？你们找到她了吗？”

提索缓慢地点了点头。“6 个月后，在一座路边的浅坟里，距离搜索首次中断的地方只有 1 英里。有个老家伙在路易斯维尔的酒吧喝酒时多次开玩笑地说奸污过小女孩，这件事传到了我们耳朵里。很难保证两者之间真的有关系，但我们还是盯上了这条线索。因为我参加过搜索，对这个案子很熟悉，审讯的任务就交给了我。在审问了 40 分钟后，他交待了事情的全部经过。他开车经过那座农场，看到那个小女孩在前院的塑料水池里玩耍。他说是她的黄色泳衣吸引了他。他把小女孩从前院里揪出来塞进车里,没有人看到。他直接带我们去了那座坟。那是第二座坟。第一座坟在搜索区域的中央，当平民志愿者四处游荡，惹是生非的时候，他在一天晚上偷偷跑回去，转移了她的尸体。”提索又深深吸了一口烟,感受着充斥喉咙的烟雾,夹着香烟的手指缠满绷带,变得又粗又厚,没有什么知觉。“这些平民志愿者也会搞砸这里的事情。关于这件事的消息绝不该泄露出去。”

“是我的错。有个记者溜进了我的办公室，我还没来得及让手下的人闭嘴，他们的谈话就都被他听见了。我马上派一些人把所有志愿者送回镇上。”

“当然，然后树林里的那帮人可能会受到惊吓，朝你的人开枪。无论如何，你也不可能找到所有志愿者。明天早上这片山区就会到处都是平民志愿者。你看见他们是怎样占领小镇的了。他们人数太多了，没法控制。最糟的情况还没出现。等到那些专业人士现身，那才有好戏看。”

“我不知道你说的专业人士是什么意思，他们到底是什么人？”

“其实都是些业余人员，但自称专业人士。这些人没有什么正事可做，只知道全国各地瞎转悠，哪里有搜索行动就去哪里。在找那个小女孩时，我遇见过几个这样的人。有个家伙刚刚从佛罗里达的大沼泽地过来，在那里寻找几个失踪的露营者。在此之前他还去了加利福尼亚，帮忙寻找野外徒步时被山火围困的一家人。那年冬天他又去了怀俄明州，参与救援被雪崩袭击的滑雪者。他还时不时去密西西比河洪水泛滥淹没的地方，或者矿工遇到塌方被埋在地下的地方。问题在于，像他这样的人从不和负责指挥的人合作。他们想要自己组织小团体的权力，而且总是独自行动，不久之后他们就会开始扰乱搜寻计划，干涉官方派出的搜索队伍，跑到前面看上去令人兴奋的地方，比如古老的农场，抛下身后还没有搜索的区域。”

提索的心脏猛地震颤了一下，先是错过一拍，又快速跳动起来。他捂住自己胸口，大口喘气。

“怎么回事？”科恩问道，“你——”

“没事，我没事。我只是需要吃药了。医生警告过我，不按时吃药就会发生这种情况。”他在撒谎，医生根本没有警告过他，而且这是他的心脏第二次这样了。第一次发作时吃了一片药就让心脏恢复了正常，所以现在赶快再吃一片吧。他一定不能让科恩知道自己的心脏有问题。

科恩似乎对他的答案并不满意。但此时无线电话务员调整着自己的耳机，好像在接听报告。“国民警卫队 32 号卡车就位，”科恩对警员说，他的一根手指在一张表格上朝下移动，“布兰奇路的起点。”然后警员又将一个红色图钉按在地图上。

药片的苦涩味道还留在提索口中。他呼出一口气，心脏周围的紧绷感开始放松下来。“我一直不明白，那老家伙为什么要把小女孩的尸体转移到另一座坟里，”他对科恩说，感觉心脏更放松了，“我记得当我们把她挖出来时，她在地里埋了6个月之后的样子，还有他对她做的事。我记得当时我想，上帝啊，这肯定是一种非常孤独的死法。”

“你刚刚怎么了？”

“没什么。疲劳，医生说是疲劳。”

“你的脸色阴暗得像你的衬衫一样。”

外面驶过更多卡车，在它们制造的噪声中，提索没法回答。然后一辆巡逻车停在科恩身后，前灯耀眼的灯光打在他身上，提索知道自己无需回答了。

“我想我得走了，”科恩不情愿地说，“那些步话机还等着我分发下去。”他走向巡逻车，犹豫了一下，又掉头回来。“我走的时候，你至少可以躺在长凳上睡一会。盯着那张地图并不会告诉你那小子在什么地方，而且我们明天开始的时候，你也想要清醒一点儿吧。”

“如果我累了就睡会儿。我想确定每个人都在他应该在的地方。我这副样子是不能跟你进山了，所以还不如在这里发挥一点儿作用。”

“听着。我在医院斥责你擅自追捕他。”

“都过去了。忘了吧。”

“但是听着。我知道你在干什么。你在想那些被打死的手下，你在消耗身体，以此惩罚自己。我说的也许没错——如果你一开始就跟我合作，奥瓦尔也许还活着。但那小子才是对他和其余的警员扣动扳机的人，不是你。记住这一点。”

提索不需要提醒。无线电话务员正在说话："州警察局19号小队就位。"提索抽着烟，目不转睛地看着那个警员又将一个黄色图钉按在地图东边。

2

这张地图几乎没有山区内部的任何详细情况。“从来没有人详细勘察过这些山，”镇勘测员在带来这张地图时解释道，“也许将来如果有一条路从那里穿过，我们就必须去测绘。但是勘测需要花很多钱，尤其是那种荒野崎岖的地方，把预算全花在这种似乎没人需要的事情上，实在是不现实。”至少山区周围的公路是准确的。北边的公路笔直，构成了一个矩形的上半部分。但是南边的公路有弧度，就像一个圆的下半部分，与其他笔直的公路相连。提索所在的通讯卡车停在南边公路最靠南的地方，这里也是州警察发现他的地方。既然那小子最后一次被看到时就在这附近，搜索行动的指挥部就设在了这里。

无线电话务员对着提索：“一架直升机正在靠近。他们在说话，但是听不清楚说的是什么。”

“我们的两架直升机刚刚离开。它们都不可能这么快就回来。”

“也许是机械故障。”

“也许不是我们的直升机。可能又来了一个新闻摄制组坐着直升机拍照片。如果是那样的话，我不想让他们降落。”

无线电话务员开始呼叫，让对方表明身份。没有回应。然后提索听到了直升机螺旋桨的轰鸣在靠近，他僵硬地从长凳上站起身，艰难地走到卡车敞开的后部。卡车旁边是他那天早上从中爬过的那片耕过的田野。天是黑的，他突然看见了被灯光照得惨白的垄沟，那架直升机正在向下俯冲穿过田野，直升机底部的探照灯非常明亮，那种探照灯是早期电影摄制组常用的设备。

“他们正在盘旋，”他对无线电话务员说，“再试试，一定不要让他们降落。”

但是那架直升机已经在缓缓下降了，引擎逐渐安静下来，螺旋桨划破空气的声调也越来越低。借助驾驶舱的灯光，提索看到有个人钻了出来，迈着沉稳的步伐穿过田野朝卡车走过来。即使看不清衣着，提索也能从举止看出，他不是记者，也不是因为机械故障返回的州警察。这是他要找的人。

他痛苦地慢慢爬下卡车，一瘸一拐地走到路边。那人刚刚走到田野尽头的铁丝网。

“打扰了，我一路起落了不少地方，想找一个人，”那人说道，“我想知道他在不在这里。有人告诉我他可能在这儿。他叫威尔弗雷德·提索。”

“我就是提索。”

“你好，我是山姆·陶德曼，”他说道，“我这次来是为了我的一名士兵。”

又有三辆卡车驶过，国民警卫队的士兵手持步枪站在卡车后部，头盔下的脸庞在黑暗中显得很苍白，在车灯的照射下，提索看到了陶德曼的制服、上校徽章，以及整齐地夹在皮带下面的绿色贝雷帽。

“你的士兵？”

“严格地说不算是。我没有亲自训练他。是我的手下训练的。但训练他的人是我训练的，所以从某种意义上说，他是我的士兵。他有没有又做什么？上一次我听到消息的时候，他已经杀了13个人。”他的语调清晰，直接，没有重音，但是提索仍然在他的声音中听到了刻意弱化的东西：这种东西他以前听到过太多次了，太多父亲深夜出现在警察局里，震惊于孩子所做的事，深感失望和尴尬。

但是这次不一样，没有那么简单。陶德曼的声音里还隐藏着某种别的东西，某种在这样的情况下不常见的东西，让提索难以辨别，当他辨别出来的时候，他糊涂了。

“你听上去似乎为他感到骄傲。”提索说。

“真的吗？对不起。我不是有意的。只是因为他是我们教出来的最好的学生，如果他在战斗中没有出色的发挥，那就说明学校的训练肯定有问题。”

他指了一下铁丝网，然后开始爬上去，动作和刚刚走下直升机穿过田野时一样干脆利落。翻下来走进提索这一侧的排水沟时，他们的距离足够近，提索看出他的制服完美贴合自己的身体，没有一处叠痕或褶皱。在黑暗中，他的皮肤似乎和铅是一个颜色。他有一头向后梳的黑短发，一张瘦削的脸和一个尖尖的下巴。他的下巴是微微往前伸的，这让提索想起了奥瓦尔有时会把人比作动物。如果奥瓦尔还活着，他这时候肯定会说，你不该叫陶德曼。不像鳟鱼[11]，而像一种好斗的小狗，

[11] 陶德曼名字(Trautman)中的“traut”与“trout”(意为鳟鱼)相似且发音相近，而“man”是人的意思。提索在这里玩了一个文字游戏。

或者雪貂，或者黄鼬，某种精明强悍的捕食者。他想起在朝鲜遇到的职业军人，都是专业的杀手，精通杀人之道，而他们总是让他想往后退。我不知道是不是真的想让你留在这儿了，他心中暗想。

也许叫你过来是个错误。

但是奥瓦尔还教了他握手识人的方法，当陶德曼只迈了三步就从排水沟里走出来时，他的握手并不像提索预计的那样粗糙霸道，而是很奇怪地兼具温柔和有力，让他感觉非常舒适。

也许陶德曼这个人还可以。

“你来得很快，比我预计的快。”提索对他说，“谢谢，我们需要一切能够得到的帮助。”

由于刚才想到了奥瓦尔，此时提索感到经历过同样的场景，那是两个夜晚之前，他感谢奥瓦尔赶来帮助自己，当时他说的话和刚刚感谢陶德曼的话几乎一样。

但是现在奥瓦尔死了。

“你的确需要一些帮助，”陶德曼说，“老实说吧，你还没打电话的时候我就打算来了。他已经退役了，严格地说这件事跟军队无关，但我总是感觉要负一部分责任。然而有一件事要事先说明——我绝不参与任何屠杀任务。若要我帮忙，这件事必须说明白，行动的目标是逮捕他，不是不由分说地当场格杀。他也许会在行动中被杀死，但我不认为那就是行动的目的。这一点我们达成共识了吗？”

“当然。”提索说的是实话。他绝对不愿意那小子在山里某个他看不见的地方被子弹打穿。他想让他活着被带回来，想看到发生在他身上的每一件事。

“那就好，”陶德曼说道，“虽然我不能确定我能不能真的帮到你们，但是我认为你的人甚至无法凑近到能看见他的地方，更别说抓住他了。他的聪明和强悍是你无法想象的。他怎么没有连你也一起杀了呢？我不明白你是怎么从他手里逃脱的。”

又来了，那种骄傲和失望交织的语气。“现在你听上去好像很遗憾我逃脱了似的。”

“在某种意义上是的，但是绝没有针对你个人的意思。严格地说，以他受到的训练和掌握的技能，不应该出差错。如果他放跑的不是你，而是一名敌军士兵，会造成非常严重的后果，我想查清楚为什么会发生这种事，说不定可以给我的人补上一课。告诉我你目前是如何计划的，你是怎样让国民警卫队这样快就动员起来的？”

“他们在这个周末安排了一场军事演习。装备都已经准备好了，所以他们要做的只是提前几天召集士兵而已。”

“但这里只是警察的民用指挥所。国民警卫队的军事指挥部在哪里？”

“在这条路上的另一辆卡车里。但是国民警卫队的军官让我们下命令。他们想了解自己的士兵单独行动的能力，所以他们只是在监控，就像在原定的军事演习中那样。”

“军事演习就像一场游戏，”陶德曼说，“上帝啊，所有人都爱某种游戏。你为什么确定他还在这片山里？”

“因为自从他上山以后，这些山周围的每一条路都有人监视。他要是下山了，不会没有人看到。就算他没有被发现，我也会感觉得到。”

“什么？”

“我解释不了。只是在经历了他带来的一切之后，我的一种特别的感觉。不重要。他还在山上。明天早上，我就会派大批人手上山，直到每棵树下都有我的人。”

“那当然是不可能的，所以他仍然有优势。他是游击战专家，知道如何在荒野中就地取材，维持生存，所以他不像你，还有为部下运送食物和给养上去的麻烦。他知道要耐心，如果有必要的话，他可以藏在某个地方一年，等到这场追捕结束。他只是一个人，所以很难被发现。他独自来往，不用听从命令，不用和其他人协同，所以可以快速转移。他还可以打一枪之后迅速脱身，藏在别的某个地方，再把这个过程重复一遍。我的部下就是以这种方式训练他的。

“很好，”提索说道，“现在该你教我了。”

3

兰博在冰凉而扁平的石头上醒来，四周一片黑暗。让他醒来的是胸口的伤势。胸口肿胀起来，非常疼痛，让他不得不松开缠在胸口上的皮带。而且每一次呼吸的时候，破裂的肋骨就会切割他的身体，让他忍不住龇牙咧嘴。

他不知道自己在什么地方。他猜测现在是晚上，但是他不明白为什么眼前的黑暗如此彻底，为什么黑暗中没有混入半点儿灰色，没有星星闪光，云层也不透露半点儿微光出来。他眨眨眼，黑暗毫无变化。担心眼睛受到损伤，他迅速将手放在身下的石头上，慌乱地在四周摸索起来，然后摸到了潮湿岩石构成的墙壁。洞穴，他困惑地想道。我在一个洞穴里。但我是怎么进来的？脑袋仍然昏沉沉的，他开始往外走。

他必须停下，返回刚刚醒来的地方，因为步枪不在手里，但是他的神志清醒了一点，意识到步枪一直都在身上，夹在武装带和裤子之间，他重新开始往外走。洞穴的地面微微向下倾斜，但他知道洞口通常都是向上而不是向下的，于是他再次掉头，朝来时的方向走，那里才是往洞外的方向。从外面向下灌进洞穴的微风可以告诉他该走哪条路，但是他还没来得及考虑风向，就在某个拐弯处绊了一跤，发现自已来到了洞口。

洞口外是晴朗的夜空，天上挂着明亮的星星和一弯弦月，下面树木和岩石的轮廓十分清晰。兰博不知道晕过去多久了，也不记得是怎么进入这个洞穴的。他最后的记忆是，在日出时从刺藤边趴下的地方挣扎着往上爬，在森林中漫无目的地穿行，然后探头在一条小溪旁边喝水。他记得自己故意滚进那条小溪，让凉爽的水从身上流过，想用这种方式振作精神。现在他置身于这处洞口，已经是晚上了，所以一整个白天以及他走过的一大段路程都被他忘记了。只有 1 天而已。这时他突然想到，其实会不会更久？

远处的山脚下闪烁着灯光，看上去就像是数百个明亮的斑点，然而它们忽明忽暗地移动着，大多数是黄色和红色。他猜那应该是路上的车流,也许是高速公路。但是这么多车显得很不正常。不只是数量多，这些车似乎并不打算去任何地方。灯光的速度慢了下来，然后停住了，在距离他大约 2 英里的地方构成了一条长长的光带，起点在他的左边，终点在他的右边。也许距离的计算有误差，但是他现在敢肯定，这些灯光和追捕他的行动脱不了干系。下面的阵仗不小啊，他心想。提索想抓到我的决心肯定比以往任何时候都强烈。

夜里很冷，灌木丛里没有昆虫的鸣叫，也没有动物活动的声音，只有清风吹动落叶和枯枝的窸窸窣窣。他抱紧穿在外面的羊毛衬衫，发起抖来，然后听到左边有直升机在空中飞行的声音，它咆哮着飞到了自己身后，声音逐渐低下去。它后面还有一架直升机，右边又出现了第三架直升机，他还在右边听到了微弱的狗吠。风转变了方向，从下面灯光那里朝自己吹过来，裹挟着更多狗叫声，还有远处重型卡车的发动机微弱而低沉的轰鸣。既然灯是亮的，发动机就得怠速运转，他想道。他试图数清灯的数量，但是遥远的距离让他分辨不清，他用约莫估计出的数字乘以每辆卡车可以装载的人数，25 人，也许是 30 人。看来提索是真想抓到自己啊。这一次他不愿意冒任何导致失败的风险，他要发动每一个人，让他们带上他能弄来的每一件装备。

但是兰博不想再和他战斗了。他很不舒服，浑身疼痛，而且他的愤怒已经消失了，这件事发生在自刺藤那里跟丢了提索之后，在洞穴里醒来之前。甚至可以说当对提索的追杀导致他精疲力尽，当他急切地想要抓住那个家伙，不再是为了得到教训他的快乐，而只是为了完成这件事从而就此解脱的时候，他的愤怒就开始消失了。在杀死这么多人，牺牲了这么多用来逃跑的时间和体力之后，他仍然没有赢。愚蠢的、毫无用处的浪费，他心想。这让他感到空虚和恶心。这一切是为了什么？他本应该抓住机会，在暴风雨的掩护下逃走的。

好了，这一次他要走了。他已经完成了和提索的战斗，那是一场公平的战斗，提索活了下来，这就是战斗的结局。

你这是在胡说八道些什么呢？他对自己说。你在骗谁呢？是你渴望再次战斗，而且你很肯定能打败他，但是你输了，现在是最后时刻。他现在还不会搜索你，不会在夜里行动，但是等到日出，他就会率领一小支军队追捕你，你没有机会抵抗。你要走不是因为他公平地赢得了战斗，这就是结局。你只是在还能够逃走的时候设法脱身而已。就算他带着他们所有人，就在你眼皮子底下出现，你也最好从这里离开，设法活下去。

兰博很快就知道逃出生天并没有那么简单。因为当他站在那里发抖，用手擦去额头和眉毛上的汗珠时，一阵火热的感觉猛然之间从脊椎底部向上蹿到后脑勺下，然后又是一阵突然的寒冷。这个过程不断重复，现在他知道发抖不是因为风和寒冷，是发烧，而且烧得不轻，让他出了这么多汗。如果试图逃走，偷偷穿越下面的那条灯光带，他会体力不支晕倒在地。此刻他连站立都有困难。温暖——他现在需要暖和起来。他还需要落脚处，让他可以通过发汗退烧并让受伤的肋骨休息恢复。还有食物，自从他在那个被冲下悬崖的老人身上找到一些干肉以来，就再也没吃过东西了，那是多久之前了啊。

他的身体开始摇晃起来，不得不伸出一只手扶着洞口才能站稳。对，只能将这个洞穴当作栖身之所了，他没有力气去找更好的地方。身体变虚弱的速度是如此之快，他甚至不确定有没有力气再次进入洞穴。好了，不要站在那里告诉你自己有多虚弱了。行动吧。

兰博沿着一条狭长的页岩向下走到一片树林，在洞口时他就看到了这些树的轮廓。首先看见的是光秃秃的树枝，这种树枝不能用，于是他拖着脚从落叶上走过，直到脚下的落叶变成柔软有弹性的冷杉松针，他在这些冷杉树中寻找能轻松折断的茂密树枝，并且时刻小心翼翼，每棵树只能取一根枝条，以免留下明显的痕迹。

在折断 5 根树枝之后，抬起手臂折断树枝的动作对他的肋骨造成的负担加重了。他想再折一些，但实在力不从心，好在 5 根树枝也勉强够用。他痛苦地把它们抬到左肩上，朝着洞穴的方向返回，树枝的重量让他的脚步比刚才还要蹒跚。沿着页岩斜坡往上爬的过程实在痛苦。他总是身体偏向一侧，走不了直线。有一次他脚下一滑，摔了个狗吃屎，疼得龇牙咧嘴。

当兰博爬到斜坡顶部，将树枝放在洞口，他还得沿着斜坡走回去，这一次是为了搜集落在地上的枯叶和细碎的树枝。他尽可能将枯叶塞满羊毛衬衫，在胳膊下面夹着一些干枯的大树枝，将它们带回洞口。他分两次进入洞穴深处，第一次直接带着胳膊下夹着的枯树枝，然后返回来取那些冷杉树枝。他的头脑更清楚了，第二次深入洞穴时采取了正确的行动。经过醒来的地方后，他会用脚小心试探，防止地面突然下坠。他走得越深，天花板就越低，不得不蹲伏在地上，压迫肋骨的时候，他决定不再深入。实在是太疼了。

洞穴的这个部分又湿又冷，他赶快将枯叶堆在地面上，然后将细树枝铺在上面，用前几天晚上那个搞私酿的老人给的火柴点燃树叶。火柴在雨里和小溪里都被泡过，但是已经过去了很久了，足够让它们重新变干。虽然前 2 根没有划燃，但是第 3 根点着了，只是很快就又熄灭了，第 4 根稳定地燃烧起来，点着了树叶。火苗越来越大，他耐心地增添了更多树叶和细树枝，让所有小火苗汇聚成可以添加更大块木头的火焰，再将大的枯树枝丢进去。

这些树枝已经掉落很长时间，早就干透了，所以没有什么烟，偶尔冒出来的一点儿烟也被入口处刮过来的微风吹到了洞穴更深处。他盯着火焰，伸出双手取暖，身体还在发抖，然后看了看洞穴四周墙壁上的影子。他之前猜错了。现在他看出来,这并不是个洞穴。一些年前，有人挖出了这个矿井。从对称的墙壁和天花板以及平整的地板上就能很明显地看出来。这里没有遗留下来的工具，没有生锈的独轮车、坏掉的铁镐或者腐烂的铁桶——看来遗弃这里的人很尊重这座矿井，在离开时保持了它的整洁。不过此人居然忘了封闭入口，这一点真是粗心得令人奇怪。现在这些木头柱子和支撑梁都已经老化得摇摇欲坠了，要是有小孩跑进来探险，他们可能会敲打横梁或者弄出太大的动静，导致一部分天花板倒塌，砸在他们身上。但是小孩怎么会来到这儿？这里方圆几英里都没有人居住。不过既然自己发现了它，其他人也能。很显然，他们明天就会发现这里，所以他最好看着点儿时间，赶在那之前离开。根据挂在天上的弦月的高度，他判断现在应该是晚上 11 点了。可以休息几小时。自己现在只需要睡上一觉，他对自己说。当然，然后他就可以走了。

火堆温暖而舒适。他将冷杉树枝放在火堆旁边，把它们叠成床垫的样子，平躺在上面舒展手脚，身体受伤的一侧靠近火堆。到处都是冷杉的松针穿透衣服，扎着他的身体，但是他对此无能为力，他需要这些树枝支撑身体，远离潮湿的地面。在极度的疲惫中，身下的冷杉树枝也变得柔软起来，令人平静，然后他闭上眼，听着木头燃烧发出的噼啪声。在隧道深处，响起水滴落下的回声。

第一眼看到矿井的墙壁时，兰博几乎以为会看到图画，画的是带角的动物，猎人手持长矛，悄悄地跟在它们后面。他看过类似场面的照片，但记不起来是什么时候看的了。或许是在高中。打猎的照片总是让他着迷。当他还是住在科罗拉多州家中的一个年轻男孩时，他就经常一个人去山里徒步。有一次当他打着手电筒小心地走进一个山洞时，在一个角落看到了画在岩壁上的一头野牛，只有一头，是黄色的，画在岩壁的正中央。它看上去是如此逼真，仿佛会因为看到他而受惊，撒蹄子就跑似的。他在那儿看了它一下午，直到手电筒快要没电，光都黯淡了下去。从那以后，他至少每周去一次那个山洞，就坐在那里看着。这是他的秘密。有一天晚上，父亲不停地揍他的脸，就因为他不愿意说自己去了什么地方。他最后也没有对父亲说。想到这一点，兰博点了点头。告别那个山洞已经很长时间了，而眼下这个地方又让他有了秘密的感觉，就像那里一样。一头野牛就在那里盯着他，有着高高拱起的脊背和方形牛角。在山里这么高的地方，远离它的平原栖息地，它在那里多久了，是谁画的？又是谁挖了这条矿井，它在这里又出现多久了？那个山洞总是让他想起教堂，现在这个地方也是，但现在这种联系让他感到尴尬。当他还是个孩子的时候,他不会感到尴尬。第一次团契、忏悔。他记得自己是如何推开一面沉重的黑布帘，走进黝黑的忏悔室的，双膝跪在加了垫子的木板上，牧师的声音在忏悔室另一端含糊不清地响起，给予忏悔者宽恕。思绪闪回到此刻，他仍在忏悔。忏悔什么？他杀死的那些人。那是自卫，神父。

但是你享受那过程吗，我的孩子？那是不是罪恶呢？

这让他更尴尬了。他不相信罪恶，也不想考虑这方面的问题。但是这个问题萦绕在他心头挥之不去：那是不是罪恶呢？温暖的篝火让他的思绪昏昏沉沉，他不禁想，如果他还是个孩子的话会说什么。大概会说是。这一系列杀戮的过程很复杂。他可以向神父说杀死那些猎狗和那个绿衣老人是合理的自卫。但是后来当有机会逃脱时，他却没有逃之夭夭，而是去追杀提索并且趁他的警员溃逃之际射杀了他们，那是罪恶。现在提索要来报复了,他又一次想到,现在是他忏悔的时刻。

水滴在隧道深处发出空洞的回声。

隧道深处。他应该一开始就检查那里的。矿井是熊的天然巢穴，还可能有蛇。为什么他没有检查那里？他从火堆里拿起一根正在燃烧的树枝，把它当作火把，向隧道更深处移动。天花板越来越矮，他忍着一侧身体的疼痛弯腰前进，感觉很难受，但这件事必须做。他来到一个拐弯处，刚刚听到的水就是从这里的天花板落下的。落下的水积攒在一个水坑里，从地面的一条裂缝渗了下去，这里就是隧道的尽头了。他的火把噼啪作响，快要熄灭了。他走到最后这面岩壁前，岩壁中有一条2英尺宽的缝隙斜着向下延伸，他放下心来，认为自己是安全的。这时候他的火把真的熄灭了。他掉头往回走，火堆很近，看得见火焰摇曳的反光。

但是现在他想起来，还有别的事要做。去外面查看，确定看不到里面的火光。还要设法找到食物。还有什么？在这座矿井里休息一开始似乎是很简单的想法，但是随着脚步的移动，他越来越觉得这样太烦心了。他试图忘记在矿井里休息这件事，甚至想要试图偷偷潜伏下去，穿过下面那条光带。走到洞口的时候，他头晕目眩地不得不坐下来。只能如此了。他别无选择。他不得不留在这里，休息一会儿。

只能是一会儿。

第一声步枪开火的声音从下面的某个地方传了上来。紧接着又有三枪。天太黑了，而且他们离得太远，所以他不可能是目标。又有三声枪响传了上来，然后是微弱的警报器的叫声。怎么回事？发生了什么？

食物。那是你现在唯一需要担心的东西。食物。而且他清清楚楚地知道是哪种食物：当第一次从洞里走出来的时候，他看见一只大猫头鹰从下面的一棵树上飞走。飞走之后过了两三分钟，它就又飞回来了，兰博看到了它黑色的剪影。这个过程他已经见到了两次。那只鸟现在又不见了，他耐心地等待着它飞回来。

右边远处传来更多枪声。但到底是为了什么呢？他站在那儿，浑身发抖地等待着，心中困惑不解。至少他的枪声只会和下面的其他枪声混在一起，不会暴露他的位置。在夜里瞄准总是一件难事，但是有那个老人在瞄准器上涂抹的夜光染料，他有很大的机会。他等啊，等啊，就在脸上的汗珠和脊背上的寒意让他感觉快要承受不住的时候，他听到了翅膀扇动的声音，看到那个动作迅速的剪影向下扑去，落在了树上。1，2，他在心里默念着，将步枪抵住肩膀，瞄准那只猫头鹰的黑色轮廓。3，4，他在发抖，赶快绷紧身体的肌肉，控制住自己的抖动。“啪！”后坐力震痛了肋骨，他摇晃着身体痛苦地靠在洞口。当他看见那个黑点开始移动的时候，还以为自己没有打中，害怕猫头鹰会飞走并且再也不回来。然而它只是动了一下，就姿态优美地从树上笔直下坠，撞到一根树枝，翻落而下，消失在黑暗中。他听到它在落叶中垂死挣扎的声音，于是赶紧从页岩斜坡上滑进树林，不敢将目光从他看到那只鸟掉落的地方移开。他失去了方向感，找不到那只鸟。过了好长一段时间的搜索，他才碰巧看到它。

终于回到了洞中的火堆旁，兰博瘫倒在冷杉树枝上，头晕得厉害，身体剧烈地颤抖。为了忽略痛苦，他将注意力集中在这只猫头鹰紧握的爪子上，并轻轻抚摸它竖起的羽毛。这是一只老猫头鹰，而且他很喜欢它宽阔的脸，但是他无法稳住自己颤抖的手，将它的羽毛抚平。

他仍然不明白外面那些枪声是为了什么。

4

救护车呼啸着从通讯卡车旁边经过，朝镇上的方向驶去，后面跟着三辆装满平民志愿者的卡车，有些平民在大声抱怨，朝着路边的国民警卫队士兵叫喊，听不清他们说的是什么。两辆州警察局的巡逻车跟在卡车后面，监视着这些人。提索站在路边，明亮的车前灯在黑暗中从他身旁闪过。他摇了摇头，慢慢走向卡车。

“还是没有中枪人数的消息吗？”他向位于卡车后部的话务员问道。吊在卡车更里面的明亮灯泡让话务员仿佛笼罩在光环之下。“刚刚才有。”话务员缓缓说道，语气很安静，“他们有一个人中枪，我们有一个人中枪。中枪平民被打中了膝盖骨，但我们的人是头部中弹。”

“噢。”他把眼睛闭上片刻。

“救护车上的医护人员说，也许在抵达医院之前，他就会咽气。”

也许个屁，提索心想。照过去3天事情的发展，他撑不到医院。毫无疑问，他肯定撑不到医院。

“你知道他是谁吗？不，等等。你最好别告诉我。我认识的人已经死得太多了。那些醉鬼有没有全部被聚拢起来，好让他们不再乱开枪打人？刚刚卡车里的是最后一批吗？”

“科恩说他认为是这样，但他不能确定。”

“也就是说仍然可能有多达100名平民在山上扎营。”

上帝啊，难道你不希望用另一种方法解决这件事吗？只有我和那小子，再来一次对决。在这件事结束之前，还会有多少人无辜送命啊？

提索在地上走得太久了，又开始头晕目眩他靠在卡车后面支撑自己的身体，腿变得柔软无力。他感觉好像马上就要翻白眼似的。就像洋娃娃的眼睛一样，他心想。

“也许你应该爬上来休息一下，”话务员说，“就算你不在灯光下的时候，我也能看见你在出汗，你的脸上都是汗水，汗都从你的绷带里渗出来了。”

他虚弱地点点头。“科恩在这儿的时候别提我的情况。把你的咖啡递给我，好吗？”当他接过咖啡，用它又送下两枚药片的时候，他的手在颤抖，舌头和喉咙感到苦不堪言。就在这时，陶德曼回来了，刚刚他在和驻扎在公路上的国民警卫队士兵谈话。他看了提索一眼，然后对他说：“你应该躺在床上。”

“在行动结束之前，我是不会上床睡觉的。”

“这件事要花的时间很可能比你预计的更久。这里不是朝鲜战场。大军团作战策略很管用，但那是在两军对垒时：如果某个侧翼变得混乱起来，你有足够的时间去加强那个侧翼，因为敌人规模庞大，行动迟缓。但是这种战术在这里行不通，因为你对付的是一个人，而且是他。一旦前线出现最轻微的一点儿混乱，他就能毫无痕迹地在你的人眼皮子底下溜之大吉。”

“你已经指出了足够多的错误。你就不能提供一些有用的东西吗？”

他并不想用这么强烈的语气说话，当陶德曼回答“能”的时候，他那平稳的声音里隐藏了新的东西，那是愤恨。“我还有一些细节需要弄清楚。我不知道你是如何管理你的警局的，不过在开始下一步行动之前，我想先弄清这一点。”

提索需要他的合作，立即试图缓和气氛。“对不起，我想是我说话太冲了。不要放在心上。我这个人要是不偶尔发一发脾气，就气儿不顺。”

又来了，那种现在和过去遥相呼应的奇怪感觉：两个夜晚之前，奥瓦尔说“1 小时之内天就黑了”，而他忍不住回答说“难道你以为我不知道这一点吗”，然后又向奥瓦尔道歉，而他道歉时说的话几乎和他刚刚对陶德曼说的话一样。

或许是吃了药的缘故。他不知道药里面是什么成分，但毫无疑问是管用的，他的眩晕感消失了，大脑逐渐清醒。不过，让他烦心的是眩晕感袭来的频率越来越高，持续的时间也越来越长。但至少心脏不再加速跳动和错过拍子了。

他抓住卡车的后部想爬上去，但他没有力气把自己拉上去。“来，抓住我的手。”话务员说。

在话务员的帮助下，他爬了上去，但是动作太猛，他不得不停下一会儿，直到能够站稳，然后才走过去坐在长凳上，肩膀终于能放松地靠在了卡车的壁板上。好了。现在什么也不用做，只管坐着，休息。这种疲劳和放松交织的感觉，有时他在呕吐之后也会出现。

陶德曼毫不费力地爬上卡车，站在卡车后部看着他。在陶德曼刚才说的话里，有一件事让提索感到困惑。他不能确定是什么事。是关于——

他想起来了。

“你怎么知道我参加过长津湖战役？”

陶德曼看上去一脸疑惑。

“就是刚刚，”提索说，“你说——”

“噢。在离开布拉格堡之前，我给华盛顿打了电话，让他们把你的档案念给我听。”

提索不喜欢这样，很不喜欢。

“我必须这样做，”陶德曼说，“这件事不是针对你个人，我不是在打探你的隐私。我必须了解你是个什么样的人，以防和兰博的这场冲突是由你引起，以免你现在只想杀了他报仇，这样我才能做好准备，应对你可能给我带来的麻烦。这是你面对他时犯下的错误之一。你追捕一个自己根本不了解的人，甚至连他的名字都不知道。而我们教给学生的一条重要原则就是——除非你了解敌人像了解自己，否则永远不要和敌人交战。

“好吧。关于我，长津湖战役告诉了你什么？”

“首先，既然你对我说了一点山上发生的事，这就解释了你从他手中逃脱的一部分原因。”

“这不是什么奥秘。我跑得更快。”在慌乱中抛下欣格尔顿仓皇逃走的回忆让他感到恶心，痛苦。

“问题就在这儿，”陶德曼说，“你不应该比他跑得更快。他比你年轻，身体状况更好，受过更好的训练。”

一直坐在桌旁的话务员听着他们的对话。现在他的目光在两个人身上转换着，说道：“我想知道你们在说什么。这个湖怎么了？”

“你没有参过军吗？”陶德曼说。

“我当然参过军。海军，两年。”

“所以你从来没有听说过。如果你参加的是海军陆战队，你就会牢牢记住每个细节，时不时拿出来吹嘘一番。长津湖战役是海军陆战队在朝鲜战争中的一场战役。它实际上是一场撤退，但是激烈程度不亚于任何进攻行动。提索当时就在那里。他的表现足以荣获一枚杰出服役十字勋章。”

陶德曼提到自己名字的方式让提索感觉很奇怪，仿佛自己没有和他们待在一个地方似的，仿佛他正在卡车外面听着，而陶德曼不知道自己正在外面偷听，正在谈论他。

“我想知道的是，兰博知不知道你参加了那场撤退？”

他耸耸肩。“嘉奖令和勋章挂在我办公室的墙上。他看见了。如果这对他来说意味着什么的话，他应该知道。”

“噢，这对他来说的确意味着什么，正是它救了你的命。”

“我没看出这一点。欣格尔顿被击毙的时候，我吓傻了，像受惊的耗子一样拔腿就跑。”当众吐露实情让他感觉好多了。

“你当然会吓傻然后拔腿就跑，”陶德曼说，“你已经很多年没接触过这种行动了。在你那种处境下，谁会不跑？但是你瞧，他没有料到你会跑。他是专业的，所以他自然会认为拥有那种勋章的人也是专业的——噢，有点儿疏于练习，而且肯定没有自己优秀，但他仍然会认为那是专业的。我猜他在追赶你时就是这样想的。你看过业余选手和专业选手的国际象棋比赛吗？业余选手吃掉的子更多，因为职业选手习惯了和每一步都胸有定式并仔细推算的人对弈，而业余选手却喜欢在棋盘上到处移动棋子，并不真正知道自己在干什么，只是尽量利用自己一知半解的东西，去做到尽可能好的程度。然而，职业选手为了看清对方并不存在的定式而感到十分困惑，并任由对方胡搅蛮缠，很快就会处于下风。就拿你的例子来说，你在盲目逃窜，兰博在你身后追赶，盘算着这种情况下，像他这样的人为了自保会怎样做。他以为你会在前面找个地方趴下来等他，试图伏击他，这种想法会让他放慢速度，直到他明白过来，但为时已晚。”

话务员刚刚戴上耳机，收听了一段报告。现在提索看见他茫然地盯着地板。

“怎么了？出什么事了？”提索问道。

“我们中枪的人死了，他刚刚死了。”

当然，提索心想。可恶，果然如此。

那你为什么要为此心烦意乱呢，仿佛你预料不到这件事似的？你早就明白他一定会死。

是的，我很确定。问题就在这里。在这件事结束之前，他死了，还有多少人要死呢？

“上帝保佑他安息，”提索说，“除了派出去这么多人，我想不出别的方法追捕那小子。不过如果我能选择的话，我情愿只有我和他决一死战。”

话务员摘掉耳机，神情肃穆地从桌边站起身。“我们的班次不一样，但我有时经常和他聊天。如果你们不介意的话，我想到外面走走。”他心神不宁地从卡车敞开的后部爬下，原地停住一会儿，然后再次开口说道，“也许那辆补给车还停在公路那边。也许我会带一些甜甜圈和更多咖啡回来，或者是别的什么东西。”他又沉默着在原地站了更长时间，然后才迈步走开，消失在夜幕中。

“如果只有你和那小子，”陶德曼说道，“这次他就会知道如何追捕你。直接跟在身后追就行了。他肯定可以杀了你。”

“不。因为这次我不会跑了。在山上的时候，我害怕他。现在我不怕他了。”

“你应该怕。”

“不。因为我从你身上学到了东西。在了解一个人之前，不要追击他。这是你说的。现在我对他的了解足够让我拿下他了。”

“这话就太蠢了。我几乎没告诉过你关于他的任何事。也许某个派对游戏上的精神病专家可以说出一整套理论：他年幼时母亲死于癌症，父亲是个酒鬼，有一天晚上他父亲曾经试图用刀杀了他，他带着一副弓箭跑出房子，然后差点儿把他父亲射死。这种理论对挫败、压抑等名词分析得头头是道，绘声绘色地描述他是怎样没有足够的钱吃饭，高中必须辍学去汽车修理厂工作。听上去或许很有道理，但其实没有任何意义。因为我们不接受疯子。招募他时我们让他接受了测试，他的精神状况和你我一样正常。”

“我不以杀人为生。”

“你当然不。体制让别人为你杀人，你容忍这个体制。然后当他们从战场上回来时，你却忍受不了他们身上的死亡气息。”

“一开始我不知道他上过战场。”

“但是你亲眼看到了他的反常行为，而你却没有努力寻找原因。你说他是个流浪汉。不流浪他又能去什么地方？他将 3 年的生命投入一场本该对自己国家有帮助的战争，唯一的回报就是学会了如何杀戮。他要去哪里才能获得一份需要这种经验的工作？”

“他不必自愿参军，而且他可以回去做汽车修理厂的工作。”

“他自愿参军是因为他盘算着自己反正也会被强制征兵，而他知道那些受过最好的训练、最能让新兵在战场上活下去的教官不收强制征来的兵，只收自愿参军的兵。你说他可以回到汽车修理厂，这种安慰也太没有用了，不是吗？3 年岁月，他最后只得到一枚荣誉勋章，一次精神崩溃和一份给汽车上润滑油的工作。你在这里说要和他一对一地战斗，然而你言语之中多有暗示，认为以杀人为生的人肯定有某种毛病。上帝啊，你骗不了我，你和他一样都是战争的产物，这才是引起这团混乱的原因。我倒是希望你和他一对一地战斗。那将会是你这一生最后感受到的惊讶。因为他很特别，是这一行的专家。我们强迫他进入越南行动，现在他把那一套全都带回来了。哪怕仅仅只是预测一次他的行动，你也必须研究他好几年。你还得体验他上过的每一门课程，他参加的每一场战斗。”

“看看你的说话方式，你这个上校似乎不是很喜欢军旅生涯。”

“我当然不喜欢。哪个神志正常的人会喜欢？”

“那你还留在军队里干什么，别忘了你的工作就是传授士兵杀人之道？”

“我没有。我传授的是生存之道。只要我们还将士兵送到任何地方作战，我能做的最重要的事情就是确保他们至少有一部分人能够回家。我的工作是救人，不是杀人。”

“你说我骗不了你，说我和他一样都是战争的产物。我认为你说错了。我工作兢兢业业，从来不坏规矩。不过此话暂且不论。因为你也骗不了我。你说你来这儿是帮忙的，但是到目前为止，你做的全部事情就是夸夸其谈。你说你的工作是救人，但是你还没有做一件能够阻止他杀死更多人的事。”

“就某种程度而言，”陶德曼从摆放着无线电台的桌子上拿起一包烟，从里面抽出一支，慢慢地点着了，“你说得对，我一直都没有采取行动。但是假设我真的提供了帮助。现在仔细思考这件事。你真的想让我帮忙吗？他是我的学校教出来的最优秀的学生。和他作战就像是和我作战一样，因为我怀疑他是被逼陷入这种境地的——”

“没人逼他用剃刀杀死警察，我们不妨先说清楚。”

“我换一个说法：我在这件事上有利益冲突。”

“你有什么？见鬼，他——”

“让我说完。兰博这个人和我很像，实话实说，我很同情他现在的处境，以至于我希望看到他脱身。但是另一方面，上帝啊，他正在变得疯狂。当你们撤退时，他不必追击你们。那些人大多数都不必死，他当时明明有机会脱身。这是无法开脱的罪过。但是无论我对此感觉如何，我仍然同情他。如果我在自己都没有发觉的情况下提出了一个让他能够逃走的追捕计划呢，不是没有这种可能性。”

“你不会的。即使他从这里脱身，我们仍然不得不继续追捕他，一定会有别人中枪的。你已经承认，在这件事情上我们俩的责任一样大。所以如果他是你最好的学生，那就证明这一点。用你能想到的所有阻碍拦住他。如果你已经做了你能够做的每一件事，而他仍然逃脱了，那你就更有理由为他骄傲了。无论从哪个角度看，你都没有办法不帮忙。”

陶德曼看了一眼手中的香烟，深深吸了一口，然后将它弹出卡车，烟蒂上的火星从黑暗中划过。“我真搞不懂怎么会点上这根烟。我 3 个月前就把烟戒掉了。”

“别回避问题，”提索说，“你现在到底要不要帮我们？”

陶德曼看着地图。“我的话恐怕全都无关紧要。再过几年，像这样的大规模搜索就没有必要了。我们现在有一种设备，可以安装在飞机底部。若要找某个人，只需要把飞机开到怀疑区域的上空，机器就会自动记录他的体温。现在这种机器的数量还不够多，大部分都在战场上使用。但是当把这些机器从战场运回来之后，逃亡的人就没有希望了。到时候，像我这样的人也会被淘汰，那会是一个时代的终结。真是太糟糕了。虽然我非常憎恨战争，但是我害怕机器取代人类的那一天。至少现在人类还能依靠自己的技能谋生。”

“但你还在回避问题。”

“好吧，我会帮忙的。他的确需要被制止，而我希望应对这一局面的人像我一样理解他，和他一起经历过他的痛苦。”

5

兰博抓住猫头鹰柔韧的背，揪住肚子上的一团羽毛并将它们扯下来，发出沉闷的撕扯声。他喜欢这些羽毛在手中的感觉。他将尸体上的毛拔光，割下头、翅膀和爪子，将刀尖插进胸腔底部，刀刃向下割到两腿之间。他用手将尸体扒开，掏出温暖潮湿的内脏。他第一下就挖出了大部分内脏，然后用刀子刮掉里面剩余的部分。他本来想去矿井屋顶滴水的地方清洗一下尸体，但他不能肯定水里有没有毒，而且清洗这只鸟反正只是又一件复杂的任务，而他只想把它弄熟，吃掉，好有力气走出去。他已经为了它浪费掉太多能量了。他找到一根还没放进火里的长树枝，用刀削尖插入猫头鹰的尸体，放在火上烤。残留在尸体上的少量羽毛冒出了火花。盐和胡椒,他想道。这是只老猫头鹰，肉肯定坚硬难嚼。它的血在烧烤之下发出刺鼻的气味，肉的味道恐怕也是如此，他希望至少有盐和胡椒。

所以已经沦落到这步田地了,他心想。之前背着睡袋在森林里露营，在公路边落满灰尘的草丛里吃汉堡喝可乐，现在睡在矿井里的一堆冷杉树枝上，吃着猫头鹰的尸体，连盐和胡椒都没有。现在和在森林中露营并非全然不同，但是在那时按照最低需求生活对现在的他来说也是一种奢侈，因为他当时想那样生活。然而现在，他很可能被迫像这样生活很长一段时间，而这是名副其实的最低需求。也许很快连这种条件都不会有，到时候他就会回忆这个美好的晚上，可以在矿井里睡几个小时，烤这只肉质坚硬的老猫头鹰。墨西哥甚至已经从思绪中消失了。他现在考虑的，只有下一顿饭，以及将要睡在什么树上。白天吃一顿，晚上睡一觉，仅此而已。

胸口又是一阵疼痛，兰博掀起衬衫，看到了肋骨，不禁惊讶于它们的红肿程度。好像那个地方长了个肿瘤，又像是有什么东西在他体内生长，他心想。就算是再睡几个小时，也治不好这样的伤。至少他已经不再头晕。该动身了。他把火烧旺，好快点儿烤熟这只鸟。火苗的热量触碰到他的额头和鼻梁。也许是因为发烧，他心想。他平躺在冷杉树枝上，让汗津津的脸冲着火堆的方向。他口中的分泌液又干又黏，让他想喝水壶里的水，然而他已经喝得太多了，需要节省一些供之后饮用。但是每当他张开自己的嘴唇，都会有黏液在两片嘴唇之间拉成细丝。最后他举起水壶抿了一小口，让有金属味道的温吞吞的水在嘴里打转，带走这些黏液，思考要不要把它吐出来，能不能承受这样的浪费，然后决定不能浪费，把浓厚的混合物咽了下去。

突如其来的人声吓了他一跳。它模模糊糊地传到隧道深处，听上去好像是有人在外面用扩音器对他说话一样。他们怎么知道自己在什么地方？兰博匆匆检查了一下，确认手枪、刀子和水壶都系在武装带上，然后抓起步枪和插着猫头鹰的木棍，迅速向洞口移动。向矿井深处吹拂的微风新鲜而凉爽。在即将抵达洞口之前，他慢了下来，唯恐有人趁着夜色埋伏在外面等他。但是他一个人都没看到，然后他又听到了那个声音，绝对是扩音器发出的，它来自一架直升机。黑暗中，直升机的引擎在山冈上空轰鸣，一个男人的声音在空中呼喊："12 小队至 31 小队，向东边的山坡集结。32 小队至 40 小队，向北边扩散。"下面远处的灯光带仍然静静地在那里等待着。

提索真的很想抓到自己。他肯定在下面布置了一小支军队。但是为什么要用扩音器下命令？没有足够的无线电来协调部队吗？或者这些声音只是为了让我神经紧张？他心想。又或者是为了吓唬我，让我知道追捕我的人有多少。也许是想要花样，北边和东边根本没有人。也许只在南边和西边才有足够的人手。在越南战场上，兰博曾经听到过特种部队像这样使用扩音器。这种方法通常会扰乱敌人，让他们预测特种部队下一步的行动。反制这种方法的规则是：如果有人想让你预测他们下一步的行动，不要尝试那样做。最好的做法是就像没有听到一样，该做什么还做什么。

扬声器里的声音还在不断重复，然后和飞越山冈的直升机的引擎声一起逐渐减弱。但是兰博不关心它说的任何事情。他很清楚提索能够从各个方向派人进入这片山区。没关系，他会在他们眼皮子底下逃走，不引起他们的任何注意。

他朝东望去。那边的天现在变成了灰色。太阳很快就要出来了。他坐在洞口冰冷的岩石上，用手指测试鸟肉的温度，以防吃起来太烫。他切下一片肉，咀嚼起来，太难吃了。比预计的还要糟糕，又硬又干，味道还发酸。他必须强迫自己再咬一口，必须耐心反复咀嚼，直到可以把它咽下去。

6

提索整夜都没有睡。黎明前 1 小时，陶德曼躺在卡车的地板上，闭上双眼休息，但是提索仍然坐在长凳上，背靠壁板。他让话务员把耳机声音切换到扬声器上，仔细听着方位汇报，目光几乎没有离开过地图。报告的频率很快就减少了，话务员趴在桌子上，头埋在臂弯里，又一次只剩下提索一人。

每个小队都到了应该在的位置。在他的脑海中，他看见警察和国民警卫队的士兵在田野和林地的边缘排成一列，他们有的在踩灭脚下的香烟，有的在给步枪装填子弹。他们每 50 人一组，每一组都有 1 名携带野外无线电的通讯员，等到 6 点时，他们就会通过无线电得到出发的命令。届时他们还会列成横队，从四面八方穿越田野和树林，向中央地带靠拢。需要几天时间才能搜索完这么大的区域，在中央地带集合，但是最终他们会抓住他的。如果一支小队走进密林丛生的地带，速度降了下来，无线电通讯员会向其他小队发出信号，让他们放慢步伐，等待自己。这样就能防止某个小队落后搜索线太多，不知不觉地偏离了方向，跑到另一边去搜索其他小队已经搜索过的区域。搜索线没有空隙，只有那些专门作为陷阱故意留出的除外，在那里，会有一支队伍悄悄埋伏起来，以防那小子试图利用搜索线上出现的开口。那小子即使提索现在知道了他的名字，他还是不习惯用名字称呼他。

日出渐近，空气似乎变得潮湿起来，提索将一条军用毛毯盖在地板上的陶德曼身上，然后在自己身上也裹了一条。任何时候都有事可做，任何计划都存在某种瑕疵：他想起在朝鲜接受训练时听过的这句话，陶德曼刚刚也这样说了，于是他从每一个角度仔细审视搜索行动，想找一找可能遗漏的地方。陶德曼之前派直升机把巡逻队空降到一些最高的山峰上，如果那小子跑出了搜索线，他们可以看到。在夜里用滑索将巡逻队从直升机空降到岩石上是很危险的，但他们很幸运，没有出事故。陶德曼还命令直升机在山上飞来飞去，广播假情报迷惑那小子，现在直升机就在做这件事。陶德曼猜测那小子会向南突围：那是他曾在越战中突围的方向，他很有可能会再次尝试从这个方向突围，所以南边的搜索线进行了加强，只有作为陷阱故意设计的薄弱部位除外。由于缺乏睡眠，提索的眼睛火辣辣的疼，但是他不能睡，当确定在计划中找不到忘记检查的部分时，他开始想其他事，那些他的确想忘记的事。之前他把它们抛在脑后，但是现在他的头开始疼起来，冤死的亡灵不禁出现在脑海中。

奥瓦尔和欣格尔顿。他每周五晚上都去奥瓦尔家吃晚餐。“开启周末的好方式。”这是科勒曼夫人的口头禅，她总是在周四给警察局打电话，问提索第二天想吃什么。如果是以前，她今天就该打电话了，然后第二天他们会吃晚餐，吃什么？不。想象食物在口中的感觉都让他无法忍受。他从没直呼过碧翠丝的名字，总是叫她科勒曼夫人。当父亲在打猎中不幸丧生，他去和他们生活在一起的时候，他们就一起决定了这个称呼。他无法让自己叫她“母亲”，而且“碧翠丝婶婶”这个称呼听起来也很怪，所以他总是叫她科勒曼夫人。奥瓦尔很喜欢这个称呼，他小时候就管父母叫“先生”和“夫人”。至于奥瓦尔，那就不一样了。因为经常到家里来找父亲，提索已经习惯了叫他奥瓦尔，而习惯是很难打破的。每周五的晚餐，她在厨房做饭，他和奥瓦尔在外面训练猎狗，然后进来喝一点儿餐前酒，但是奥瓦尔已经戒酒了，所以只有科勒曼夫人和他喝酒，奥瓦尔喝的是番茄汁加盐和塔巴斯科辣酱。想到这里，提索口中流出了苦涩的口水，于是他试图不想起食物，而是想那场争吵是怎么开始的，周五晚餐是怎样就此中断的。他为什么不向奥瓦尔服个软呢？枪套的方向或者训练狗的方式真的那么重要，值得他们为此争吵吗？是不是奥瓦尔害怕变老，必须表明自己仍然和从前一样能干？或许他们的关系过于紧密，每次表达不赞同都像是一次背叛，让他们不得不争吵。又或者是我太骄傲了，必须在他面前表明自己不再是个孩子，提索想道。而奥瓦尔受不了一个继子用这种语气和自己说话，他和自己的父亲说话时都从不敢用这样的语气。科勒曼夫人今年 68 岁。她嫁给奥瓦尔已经 40 年了。现在他不在了，她该怎么办呢？她的全部生活都和他联系在一起。她现在为谁做饭呢？她现在为谁收拾房间，为谁洗衣服呢？

我，我猜是我，提索这样想道。

还有欣格尔顿，他们俩曾经代表警察局参加过射击锦标赛。欣格尔顿也有妻子，还有三个年幼的孩子，她又该怎么办呢？找份工作，卖掉房子，去工作的时候付别人钱照看孩子？而我该如何向她们解释她们的丈夫是怎么死的？他想道。他几个小时之前就该给她们打电话了，但是他没有勇气。

装在纸杯的咖啡里泡着许多烟头。他点燃了自己的最后一支烟，将香烟包装盒揉成一团，感到喉咙一阵干涩，想起在那面悬崖上的恐慌。欣格尔顿叫道："小心，威尔！他抓到我了！"然后一声枪响把他吓得拼命逃跑。也许他留在原地有机会朝那小子开一枪。如果他去找欣格尔顿会发现他还活着，还能救他一命。回想起自己在那里歇斯底里地奔跑，他厌恶地摇了摇头。你是个强悍的人，他告诉自己。别逗了，也就是嘴上逞强。如果再来一次，你还会是同样的反应。

不，他心想。不，我宁愿死也不要再次逃跑。悬崖上的尸体，州警察局已经派了一架直升机去找尸体了，但是从空中看，所有悬崖都长得一样，警方没有找到正确的那一座，最后又被叫回来参加对那小子的搜捕。是不是雨水冲刷着泥土和树叶，将尸体半埋起来了。有没有动物在窥视他们，有没有虫子从他们的脸颊钻进钻出？从崖壁上掉下去之后，奥瓦尔现在是什么样？高尔特的葬礼是昨天早上举办的，当时自己还在挣扎着爬过田野。提索庆幸自己没有参加。他希望当其他所有人的尸体丢在森林里好几天才被发现然后运回来的时候，自己也不用去参加他们的葬礼。集体葬礼，所有棺材排成一列摆放在祭坛前，棺材盖是盖上的，整个小镇的人都在那里看着他，然后看着棺材，又转回去看着他。他要如何向这些人解释这件事何以发生，为什么他认为最好让那小子远离镇上，为什么那小子非要满心怨恨地违抗他，为什么他们两个都非要把对方逼到一发不可收拾的地步？

他看着地板上盖着军用毛毯睡着的陶德曼，意识到自己正在以陶德曼的视角看待那小子。并非完全如此，但足以明白那小子为什么要这么做，甚至对他有了一丝同情。

当然，刚从朝鲜战场回来时，你并没有杀死任何人，而且你在战争中的经历和他一样惨烈。

但是觉得那小子应该能够控制自己才对，这样的想法并不能让奥瓦尔和欣格尔顿还有其他人死而复生，而他对那小子射杀奥瓦尔的愤怒难以抑制。过去几个小时的殚精竭虑让他十分疲劳。他再也无力去想抓住那小子之后，会用怎样残忍的手段对付他。

他在缺乏睡眠的恍惚状态下思考着，突然毫无预兆地想到，早在还没有遇到那小子的时候，所有事情都已经失控了。他和安娜；那小子和越战。安娜，他惊讶于已经两天没想起过她了，从杀戮开始之后就再没想起。现在她在他脑海中虚无缥缈得比加州还要遥远，失去她的痛苦在周一之后发生的所有惨剧面前相形见绌。尽管如此，痛苦还是痛苦，他不想再想下去。

他的胃部一阵抽搐。他必须再吃两片药，味道显得更加苦涩，因为他已经知道药片味道如何。透过卡车敞开的车尾，他看到太阳刚刚冒出地平线，发出浅淡寒冷的晨光，部队已经在路边整装待发，士兵们口中吐出一团团雾气。话务员正在呼叫每一支小队，确定他们都已经准备就绪。

提索弯下腰，轻轻推醒睡在地板上的陶德曼。“开始了。”

不过陶德曼已经醒了。“我知道。”

科恩驾车赶到，匆忙爬进卡车。“我一直在检查搜索线。一切正常。国民警卫队指挥部那边怎么样了？”

“他们已经做好了监控准备。只等我们行动了。”话务员说。

“那就好。”

“你为什么看着我？”提索说。

“既然是你开始的这一切，我觉得你也许想亲自下达命令。”

7

兰博趴在一处高高的山脊上往下看，看到他们朝这边来了，先是许多小队在远处的森林里游荡，然后出现了数量更多的人，他们正在井然有序地进行大规模搜索，人多得根本数不过来。他们距离自己大约有 1 英里半，每个人像一个小点，而且数量正在迅速增加。上空有直升机飞过，广播着一些他置若罔闻的命令，谁知道它们是真是假。

他猜提索预计他面对搜索线时会撤退，向山中更深处逃走。他不打算那样做，而是俯下身子冲着搜索队员的方向跑下山脊，利用沿途的每一丛灌木掩护自己。跑到山脊底部时，兰博一只手按住伤口转弯向左跑去。他不能停止奔跑，不能让疼痛拖慢速度。他们和自己只有 50 分钟的距离，也许更短，但是如果能赶在他们前面到达要去的地方，他就能够抓住机会好好放松一下。兰博费力地爬上一面林木茂密的斜坡，不由自主地慢了下来，但还是喘息着登上了坡顶，终于抵达了目的地，那条小溪。他离开矿井之后就一直在寻找它。这是提索逃进灌木丛之后他躺在里面的那条小溪。他判断这条小溪离矿井很近，所以刚从矿井出来就爬到附近的最高点，向四周张望寻觅。但是一开始并没有看见。这条小溪的位置太低，周围树木太茂密，他难以看到闪光的水面或者弯曲的凹陷。就在几乎要放弃的时候，他突然意识到苦苦寻找的踪迹一直都在那里。雾气。那是从水面上升起的晨雾。于是他急匆匆地动身，跌跌撞撞地穿过树林，朝它跑去。

现在他来到了小溪边，它是石头上的一条涓涓细流，两岸都是缓和的草坡。他沿着小溪寻觅，来到一个岸边陡峭的深水池，但是陡岸的侧壁上仍然长满了草。他继续往前寻找，又发现了一个水池，池边的陡岸侧壁上全都是泥巴，没有草。水池边上长着一棵树，根裸露在外面，根上的土都被水流冲走了。他无法在不留下痕迹的同时走进泥里，只能从岸上的草地和落叶向下伸出腿探索，踩在这棵树裸露的树根上，小心翼翼地躺在小溪里，不敢扰动小溪底部的泥沙，以免它们滞留在水中迟迟不落，暴露踪迹。他滑到树根和陡岸之间，进入一处被水浸透的中空泥土，开始小心谨慎地掩埋自己，用泥巴涂抹腿和脚，盖住胸口，将树根拉到身体旁边，像螃蟹一样扭动身体，把自己深埋进泥巴里，让泥巴摩挲着自己的脸，直到感觉全身上下都覆盖着又湿又冷的重量。他呼吸困难，只有极为窄小的空间供空气流入。这是他能做到的最好的措施，再没有别的可以尝试了。他想起一条古老的谚语，简直像是对自己的嘲弄：自己铺的床，自己躺进去。他现在就这样躺着，等着。

他们还有很久才会来。据他估计，当他抵达小溪的时候，他们还在两座山坡之外，现在估计他们还有 15 分钟才会走到这里，或许更久一点儿。但是 15 分钟似乎已经过去了，仍然没有他们的声音。他觉得是因为躺着埋在泥巴里让自己失去了对时间的感知能力，因为什么都做不了只能等待，他会把几分钟当成长得多的时间。被石头压迫着，兰博的呼吸比之前困难多了。他的呼吸空间不够大，但他不敢把它弄得更宽一点儿：外面的人可能会看到洞口，感到奇怪。湿气开始在他的鼻子里凝结，就像鼻涕一样堵住了鼻子。他的眼睛是闭上的，泥巴紧紧地贴在眼皮上。

仍然没有搜索者的声音。泥巴的压力让他紧张不安，他需要干点儿什么，帮助自己保持静止，于是他开始数秒，并在每 1 分钟结束时希望听到那些人的声音，要是听不到就再数 60 秒，希望在下 1 分钟结束时听到他们的动静，但四周仍然静悄悄的。当他第 15 次数到 60 的时候，他确定一定是出了什么差错——泥巴。或许问题就出在泥巴上，或许是泥巴挡住了搜索者发出的声音，他们可能早就从这里经过了。

当然可能是这样，也可能不是。兰博不敢冒险从泥里钻出来查看：他们现在可能正在靠近这条小溪，被山坡上浓密的灌木丛耽搁了速度。他继续等待，湿气堵住他的鼻子，让他的呼吸变得慌乱起来。压在脸上和胸口上的泥巴更加沉重了，他绝望地想把泥巴推开。他想起小时候在一处沙崖旁边玩耍，在沙子崖壁上挖出一个洞穴，爬了进去，然后不知怎么突然产生了爬出去的强烈冲动，就在这时整座沙崖骤然坍塌，埋住了他的头。恐惧之下，他狂乱地用手刨开沙子，就在更多沙子倾泻在身上时从洞里钻了出来。再晚一点儿，他就出不来了，那天晚上当他试图入睡时，他十分确定在沙洞里产生了死亡的预感，正是这种预感让他及时爬了出来。现在，身体埋在泥巴里，他心里想的是，如果有人经过自己上方的地面并站了上去，一部分溪岸可能会松动并且掉下来，隔断自己的空气通道。他产生了和在沙洞里一样的瞬间预感：他将会被活埋，死在这里。鼻子里的湿气已经完全堵住自己的呼吸了。

他必须出去，上帝啊，实在忍受不了窒息，快推开泥巴。

兰博突然惊呆了，是他们的声音。微弱沉闷的脚步声。听上去人很多，全都在上面。还有模模糊糊的说话声、溪水的飞溅声，人们沿着小溪往上走的声音。脚步声更近了，先暂停了一下，然后如雷鸣般轰隆而至。就在自己正上方，他们的重量压在自己胸口和折断肋骨上面的泥土上，疼痛非常。他不能动，不能呼吸。没有空气可以坚持多久。3分钟。前提是他先做几个深呼吸。那就2分钟。试着憋2分钟的气。但是时间尺度对他来说已经扭曲了，1分钟会被他当成2分钟，而他如此需要呼吸，很可能会在尚未抵达最后关头的时候扭动身体钻出来。4，5，6，7，他在心里数着。数到了20，数到了40，头脑中的数字和他的心跳逐渐同步起来，而他的心跳越来越响，越来越快，他的胸膛在收缩，好像要塌陷似的。突然，身体上面的泥巴在微微移动，压力减轻了，站在他身上的那个人移动了脚步。赶紧，你的速度不够快。谢天谢地，人的说话声和搅动溪水的声音都消失了。但是消失的速度太慢，他现在还不能钻出来，可能会有掉队的人，可能会有无意间回头看的人。噢，上帝啊，快点儿。现在数到第2分钟的中间了，35，36，37，感到喉咙扭曲，48，49。他没有数到60，因为他再也受不了了，而且突然想到可能因为缺少空气而没有足够的力气钻出来。推，推，见鬼。但是泥巴没有分开，他挣扎着想坐起来。谢天谢天，他猛地一使劲，凉爽的空气和明亮的光线就将他笼罩，他坐在小溪里大口喘气。他昏昏沉沉的头变得清醒多了，胸膛在呼吸的狂欢中像气球一样鼓起，而剧烈的呼吸让肋骨一阵刺痛。动静太大了，他们会听见的。他连忙向四周张望。

周围没有人。那边的灌木丛里传来说话声和窸窸窣窣的声音。但是他们现在都在视线范围之外，朝着那边远去了。目前他终于畅行无阻了，拦在他面前的只剩下一件棘手的任务：穿过附近的公路。他躺倒在河岸上，这是自由的感觉。

还没有，你还没有自由。在靠近那些公路之前，你还有很多事情要做。

见鬼。你以为我不知道这一点？他对自己说。任何时候都有事要做。任何时候。事情永远都不会结束。

那就行动起来。

马上。

不，现在。要是他们抓住你了，你有的是时间休息。

他喘了口气，点点头，不情愿地从小溪边站起来，涉水走向裸露的树根。他把泥土塞进树根后面自己刚刚躲藏的地方，把它弄得像是一支搜索队检查过这里似的，这样他们就不会发现第一批搜索队漏过了自己的藏身之地。他们就会认为他还在深山里，而不是公路附近。接下来，他把步枪放在岸上，慢慢走近水池最深的部位，洗掉身上的泥巴。现在完全不用担心会把水底的泥沙搅动起来，刚刚从这里经过的人已经完全把水搅浑了，如果他们返回或者又有一支搜索队经过，他们没有理由想到是他。他把头扎进溪水里，弄掉头发里的泥土，洗了一把脸，张嘴含住一口满是浮渣的水，然后和嘴里的沙子一起吐出来。他还在水下用鼻子呼气，把刚刚钻进鼻子里的泥巴喷出来。兰博心想，在野外生活并不意味着必须感觉自己像一头动物。这是训练营教给他的。要在任何时候尽量保持干净。它会让你走得更远，战斗力更强。

他浑身滴水地爬出小溪，从地上捡起一根细树枝，用它来清理步枪枪管里面的泥巴，挑出击发装置里的尘土。然后他推动了几下枪膛，确信光滑无阻后再把子弹装进去。检查完毕，他小心谨慎地在灌木丛和树林中穿行，朝着公路的方向走去。在小溪里洗掉泥巴让他感觉很高兴，他感觉状态变好了，精力更加充沛，完全有能力脱身。

当他听到猎狗的声音时，这种感觉消失了。猎狗有两群，一群在正前方，正在朝这边过来，另一群在左边，正在快速移动。前面的那群狗肯定是从他在刺藤斜坡上跟丢了提索的地方循着气味过来的，而他当时从那里走到刚刚那条小溪，半清醒地爬上高地，最后钻进那个矿井昏了过去。左边的那群狗追踪的是他追逐提索并将他赶进刺藤丛时的路线。那场追逐发生在一天前，除非牵狗的这群人里有追踪专家，否则他们肯定不知道哪个气味是他朝刺藤跑过去时留下的，哪个是逃走时留下的。他们不敢瞎碰运气，所以会采用兵分两路追击的方式。

想明白这一点并不能帮上太多忙。他仍然需要躲开这群朝着小溪过来的狗，而且身体一侧如此疼痛，他当然跑不过它们。他可以伏击它们，就像对付提索的那群狗一样将它们全部射杀，但是枪声会暴露位置，树林里有那么多搜索队员，他们毫无疑问能够截住他。

这样的话，他就需要耍个花招，把这些狗从自己留下的踪迹上骗走。他至少还有时间做到这一点。它们不会直接奔向小溪的这个部分。

它们会先循着他的气味离开溪水，上山进入那个矿井，然后再下山来到这里。他可以利用这段时间前往公路，但是那群狗最终还是会跟在他后面，而牵狗的人可以用无线电通知前面的人设下陷阱围捕他。

他想到了一个办法，算不上是很好的主意，但已经是他能想出来的最好的办法了。他急匆匆地原路返回，穿过树林来到他刚刚掩埋自己的地方。他迅速跳进齐腰深的溪水，朝着公路的方向顺流涉水而行，一边走一边思考猎狗会怎么做。它们会从矿井追踪气味，找到他从藏身之地进入树林的路径，沿着这条路径一直向前走，然后在气味突然中断在灌木丛的地方困惑地嗅来嗅去。无论是谁，都需要很长时间才能猜出他沿着来时的路走了回去，回到小溪里在其中涉水而行。当他们终于猜出来的时候，他早就走远了，或许正在开着设法偷来的小汽车或卡车。

但是警察会用无线电通知巡逻车留意被偷的车。那他就开出一段距离之后把它丢掉。

然后呢？再偷一辆车，把那辆车也丢掉？丢掉它之后再次跑进荒野，再让别的狗来追踪他？

当他在小溪里蹚着水顺流而下，绝望地想着如何逃跑时，他逐渐明白了这件事会有多困难，几乎不可能完成。提索会紧追不舍。提索绝不会让他获得自由，甚至绝不允许他喘息片刻。

担心着附近的猎狗，兰博捂着肋骨，低着头避开沉在水底的石头和原木。当看到那个人时，他已经在兰博的眼皮子底下了。兰博来到小溪的拐弯处，那个人就在那儿。他的鞋子和袜子都脱了下来，坐在岸边，脚放进水里。他有一双蓝色的眼睛，拿着一支步枪，满脸怀疑的表情。他肯定听到了有人过来的声音，并做好了准备以防万一，但他显然没有想到竟然会是兰博，因为当这个人想起兰博是谁的时候，他张开了嘴却没有发出声音，一动不动地坐在那里。兰博迅速扑了上去。没有声音，不可能有任何声音。没有人开枪。兰博拔出刀，猛地把那人的步枪拽开。那人慌张地想要起身逃走，兰博一刀戳进他的肚子，刀刃朝上一直划到胸腔。

"上帝啊。"那人惊诧地说，最后一个音节转变成一声哀鸣，然后就死了。

"怎么了？"一个声音问道。

兰博不由自主地抽搐了一下，没有机会躲藏起来了。

"我不是跟你说了吗，别再抱怨你的脚了？"那个声音说道。不，不，兰博心想。"快点儿，穿上你的鞋，我们要——"一个男人从下面的洼地爬上来，一边说一边扣紧自己的裤子。当他看到眼前的状况时，反应比自己的朋友快。他跳过去拿靠在树上的一支步枪，兰博试图先跑到那里，但那家伙抢先拿到了枪。不，不。他的手指放在了扳机上，扣动了它，一枪盲目的乱射终结了兰博的希望。那家伙准备再次扣动扳机时，兰博朝他的脑袋来了一枪。你就非得开枪警告他们是吗？你这个混蛋！你非得弄死我？

上帝啊，我该怎么办？

现在森林里的人在互相叫喊。奔跑的人在灌木丛里弄出折断小树枝的声音。 附近的一群狗狂吠着冲向他。四周没有可以去的地方，兰博束手无策。四面八方都是人。我完蛋了。

他几乎对失败心存感激。不再奔跑，胸口不再疼，他们会让医生给他看病，给他东西吃，给他床睡。干净的衣服。睡眠。

除非他们以为他仍然想战斗，在这里开枪击毙他。

那他就得扔下步枪，举起双手大喊投降。

这个想法让他感到恶心。他不能站在原地，束手就擒。他从没干过这样的事。这让人恶心。一定还有事可以做，他又想到了那个矿井，还有学校传授的终极规则：如果他即将输掉这场战斗，自己就要被抓住，至少他可以挑选这件事发生的地点，而让他占据最大优势的地方就是矿井。谁知道在那里会不会出现什么转机？或许当他来到矿井的时候，能找到另一条逃生之路。

灌木丛里人群奔跑的声音更近了。现在还看不见人。很快就会看见了。好吧，那就去矿井。没时间考虑更多了，渴望行动的兴奋感突然传遍兰博全身，让他不再感到疲劳。他急忙撤离小溪，钻进树林深处。他听到他们在前方穿过茂密灌木丛的声音，便猫着身子向左飞奔。现在他看到他们了，在右边很远的地方，正在朝小溪狂奔，发出很大的响声。他看到的是国民警卫队的士兵。他们穿着制服，佩戴着头盔。昨天晚上看着几英里外的灯光带，他还嘲弄地想着提索弄来了一小支军队追捕自己，但是上帝啊，他们竟然真的是军队。

8

向山区深处进发之后，国民警卫队一直在通过无线电报告沿途的地形，那个负责记录的警员在光秃秃的地图上绘制出悬崖、沼泽和洼地。现在疲惫、消沉的提索坐在长凳上，注视着他画在小溪边的一个×标记，那是发现两名平民尸体的地方。他感觉自己仿佛是在从很远的地方观看，自己终于被那些药片搞得发蒙了。他竭力不动声色，没有被陶德曼或科恩发觉，但是当两名平民志愿者分别被刀刺杀和被枪杀的报告传来时，他感觉心脏附近产生了强烈的收缩，剧烈程度让他害怕。又有两个人被杀。现在一共有多少人为此送命了？15人？18人？他的思绪一片混乱，不愿再统计出一个新数字。

“那两个人发现他的时候，他肯定是想前往公路，”陶德曼说，“他知道我们预计他会出现在公路附近，所以只能掉头重新回到山里。当他认为安全了，就会尝试走其他路线去另一段公路。这一次也许是东边。”

“那就好办了，”科恩说道，“我们已经将他困住了。搜索线位于他和高地之间，所以他不能往那边走。他唯一能走的方向是公路那边，而我们还有一条搜索线在那里等着他。”

提索一直看着地图。现在他转过身。“不。你没听到吗？”他对科恩说，“那小子大概已经进入高地了。从地图上就能清清楚楚地看出这一点。”

“但是我看不出他是怎么办到的。他要怎样才能穿越搜索线？”

“很容易，”陶德曼说，“当国民警卫队的士兵听到身后的枪声，就会有一支小队脱离主队，返回查看情况。当他们这样做的时候，就会留下很大的空隙，足以让他从中穿过，回到山上去。和你一样，他们全都以为他会继续远离搜索线，所以当他靠近并从空隙中溜过去的时候，他们都不会戒备，没有人会看见他。你最好让他们继续进山，以免兰博把他们甩得更远。”

提索一直在期待科恩的反应。现在科恩说的话正如他所料。“我不知道，”科恩说，“事情太复杂了。我都不知道该干什么了。假如他没有那样想呢？假如他没有意识到搜索线有空隙，然后待在原地，也就是搜索线和公路之间呢？那样的话，假如我命令这些人继续向山区深处前进，我就把陷阱给毁了。”

陶德曼抬了抬手说道：“无论你想怎么假如，都随你的便。反正对我来说不重要。我一开始就不喜欢帮这个忙，然而我还是在这里待着。但是那不意味着，我必须一遍又一遍地把我认为应该做的事情解释给你听，然后还要求你去做。”

“等等，不要误会。我不是在质疑你的判断。只是他在那种处境下，可能无法采取理性的行动。他可能会感觉自己被完全包围，重压之下像受惊的兔子那样团团打转。”

陶德曼的声音第一次表现出毫不遮掩的骄傲：“他不会。”

“但是如果他会呢？这是有可能的。如果他没有回到山上，命令部下朝错误方向前进而受到问责的不会是你，是我。我必须考虑到各个方面，谨慎行事。毕竟我们只是在这里谈论理论。我们没有走下一步棋需要的证据。”

“那就让我来下令吧。”提索说道，这时他的胸腔出现了一阵更剧烈的收缩，仿佛是卡车突然下坠了 3 英尺，然后在地上猛烈震动，他努力撑住自己的身体，继续说道，“如果命令下错了，我愿意接受问责。”他不由得屏住呼吸，身体都僵住了。

“上帝啊，你没事吧？”陶德曼说，“你最好赶紧躺下。”

他摆摆手，示意陶德曼走开。话务员突然说道：“有消息。”提索努力忽略心脏令人痛苦的不规律的跳动，竖起耳朵仔细听。

“躺下，”陶德曼对他说，“不然我就只能逼你躺下了。”

“别管我！听！”

“这里是国民警卫队 35 小队的队长。我搞不懂了。肯定是我们的人数太多，让猎狗的嗅觉失灵了。它们想让我们上山而不是往公路的方向前进。”

“不，它们的嗅觉没有失灵，”提索抓着胸口对科恩说，声音里带着痛苦，“但是就在你犹豫不决的时候，我们让他领先了很长一段距离。现在你可以下达那个命令了吗？”

9

就在兰博开始爬上那面通往矿井的页岩斜坡时，一颗子弹飞过来，打在他左侧几码的岩石上，枪声回荡在身后的森林里。他盯住矿井入口，跌跌撞撞地爬上斜坡，跑进隧道，两颗子弹又击中了洞口右侧的岩石，他急忙遮住脸，以免被崩飞的碎石擦伤。他跑到隧道里足够深、子弹打不着的地方才停下来，精疲力尽地靠在岩壁上，大口大口地喘气。刚才他无法保持和他们的距离。他的肋骨太疼了。国民警卫队的士兵就在后面几乎不到半英里的地方，他们紧追不舍，速度很快，捕猎的感觉让他们十分兴奋，还没有看到清晰的目标就鲁莽地开枪了。这些都是周末士兵，受过训练，但是缺乏经验，所以他们的纪律性很差，兴奋之下做出任何事都不足为奇。愚蠢地猛冲，朝着矿井下面倾泻子弹。回到这里是正确的选择。如果他在小溪那里放弃抵抗准备投降的话，肯定会被猴急的他们击毙。他需要在自己和他们之间设置一道缓冲距离，以防他们不听解释就直接开枪。

兰博沿着漆黑的隧道，朝洞口的亮光向上走去，一边走一边仔细查看天花板。找到一处严重开裂的地方时，他用力将支撑梁推开，猛地后退一步，以防天花板落下砸到身上。他不担心由此产生的风险。

他知道如果天花板的坍塌程度大得埋住了入口，让空气进不来的话，他们会在死掉之前把自己挖出来的。但是当他把梁推开时，什么都没有发生，他不得不推开位于这根梁下面10英尺的第二根梁。这一次当他推的时候，天花板真的坍塌了，轰隆倒塌的石块差点儿砸到他的身上，震得他一阵耳鸣。通道里弥漫着飞扬的尘土，呛得他喘不过气。他咳嗽着往后退，等待尘埃落定好看清坠落的岩石有多少。一道微弱的光从灰尘中穿过，等到灰尘全部落在地板上时，他看到落在地上的岩石和毁坏的天花板之间大约有1英尺的空间。又有一些岩石掉下来，空间缩短到只有6英寸。收窄的微风将一些尘土吹进了隧道深处。矿井里面变冷了。他顺着墙壁慢慢滑倒在潮湿的地板上，竖起耳朵仔细听天花板的断裂声逐渐平息，很快他听到了外面传来微弱的说话声。

“你觉得他被砸死了吗？”

“你爬进去看看怎么样？”

“我？”

几个人爆发出一阵笑声，兰博也露出了微笑。

“一座山洞，或者是矿井。”另一个人的声音响了起来。他的声音很大，而且语调谨慎，兰博猜他正在对着野外无线电台说话。“我们看见他跑进去了，然后里面发生了塌方，把他埋住了。激起好大一股灰尘。这次他跑不掉了。等一下，请等一下。”然后他好像是在对外面的某个人说话，“你这个蠢货快离开洞口，如果他还活着，他就能看见你，朝你开枪。”

兰博一点点挪动着身体，膝盖紧紧地顶住石头圆钝的尖端爬上岩石堆，透过最上面的空隙朝外看。透过洞口可以看到外面的页岩斜坡、光秃秃的树木和一小片天空，一名士兵从左向右跑过兰博的视野，伴随着他的奔跑，腰间的水壶拍打着他的大腿，砰砰作响。

“嘿，你没听见我说要离开洞口吗？”无线电旁的那个人在右边看不见的地方说道。

“我在那边听不见你对着无线电说什么。”

“上帝啊。”

兰博想结束这一切。“我要提索，”他通过窄小的空隙朝外喊，“我想投降。”

“什么？”

“你们听见了吗？”

“把提索带来，我想投降。”他的声音顺着隧道传出来，显得十分低沉。他小心地听着天花板的动静，以防它裂开砸到身上。

“在里面，是他。”

“等等，他在里面，还活着，”那个人对无线电说，“他在对我们说话。”短暂的沉默之后，那人来到离洞口近得多的地方，但是仍然看不见，开口说道：“你想要什么？”

“我不想再重复了。我要提索到外面来，我要投降。”

外面的人现在正小声嘀咕着，那个人对无线电重复了兰博的请求。兰博希望他们能快一点儿，迅速了结这一切。他没有想到投降会让自己感觉如此空虚。战斗结束之后，他确信自己夸大了疲劳和肋骨的疼痛。他无疑还可以走得更远，他曾在战争中走得更远。他挪动了一下位置，肋骨一阵刺痛，原来自己并没有夸大什么。

“嘿，这儿，”那人仍然躲在看不见的地方叫道，“你能听见我说话吗？提索说他上不来。”

“见鬼，这不是他一直期待的吗？你告诉他，让他赶紧上来。”

“我不了解任何情况。他们只是说他上不来。”

“你刚刚才告诉我是提索说的，现在又成了他们说的。你到底是不是在跟提索说话？我想让他上来。我要他保证没有人会开枪误伤我。”

“不要担心。如果我们有人开枪打你，绝不会是误伤。你老老实实地从那里出来，我们不会犯任何错。”

他思考了一下。“好吧，但是我需要人帮忙推开这些石头，我一个人是办不到的。”他听见他们再次嘀咕起来，然后那个人说：“把你的步枪和刀扔出来。”

“我甚至会把手枪扔出来。我有一把左轮手枪，你们肯定不知道。看我现在多诚实。我不会蠢到面对你们一大帮子人还想杀出去，所以告诉你的人，把手指从扳机上拿开。”

“当我听见你把东西扔出来之后就下令。”

“来了。”

不过他很不喜欢把它们扔出去，很不喜欢没有它们在身上的无助感。从岩石堆上面的空隙朝外看着光秃秃的森林和那片天空，他喜欢凉风向下吹拂在脸上的感觉。

“我没有听见动静，”那人在看不见的地方说道，“我们可是有催泪弹的。”

原来如此。看来提索那个混蛋不愿意麻烦自己上来一趟。

他准备把步枪扔出去。就在准备好要放手的时候，他突然明白过来了。风，向隧道下面吹的风。风力这么强，空气一定是去了什么地方。空气一直吹到隧道尽头的缝隙，然后穿过缝隙被吸到山里的其他通道。那条通道肯定通向外界。这是唯一的解释，否则矿井里不可能有持续吹拂的微风。他激动不已，自己还没有输。

“我说你的枪呢？”那人在外面问道。

见鬼去吧，兰博心想。他把步枪拿回来，心脏狂跳不已，急匆匆摸黑朝隧道下面走去。之前点燃的火堆已经熄灭，他只能摸索着找到露宿的地方。他抓起冷杉树枝和几根没有燃尽的木棍，带着它们继续往下面走，直到脑袋碰到低矮的天花板。他听到水往下滴的声音，循着水声俯身走到最后一堵岩壁。再点上一把火，火光会将他指引到尽可能远的地方。

然后，冷杉树枝燃烧产生的烟雾会帮助他探明风吹的方向。上帝啊，保佑我吧。

10

疼痛再次袭来，提索坐在长凳上，弯腰前倾身体，眯着眼注视着地板上的一块深色油渍。他知道坚持不了多久了。他需要睡觉，他是多么需要睡觉啊，医生也是这么说的。没有人知道他经受了多大的压力，遭受了多么严重的伤害。感谢上帝，这一切很快就要结束了。

再忍一会儿，提索对自己说。只需要再忍一会儿，他就会被抓住了。趁陶德曼和科恩的目光投向别的地方，他偷偷地摸出两粒药片，吞了下去。

“那盒药昨天晚上还是满的，”陶德曼的声音让他吃了一惊，“你不应该吃那么多药。”

“我没有。我不小心把它打翻，弄丢了一些药。”

“什么时候的事？我没看见。”

“你睡着的时候，黎明之前。”

“你不可能弄丢那么多。你不该吃那么多药的。何况还是就着咖啡吃的。”

“我没事，只不过是肚子疼。”

“你要去看医生吗？”

“不。现在还不行。”

“那我就把医生叫到这里来。”

“除非他被抓住。”

这时科恩走了过来。为什么他们就不能别管我呢？

“但是他已经被抓住了。”科恩说道。

“不，他只是被围困了，不是一回事。”

“他会被抓住的，只是时间问题。你毫无必要地忍着痛苦坐在这里，非得等到他们抓住他，到底是为了什么呢？”

“我说不清楚，你不会明白的。”

“那就叫医生来，”陶德曼对话务员说，“再叫一辆车把他送回镇上。”

“我说了我不走，这是我的承诺。”

“向谁承诺？你什么意思？”

“我承诺这件事我要从头盯到尾。”

“向谁承诺？”

“他们。”

“你是说你领着进山的那群人？奥瓦尔和其他死了的人？”

他不想谈论这个话题。“是的。”

陶德曼看了一眼科恩，摇了摇头。

“我说了你不会明白的。”提索说道。

他转向卡车敞开的车尾，照射进来的阳光刺痛了他的双眼。然后他心中一阵恐惧，眼前一黑便躺在了地板上。他记得自己落地时那些木板的震颤。

“我警告你们，别叫医生，”他缓慢地说，浑身动弹不得，“我只是躺在这儿休息一下。”

11

火焰照亮了岩缝，微风将烟雾吹了进去。兰博迟疑了一下，然后把步枪插进皮带和裤子之间，手持一根火把，将身体挤进两面岩壁之间。他脚下的岩石又湿又滑，朝下倾斜着。他将背紧紧靠在一面岩壁上，以免肋骨和另一面岩壁摩擦得太厉害。走得越深越往下，岩缝的顶部就变得越低矮，在橙色火光的照耀下，他看见头顶和身边的岩壁逐渐收拢，变成了一个通向正下方的洞。他将火把举到洞口上方，但是火焰只能照亮一部分视野，他只能看到岩石中有一个逐渐变宽的洞，好像倒扣的漏斗。他拿出一颗步枪子弹，从洞口扔了下去，数到3的时候听到了子弹撞击底部发出的微弱金属回声。3秒说明下面并不深，于是他小心地将两条腿探进洞里，缓缓向下蠕动身体。蠕动到胸部时，他的肋骨卡在了洞口，再往下移动就会让他感到极大的痛苦。他抬头看着缝隙入口处的火，烟雾笼罩在火焰上方，让他的鼻孔感到非常刺激，此时从缝隙外的矿井内传来一阵声音。是人声，是那些人的叫声从上面传了过来。他们已经进来了。他满头大汗地收缩自己的胸膛，努力将肋骨塞进去，闭上眼睛，用力把身体挤进了洞里。

胸部的痉挛几乎让他失手掉下去。他不能让自己掉下去。他不知道下面是什么。他的头还在洞口上面，用胳膊和手肘支撑在洞口边缘，与此同时双脚在下面四处移动，寻找岩架或裂缝。这个漏斗状的洞非常湿滑，他又将身体下探一点儿，但是仍然找不到落脚点。身体的重量拽着他的胸部，肋骨像刀割一样疼。他听到了那些人在矿井里模糊的呼喊声，火把冒出的烟熏得他满眼泪水。看来只能松开手，直接掉在下面了。正当他准备这样做并在心中祈祷下面不会有岩石让自己摔坏时，他的脚碰到了一件细长而圆的东西，感觉像是木头。

梯子顶部的横木，一定是矿井的梯子，兰博心想，肯定是。开挖矿井的人肯定探索过这里。他踩在横木上并小心翼翼地放低身体。横木弯曲起来,但是撑住了他的重量没有折断。他轻轻踩在第二根横木上，它裂开了，踏空的脚踩断了两根横木才停下。掉落的声音回荡在这个暗室中，吓了他一跳。当回声消散时，他仔细聆听那些人的叫喊，但是现在他的头在洞口下面,已经听不到他们的声音了。当他放松下来时，脚下的横木开始向下弯曲，他害怕会直接掉到最下面，赶紧挥动火把，看看下面是什么。四根横木,然后是浑圆的地面。他心想,下雨的时候，从外面灌进来的雨水肯定会排到这里来。所以岩石才这么光滑并且有水流侵蚀的痕迹。

他的脚颤颤巍巍地触及地面。他抬头四处张望，发现这里有一个出口，是一条更宽的裂缝，同样斜着向下延伸。一把陈旧的铁镐倚在一处岩壁上，镐头锈迹斑斑，木头材质的镐柄十分肮脏并因为潮湿而变得弯曲。在闪烁的火光下，镐柄在岩壁上投射出一道阴影。他不明白矿工为什么会把工具留在这里而不是上面的隧道。他拐过一个弯，听到扑通作响的水声，眼前的不就是矿工吗？确切地说是矿工的遗骸。

在橙色火光的闪烁下，这具骷髅就像他此生见到的第一个在战斗中伤残的士兵一样令人作呕。他先在远离骷髅的地方站了一会儿，然后朝它迈了几步，此时他的嘴里泛起铜币的味道。骨头被火光染成了橙色，但是兰博确信这些骨头其实是灰色的，就像它们周围的泥沙一样，而且它们的位置非常完美。没有一根骨头移位或者破裂。没有任何痕迹可以表明他的死因，好像他只是躺下来睡着，然后再也没有醒过来一样。也许是心脏病发作吧。

或者是有毒气体。兰博忧心地闻了闻，但是除了潮湿的水汽什么也没有闻到。他的头脑仍很清醒，肚子也没有不舒服，也没有任何其他中毒的症状。

那到底是什么杀死了他？

兰博又发起抖来，痛恨这副完美骨架的出现，然后匆匆从上面跨过，想要赶紧离开。他又向下走去，缝隙在前面一分为二。哪个方向是对的？根据火把冒出的烟判断方向并不是个好主意。现在它只是向四面八方飘散，他看不到它在往哪个方向飘，而且它让自己的嗅觉也变得迟钝起来，他甚至不能根据嗅觉发现正确的路。他的火把在潮湿的空气中燃烧得不旺，闪烁不定的火苗并不朝着任何特定的方向。现在他的选择只剩下一种小孩把戏了。他伸出一根手指，含在嘴里弄湿，然后举起它先放在一个洞口，再放在另一个洞口。他感到放在右边时，微风让湿润的手指微微发凉，于是他心里不太确定地从右边的洞口往下走，裂缝变得很窄，他有时不得不强行挤过去，有时则要弯下腰。他走到又一组洞口前，不禁希望手头有一根绳索，只要一边走一边将绳索留在身后，就算迷路了，也能找到回去的路。

那可不是吗？你不想再要一支手电筒吗？指南针呢？你为什么不爬上去找个五金店把这些东西都买来呢？

你为什么不忘掉这些异想天开的东西呢？

微风似乎还是朝右吹的，随着他的步伐，通道变得更加复杂。更多迂回曲折，更多分岔。很快他就想不起来是怎么来到目前所在位置的了。那副骨架似乎在身后非常遥远的地方。当考虑要不要沿着原路掉头回去的时候，他意识到自己迷路了，不能那样做，这似乎有些可笑。他并不真的想回去，他只是在考虑，但是无论如何，要是微风突然停了，他希望有沿着原路返回的选择。风已经极度微弱了，他怀疑是不是错过了岩壁中的某个缝隙，风从那里钻出了山外。上帝啊，他可能会这样游荡至死，最后落得和那具骷髅一样的下场。

一阵低沉而模糊的声音让他从慌乱中惊醒，他一开始还以为是他们来了，但是转念一想，他们怎么可能在这座迷宫里找到自己，然后他听出这是遥远的水流声音。他不自觉地加快脚步，朝声音的方向移动。终于有可以感知到的目标了，他的肩膀挤着墙壁，紧紧盯着前方火光照不到的黑暗。

然后那个声音消失了，他又失去了线索。他逐渐放慢脚步，停了下来，无助地靠在岩壁上。根本就没有流水的声音，那只是他的想象。

但是听上去也太真实了。他不相信自己的想象能够如此彻底地骗过自己。

那么，那个声音去哪儿了？如果它是真实的，它在哪里？

是因为某一个隐蔽的拐弯，他意识到了。刚才在急匆匆寻找那个声音的时候，他忘了检查岩石上是否还有其他的入口。快回去查看。

他转身往回走，又听见了流水声，并且发现了那个开口，就在拐弯处的一个视觉盲区里。他慢慢将身体滑进去，声音变得更大了。

现在水声变得震耳欲聋。火把上的火苗渐渐减弱即将熄灭，兰博顺着这条缝隙来到一处岩架，在他下面很深的地方，岩石上有一个洞口，汩汩流动的水从那里喷涌而下，咆哮着落入一条水道，然后流进岩层下的一条暗渠中。那里一定是这股风吹出去的地方。

但它并不是。水泛着泡沫从那片岩层上方流过，没有空间供空气流入。但他在这里仍然能感觉到微风，附近肯定还有一个出口。火把发出嘶嘶的响声，他慌乱地环顾四周，将岩架的形状记在脑海里，然后就完全身处黑暗中了。这是他从未置身过的彻彻底底的黑暗，下面的瀑布声让这种黑暗更难以忍受。如果他不小心地摸索脚下的路，就很容易和瀑布一起跌进深渊。他紧张得要命，等待习惯这种黑暗。他不可能习惯它。他开始失去平衡，左右摇摆，最后只好小心翼翼地趴下，双手和双膝着地，朝着在火光刚刚熄灭前在岩架末端看到的一条低矮通道爬去。要想穿过那个洞口，他必须将肚子紧贴在地上滑行。那里的岩石参差不平。岩石划破了他的衣服，擦伤了他的皮肤，戳动他受伤的肋骨，让他不断地发出呻吟。

然后呻吟变成了尖叫，而且并不是受伤的肋骨引起的。因为当他摸黑穿过洞口，进入一个有空间可以抬头的暗室时，他伸出手往前爬，结果手指碰到一团糊状物。一滴潮湿的污物滴在他脖子上，有什么东西咬了一口他的大拇指，又有一个小小的东西蹿上他的手臂。兰博趴在浓厚的糊状物上，液体浸透已经划破的衬衫，弄湿了他的肚子。他听见头顶响起尖而短促的叫声，同时还有翅膀扇动的声音。天哪，是蝙蝠！他正趴在蝙蝠的粪便里，现在一共有六七只小小的东西痒痒地爬在他手上，一阵乱咬，它们是甲虫，是从蝙蝠粪便和掉在地上的蝙蝠尸体中滋生的食腐动物。它们可以把动物的尸体啃得干干净净，现在它们正在刺穿他手臂的血肉，兰博疯狂地扭动着身体往后退，用力将它们从手臂上拍走，惊慌之中撞到了头，扭到了身体受伤的部位。上帝啊，狂犬病，在任何一个蝙蝠栖息地中，都有三分之一的蝙蝠患有狂犬病。如果他的尖叫惊醒了它们，它们很可能发动攻击，全都扑到他身上撕咬。停下，他对自己说。你会把它们引过来的。别再喊了。已经有翅膀扇动的声音了。天哪，他还是忍不住，一边尖叫一边扭动着往后退，直到退出洞口，回到岩架上。他使劲挥动双手和手臂，用力摩擦，再三确保甲虫都被弄了下来，但却感觉它们的许多条腿还爬在皮肤上。他突然想到它们会跟踪追击，于是赶紧从洞口向后退缩，结果在黑暗中不辨方向，一条腿悬空在岩架上。差点儿摔下去的恐惧攫住了他，他朝反方向一个趔趄，撞在坚硬的岩壁上，歇斯底里地将手上和衬衫上沾染的黏糊糊的粪便朝墙上抹。他的衬衫，有东西在他的衬衫里抓挠自己的皮肤。他猛地伸手进去，一把将它抓住并捏碎它脆脆的壳，让手指上沾满了柔软潮湿的东西，然后用力把它朝瀑布的声音扔过去。

蝙蝠，害虫的洞窟，恶疾。粪便的腐臭气味刺激着他的鼻子和喉咙。那个矿工就是这样死的。狂犬病。他在不知情的情况下被咬了，几天之后，狂犬病让他失去了神志。他在森林中漫无目的地游荡，进入隧道，又走出隧道，然后再次进入隧道，从裂缝向下爬了进来，四处打转，直到力气耗尽倒地而亡。那个可怜虫，他一定以为是孤独让自己发了疯。

一开始可能的确如此。当他神志昏迷时,情况已经严重得他无法自救了。或许在最后时刻，他知道自己已经没救了，便从裂缝爬下来，死在不会对任何人造成危险的地方。

也许他并没有得狂犬病。你又知道什么呢？如果他得了狂犬病，他就会害怕水，甚至连水的气味都怕，想到水就怕，绝对不会走进潮湿的裂缝。你只是在想象自己的死法，如果它们没有先把你吃掉的话。

你在说什么呢？蝙蝠不可能吃了你，至少生活在这里的这种蝙蝠不会吃掉你。

它们不会，但是甲虫会。

他还在发抖，努力让自己镇定下来。蝙蝠洞里的风不小，但是他不能走那条路。而且他不知道怎么回到上面的隧道。他必须面对现实。他被困住了。

但是他不能让自己相信被困住了。他必须战胜恐慌，假装有一条出去的路。他必须靠着岩壁坐下来,试着放松下来,也许他想得足够久,就能发现逃出去的路。但是只有一条逃出去的路，而且他知道是哪条，顺着微风的方向走进蝙蝠洞。他舔了舔嘴唇，拿起水壶抿了一口有铁管味儿的温吞吞的水。你知道必须进入那个蝙蝠洞，不是吗，他对自己说。要么进去，要么坐在这里挨饿，因为潮湿的侵袭染病，最后悲惨地死去。

或者自杀。你接受过这方面的训练。如果情况让你难以忍受，这是你的选择之一。

但是你知道你不会。即使你昏倒在地，确信必死无疑，也仍然存在一种可能性，就是外面那些人搜遍这些裂缝，直到他们来到这儿，发现失去意识的你。

但是他们不会。你知道你必须跟随微风进入蝙蝠洞。难道不是吗？你知道这一点。

小镇

1

那就走吧，出发吧，把这个难关闯过去，他对自己说。

但是他没有出发，而是摸黑坐在岩架上，听着下面瀑布的咆哮。他知道这个声音在对自己做什么，单调的冲刷声让他的耳朵变得迟钝，一点点地催他入眠。他摇了摇脑袋保持清醒，决定在还有精力的时候进入蝙蝠洞,但是他却动不了。冲刷岩壁的水流喧嚣阵阵。当他醒来时，发现自己又躺在了岩架边上，一只胳膊伸了出去，悬在半空。但是刚刚睡醒的他昏昏沉沉，差点儿掉下去的危险没有像上一次那样把他吓得够呛。他太累了。四肢伸展地躺在地上休息，手臂悬空地从岩架边上伸出，简直是一种奢侈的享受。睡意昏沉之中，他感到身体失去了知觉，肋骨甚至也不再疼了，全身都麻木瘫软。

你会死在这里的，他心想。如果你不快点儿行动起来，黑暗和噪声会让你变得过于虚弱和愚蠢，到时候你什么也做不了。

我动不了。我走得太远了。我需要休息。

你在战争中走得比这儿更远。

是的，就是战争让我落到这步田地的。

好吧，那就死吧。

我不想死。我只是没有力气。

“见鬼，快走，”他大声说了出来，咆哮的水流声淹没了他的声音，“快点儿起来，只管快点儿进去，全速穿过它们所在的地方，最糟糕的部分就结束了。”

“说得对。”他自言自语地说。等了一会儿，然后又对自己重复了一遍刚才的话。但是如果还有比这更糟的事，我肯定受不了，他心想。

不，这就是最糟的情况了，不可能存在比这更糟糕的事。

我确信这一点。

在黑暗中，兰博不情愿地慢慢朝着通向蝙蝠洞的入口爬去。他停顿了一下，攒足力气，扭动着身体钻了进去。假装你碰到的东西是西米布丁吧，他在心里对自己说，这个笑话让他挤出一丝微笑。但是当他的手伸出去抓到污物，以及污物里疙疙瘩瘩的东西时，还是反射性地缩了回来。他闻到了粪便和腐烂尸体特有的硫化氢的恶臭。这种气体是有毒的，一旦完全钻进来，必须加快速度，马上离开。瞧，你眼睛里有蝙蝠屎，他在心里自嘲道。他停顿片刻，然后鼓足勇气冲进黏液，颤颤巍巍地站了起来。现在他已经被毒气熏得头晕目眩，恶心想吐了。他在深达膝盖的污物中费力地挪动步子，疙疙瘩瘩的脏东西隔着他的裤腿嘎嘎作响。

微风扑面而来。

不，自己又犯错了。微风是迎面吹来的。气流的方向改变了。他之前跟随的气流肯定从不同的方向吹出去了。

他在另一件事情上也犯了错。他突然想起，无论自己有多想全速离开，都不应该那样做。地面可能突然下坠。他必须用脚试探前面的每一块地面，每一步的向前试探，他都希望脚不要碰到更多污秽之物，而是干净的地面。

洞里的声音发生了变化，之前是短而尖锐的叫声和翅膀扇动的声音，但是现在他只能听到腿在深深的烂泥脏水中拖动的声音，还有洞口外面瀑布的水声。蝙蝠肯定离开了。他睡过去的时间肯定比他以为的长，一直睡到了晚上，现在蝙蝠肯定外出觅食了。他朝着微风步履艰难地挪动着，被臭气熏得头晕脑涨，但是至少蝙蝠不见了，他稍微放松了一些。这时一滴黏糊糊的东西落在他的鼻子上。

他挥手将它擦掉，突然感觉后颈上的头发一阵刺痛，洞穴里突然爆发出强烈的风声和翅膀声。在岩架上待得太久，瀑布的咆哮肯定把他的耳朵震得半聋了。蝙蝠一直都在这里，和此前一样发出叫声和扇动翅膀的声音，但是他的耳朵太迟钝了，没有听到。现在蝙蝠到处都是，嗖嗖作响地从他身边飞过，他用双手抱住头，尖叫起来。

它们撞在他身上，革质翅膀扑扇在他的脸上，尖锐的叫声冲击着他的耳膜。他将它们打走，用力地胡乱挥动着手臂，抱住自己的头，再次挥动手臂。他急切地想要出去，往前跑的时候绊了一跤，一下子跪倒在地，冰冷的黏液此时淹没了他的大腿，将他的下身都泡在里面。蝙蝠来了又来，似乎数量没有穷尽，在空中翻滚着，搅动着。他站起来，举起双手，盲目地在空中乱打。他不能呼吸了。他猛打几下，然后蹲下身体护住自己，它们从右边朝他扑过来，拍打着他的身体，从他的头发上空飞过。他转过身背对着它们，将身体蹲得更低，皮肤泛起一阵毛发竖立的感觉。“上帝啊！上帝啊！”他一边喊一边往左挪动，结果脚下再次打滑，颧骨猛地撞在岩壁上。撞击产生的疼痛让他的头脑一片空白，当蝙蝠继续蜂拥而至的时候，他只是机械地站起身来，身体摇摇晃晃地捂住肿胀的脸颊。绝望无助，精疲力竭，失去了一大半知觉，他感觉自己里面的某个东西在膨胀、绷紧，然后终于破裂了，这和他的身体无关，而是支撑着他走了这么远的那种精神上的力量，但它就是一切。他停止了和蝙蝠的战斗，对它们听之任之，让它们推着自己，顺着它们的方向步履蹒跚地往前走，两只胳膊无力地垂在身体两侧。在这种彻底的绝望和消极中，他反而解脱了出来，从来没有对自己的境遇如此漠不关心过；就在这种状态下，他明白这些蝙蝠在干什么了。它们不是在攻击自己，它们是在飞出去。他抑制不住地大笑起来，如释重负地浑身颤抖。现在肯定是晚上了。蝙蝠感知到了时间的变化，首领释放出信号，然后它们就像一个整体，从洞穴顶部飞起来，向出口飞去，而他却在担心它们是冲自己来的。你想要一根绳子以便找路？他对自己说。你这个眼瞎的蠢货，你已经有一根这样的绳子了。刚刚你还在和它们打斗，现在它们正在为你指路呢。

兰博紧随蝙蝠爬上陡峭的岩脊，一边爬一边用手试探前面的路面，防止地面突然下坠。它们的叫声和翅膀扇动声很快就变得亲切起来了，仿佛他本来就应该跟它们生活在一起似的。然后它们将他抛在后面，只有几只掉队的蝙蝠从他身边飞过，再然后他就是一个人了，唯一的声音就是双手和鞋子在岩石上的摸索声。清甜的微风强劲地吹拂着他的脸，他将脸埋进风中，想着这些蝙蝠是如何为他指明了出去的方向，竟开始对它们产生了奇怪的喜爱之情，甚至想念起已经远去的它们，仿佛自己和他们的某种特殊纽带断裂了似的。他贪婪地呼吸着，用新鲜的空气清洁鼻孔、喉咙和肺，消除嘴巴里粪便的味道。手放在粗糙岩石上的感觉不再像是隔着什么东西，第一次变得如此真切。当他在地上爬行，手指触摸到卵石和沙砾的时候，他的心跳加速了。他还没有爬到外面，这些是雨水从裂缝外面的山里冲进来的泥沙，但他感觉已经很近了。他稳稳地向上爬，不慌不忙，享受着泥沙的颗粒感，准备迎接一面美丽的山坡。当他爬到顶端，他闻到了外面的气味，尽情品味着它：新鲜的树叶，长草中吹过的风，烧木头的烟味。只需要再走几英尺。兰博小心翼翼地伸出手，手指被一面岩壁挡住了。他向四周摸索，岩壁从三个方面围住了他。一块凹地。有多高？可能高得根本爬不上去，让他在离外面那么近的时候却被困在这里。虽然现在他感觉自己的精神好多了，但他不觉得有往高处攀爬的足够力气。

那就忘了攀爬的事吧，他对自己说。不要为此担忧了。你要么能做到，要么做不到。如果凹地的边缘很高，你什么也做不了。先别管了。

好吧，他想道，便仍然坐在柔软舒适的沙土上休息，让自己适应身体内部发生的变化。他从未对周遭事物如此敏锐过。当然，他在战争中也曾体验过几次类似的感觉。那时候，他的每个动作都完成得流畅完美——奔跑，下蹲瞄准，轻轻扣动扳机，后坐力被身体充分吸收，他的生命依赖于动作的优雅，而且会进入忘我的境界，那一瞬间思维仿佛消失了，只有身体天衣无缝地配合这些动作。越南当地的同盟军将这种感觉称为“禅”，一种至纯至善的状态，需要长期的艰苦体力训练、极大的专注力和毅力才能达到。它是动作的一部分，即使在动作本身结束时也存在。他们说的话没办法用英语准确地翻译，他们说就算能翻译出来，也无法解释这种感觉。 它与时间无关，因此无法用时间的概念解释，可以和性高潮相比，但是又不太相同，因为它不是在身体的某个部位，而是贯穿全身。

但是他现在的感觉有所不同。它不涉及动作，而且这种感觉并不只存在于那永恒的一秒。它存在于每一秒。坐在这里柔软的沙土上，后背惬意地靠着岩石，他在脑海中仔细挑选字眼，最终的决定是“好”。他从未有过这么好的感觉。

他怀疑自己是不是疯了。烟雾肯定对他产生了超出他认识的影响，而且他感觉非常晕眩。也可能是刚刚以为死定了并放弃求生欲望之后，对现在还活着感到难以抑制地高兴而已。经历了那样的地狱，或许世间的一切都会让他感到喜悦万分。

但是如果让他们发现你在这里，这种感觉很快就会消失的，他这样告诉自己。然后慢慢站起身来，并在站起来的过程中小心确认上方的空间，以免让脑袋撞在石头上。即便如此，他还是感觉被东西戳到了头。他赶紧低下头，然后意识到撞上的是一根树枝的末端。上面是一棵灌木，他一伸手就碰到了凹地的边缘，只有齐腰高。这里是外面。原来他早就爬到了洞外，只是乌云遮住了夜空，让他以为还在地下。

他小心翼翼地爬到那株灌木下面，唯恐弄疼自己的肋骨。上来之后，他贪婪地大口呼吸着空气，灌木的树皮散发出一股新鲜的气味。在他下面很远的地方，树林里闪烁着一团微小的火光。经历了洞穴中彻底的黑暗之后，这团火光显得极为明亮，生机勃勃。

他紧张起来。从那团火光旁边传过来模模糊糊的说话声。还有人在附近的岩石中移动，然后他清清楚楚地听见一声摩擦声，很快就明白那是火柴在砂纸上划燃的声音。火柴熄灭后，他又看到了香烟点燃后发出的光。

原来他们在外面等着他。提索猜到了他为什么钻进裂缝和洞穴。提索把人部署在山里，以防他找到出口。还好他们在黑暗中看不清他，而他在地下待了那么长时间，已经完全适应黑暗了，所以他打算稍事休息之后，神不知鬼不觉地从他们身边溜走。现在事情很容易了。当他逃到数英里之外的时候，他们可能还以为他在山洞里。最好没有人拦住自己的去路。上帝啊，请不要有。他会做任何事。为了留住刚刚的感觉，他愿意对任何人做任何事。

2

天又黑了。提索不明白自己怎么会在黑暗的森林里。陶德曼、科恩、卡车，它们都去哪儿了？白天发生了什么？为什么他会跌跌撞撞，急匆匆地穿行在阴影密布的森林里？

他屏住呼吸靠在一棵树的黑色树干上，胸膛的疼痛从麻木感中升腾起来。辨别不清方向，这让他感到害怕。但并不是没有方向。他知道必须一直朝前走，他必须去前面的某个地方，但他不知道为什么要去，怎么去。

陶德曼。他想起来了。陶德曼想让他去看医生。他想起自己躺在卡车的木板上。他绞尽脑汁地想是怎么从那里来到这里的。他是不是为了不去看医生而与陶德曼争执了起来？也许他挣脱了陶德曼，从卡车上跳下来，穿过田野并走进了森林。只要不让他放弃对追捕活动的监控，任何事他都愿意做。他要盯着他们接近那小子，帮助他们逮住他。

但是不对。他知道情况不对。以他的身体状况，不可能挣脱陶德曼。他无法思考。他必须忍受胸膛的痛苦，赶快赶到前面去。他还有一种糟糕的感觉，好像有人在追他，或者很快就会来追他。那小子。是那小子在追他吗？

乌云消散，弦月的光辉洒下来，照亮了树木。他突然发现四周全都是汽车残骸，一辆又一辆地堆放在树旁，足足有数百辆之多，全都残破不堪。这里就像一个怪诞的坟场，月亮照射在汽车椭圆的轮廓上，反射出诡异的光。

而且毫无声音。即使在树叶、碎裂的挡泥板和车窗玻璃中穿行的时候，他也没有发出一丁点儿声音。他在滑行。而且不知为何，他知道追赶自己的不是那小子，而是别人。但是目光越过鬼魅般的汽车残骸看到的那条道路为什么让自己感到害怕？为什么他会害怕停在路边的那一排国民警卫队的卡车？天哪，他这是怎么了？难道他疯了吗？

那里没有人。卡车旁边没有人。恐惧逐渐消失。停在车队末尾的一辆警车离镇上最近，车里没有人。现在他感到一阵狂喜，从遗弃的汽车残骸向警车爬去。这些残骸真是惨啊，车门都没有了，车座被扯烂，发动机罩被掀开，扔在田野里。而他紧贴着地面，静静地朝着警车爬过去。

突然响起一阵噪声，好像是玻璃破碎的声音。他眨了一下眼，发现自己又躺着了。难道有人在田野里朝自己开枪吗？他摸索着身体，想查看有没有伤口，却摸到一条毯子，身下并不是泥土。柔软的垫子。自己躺在棺材里。他在恐慌中明白过来。是沙发。但这到底是哪儿？这是怎么回事？他摸索着寻找电灯的开关，摸到了一盏台灯，将它拧开。灯光照得他眨了眨眼，原来是他的办公室。但是森林呢？汽车残骸呢？公路呢？上帝啊，他知道它们是真实的。他抬起手腕想看时间，但是手表不见了，于是抬头瞥向写字台上的闹钟，还有一刻钟就12点了。

百叶窗外漆黑一片。12点肯定是午夜，但是他有记忆的最后时刻是中午。那小子呢？发生了什么？

提索挣扎着坐起来，用手捂住头想要减轻一点疼痛，但是却感觉有什么东西抬起了办公室的地板，让它整个倾斜起来，而自己就在斜坡的最低处。他想骂一声，嘴里却吐不出一个字。他摇摇摆摆地迈上斜坡，走到门口，用两只手抓住门把手，拧了一下却没有拧开，于是他不得不用尽全身力气。门打开的时候震动了一下，几乎让他头晕目眩地滚回到沙发那里。他像走钢丝的人那样伸出手臂保持平衡，赤脚走出办公室柔软的地毯，踩在走廊冰凉的瓷砖上。走廊里黑乎乎的，但是前门办公室里亮着灯。他朝那里走去，走到半路，不得不伸手扶住墙。

“你醒了，警长？”一个声音在走廊那头问道，“你还好吗？”

情况太复杂了，难以回答。他的思绪还停留在过去，仿佛还躺在卡车被灯光照亮的地板上，盯着车顶的涂油防水布。无线电里传来声音：“上帝啊，他没有回答。他跑进矿井深处了。”他和陶德曼争执，不愿被送上那辆巡逻车。但是森林里，黑暗的森林——

“你还好吗，警长？”那个声音变大了，脚步声沿着走廊靠近自己。所有声音都环绕着朦朦胧胧的回声。

“那小子，”他努力开口说道，“那小子在森林里。”

“什么？”那个声音来到他身边。他抬眼看着来人。“你不应该到处走。放松。你和那小子现在不在森林里了。他没有在追你。”

是一名警员，提索确信认识他，但是想不起他的名字。他努力回想，脑海中蹦出一个词。“哈里斯？”没错，就是哈里斯。“哈里斯。”他说，心里感到几分自豪。

“你最好到前面来，坐下来喝杯咖啡。我正在煮新鲜的咖啡。从洗手间打水出来时，不小心把盛水的罐子打破了。希望没有吵醒你。”

洗手间。没错。哈里斯的声音还在产生回音，提索感到嘴里涌起想象中的咖啡酸涩味。洗手间。他蹒跚着走进左右摇摆的门，呕吐在小便池里。哈里斯扶着他，对他说：“坐在这儿的地板上。”但是没关系了，回音现在已经消失了。

“不。我的脸。水。”当他将冷水泼在自己的脸颊和眼睛上时，那幅场景又在脑海中闪现，不再像是梦境，而是非常真实的场景。“那小子，”他说道，“那小子在路边的森林里，在那片汽车垃圾场里。”

“你最好不要太担心。试着回忆一下。那小子被困在矿井里了，然后他逃进了深处迷宫一样的隧道里。来，让我抓住你的胳膊。”

提索挥挥手叫他走开，手臂撑在洗手池边上，脸上滴着水。“我在跟你说，那小子现在不在里面了。”

“但是你不可能知道。”

“我是怎么到这儿来的？陶德曼在哪儿？”

“在卡车后面。他派人送你去了医院。”

“那个混蛋。我警告过他不要那样做。我怎么会在这儿，而不是医院？”

“这你也想不起来了？上帝啊，你可把他们折腾坏了。你在那辆巡逻车里大喊大叫，胡乱厮打，一直夺方向盘，不让他们拐到去医院的方向。你大声叫喊，要是他们非得把你带到别的地方，必须把你带到这儿来。只要你不肯合作，没有人能把你绑在病床上。最后他们害怕再跟你争执会把你伤到，就照你说的办了。跟你说老实话，我觉得他们很高兴能摆脱你，听不到你的大吵大闹。你夺下方向盘的时候，差点儿撞上一辆运输卡车。他们让你在这里躺下，但是他们刚走，你就跑出去钻进一辆巡逻车里，想开车回去。我想拦住你的车，但是没有必要，因为你还没找到点火开关就在方向盘后面晕过去了。难道你真的一点儿也不记得了吗？很快就有一个医生赶来给你做检查，他说你的身体状态还可以，只是过度疲劳，又吃了太多药。那种药同时含有兴奋剂和镇静剂成分，你吃得太多，所以精神状态很飘。医生说他很惊讶，你本应该早就崩溃了，而且情况应该更严重才对。”

提索在洗手池里放满冷水，将脸扎了进去，然后抬起头，用纸巾擦拭自己的脸。“我的鞋和袜子呢？你放哪儿了？”

“你要来干吗？”

“别管干吗。告诉我你放哪儿了？”

“你不是又打算回去吧？你为什么不坐下来，好好放松一下呢？有好多人在那些洞里搜索他。你没有什么可以做的了。他们说了不要担心，一发现他的踪迹，他们就会给警局打电话的。”

“我刚刚才对你说他不在——我的鞋和袜子到底在哪儿，我问你呢。”

远处的办公室传来模模糊糊的电话铃声。哈里斯露出如释重负的神色，跑过去接电话。他从洗手间的门冲出去，电话又响了一声，再响了一声，然后突然中断了。提索用冷水漱了漱口，吐出浑浊不清的液体。他不敢将水吞下，害怕它会让自己再次呕吐。他瞥向洗手间肮脏的方格地板，不合时宜地想着值班人没有把活儿干好，然后穿过门口走进走廊。哈里斯站在走廊末端，身体挡住了部分光线，一副欲言又止的样子。

“怎么了？”提索问道。

“我不知道是不是该告诉你。是找你的。”

“关于那小子？”提索面露喜色地说，“是不是在那个汽车垃圾场里？”

“不是。”

“那是谁的电话？到底是怎么回事？”

“是长途电话——你妻子打来的。”

他不知道是因为疲倦还是震惊，但他不得不靠在墙上才没有瘫倒在地。就像听到早已埋葬之人的消息一样。那小子惹的事接二连三，他已经渐渐不再想起她，现在甚至记不起她的样子了。他试图想起来，但是徒劳无功。上帝啊，为什么想要记起？他还想感受那痛苦吗？

“如果她会让你更不舒服的话，”哈里斯说，“也许你不该和她谈话。我可以说你不在。”

安娜。

“不。帮我转接到我办公室的电话上。”

“你确定吗？我可以告诉她你出去了。”

“去吧，帮我接过来。”

3

提索坐在写字台后面的旋转椅里，点燃了一支香烟。香烟要么会令他头脑清醒，要么会让他晕头转向，但是值得一试，因为以他现在不稳定的精神状态，是没办法和她谈话的。他等了一下，感觉好点儿了，于是拿起电话。

“喂，”他轻声说，“安娜。”

“威尔？”

“是我。”

她的声音比记忆中更粗一些，低沉嘶哑，说有些字的时候有点儿破音。“威尔，你受伤了吗？我很担心。”

“没有。”

“是真的。信不信由你，我一直在为你担心。”

他缓缓地抽了一口烟。误解，他们又开始了。“我是说没有，我没有受伤。”

“谢天谢地。”她停顿了一下，然后呼出一口气，好像她也在抽烟。“我没有看电影，也没有读报纸，没有看任何新闻，今天晚上我突然知道了你出的事，我吓坏了。你确定你没事吗？”

“是的。”他想过描述整件事的经过，但是那只会让他显得想要得到同情。

“说实话，如果我早点儿知道，一定会给你打电话的。我不想让你觉得我不在乎在你身上发生的事。”

“我知道。”他看着沙发上凌乱的毯子。有那么多重要的事情要说，他却无法张口说出来。它们对他都失去了意义。这个停顿太长了。他必须说点儿什么。“你感冒了吗？你听上去好像感冒了。”

“是的，但是正在好转。”

“奥瓦尔死了。”

他听到她屏住了呼吸。“天哪，我喜欢他。”

“我知道。原来我不知道我有多喜欢他。欣格尔顿也死了，还有那个新来的高尔特，还有——”

“别再说了，请你别再说了。我不能让自己知道更多。”

提索又想了更长时间，毕竟其实并没有多少话可说。她的声音并没有像他担心的那样，让他对她产生渴望，他终于感到释然。“你还在加利福尼亚吗？”

她没有回答。

“我猜这不关我的事。”他说道。

“没关系。我不在意。是的，我还在加利福尼亚。”

“有困难吗？你需要钱吗？”

“威尔？”

“怎么了？”

“别这样，我打电话不是管你要钱的。”

“我知道，但是你需要钱吗？”

“我不能拿你的钱。”

“你不明白。我——我现在感觉事情会变好的。我是说，我现在对所有事情都感觉好多了。”

“我很高兴听到你这么说。我也一直为此担心。我并不想伤害你。”

“但我的意思是我感觉好多了，如果你需要钱的话就拿一些，千万不要认为我是在让你感觉受惠，好让你愿意回来。”

“不。”

“那么，至少让我为这通电话付钱吧。让我来付账单。”

“我不能这么做。”

“那让我把它计入警局的账单。不会由我来付钱，而是镇上的开支。看在上帝的面子上，让我为你做些什么。”

“我不能。请别再说了。不要让我后悔打了电话。我就担心会出现这种情况，所以差点儿无法给你打过来。”

他感觉握着话筒的手掌在出汗。“你不会回来了，是吗？”

“我不想谈论这个问题。我打电话不是为了这个。”

“但是你不打算回来。”

“是的。我不打算回来。对不起。”

他现在只想让她不要挂掉电话，不是为了任何目的，只是想让她在电话那头陪着自己。他慢慢摁灭烟，又点了一根。“那边现在是几点？”

“9 点。我还没有习惯时差。刚到这里来的时候，我一天睡 14 个小时，现在还在慢慢适应。对他们来说是晚上 11 点，而对我来说已经是半夜 2 点了。那么现在你那边，应该是午夜吧？”

“是的。”

“我得挂了，威尔。”

“这么快？为什么？”然后他连忙改口，“不。没关系。我知道这也不关我的事。”

“你确定自己没有受伤？”

“他们给我缠上了绷带，但大都是擦伤。你还和你姐姐住在一起吗？你至少能告诉我这个吧？”

“我搬进了一间公寓。”

“为什么？”

“我真的得挂了，对不起。”

“你会和我保持联系吗，告诉我你的近况？”

“如果对你有帮助的话。我不知道会这样难。我不知道怎么和你说。”她听上去好像在啜泣，“再见。”

“再见。”

他还拿着话筒，想要尽可能多和她待一会儿，哪怕是在电话里。然后她挂掉了，听筒传来嗡嗡的忙音，而他呆坐在那里。他们同床共枕了4年。她是怎么让自己像个陌生人的？这么做并不容易。她的啜泣。她是对的，这对她而言也很难，提索为此感到悲伤。

4

一切都结束了。做点儿事情。赶快行动起来。集中精力追捕那小子,那才是你该做的事情。那小子,此刻他正在一辆汽车的方向盘后面,把车开得飞快。

提索看见鞋和袜子在文件柜旁,连忙穿上它们。他从枪盒里拿出一把勃朗宁手枪,将一只满满的弹匣滑进手柄,再把枪装进一只枪套,将枪套斜向后系在腰间,奥瓦尔总是教他枪套应该朝后。他沿着走廊向警局的门口走去,经过办公室的时候,哈里斯看着他。

“不要说,”他告诉哈里斯,“别对我说我不应该回去。”

“好,那我就不说。”

外面的路灯亮着,他深深地吸了一口夜间清新的空气。一辆巡逻车停在路边。他正要上车,不经意地朝左边瞥了一眼,看见小镇那边异常明亮,火光翻滚,把夜空中的云都映红了。

哈里斯站在前门台阶上大喊:“那小子!他从山洞里出来了!他们刚刚打电话来,说他偷了一辆警车!”

“我知道。”

“但是你怎么会知道?”

爆炸的威力把警察局的窗户震得咯咯作响。砰，砰，砰！一连串爆炸声从主干道进入镇上的方向传来。砰，砰！

“上帝啊，那是什么？”哈里斯说。

但是提索已经知道了，他发动车子冲出停车场，打算及时赶到那里。

5

兰博驾车驶进小镇，他突然转向，从一个震惊得停车回头张望的摩托车手旁边飞驰而过。通过后视镜，他看到身后的街道火光冲天，腾起的火焰蹿到了路边的树上。猛烈的火舌将红光照射进这辆巡逻车里。他将油门踩到底，沿着主街全速前进。他身后的夜空响起连续的爆炸声，炸出一团团火球。现在他们只能浪费时间绕远路了。为了以防万一，他需要再制造一次爆炸。让他们分心的事情越多，他们就会越手忙脚乱。到时候他们就只能暂缓追逐他，停车控制火势。

前面的一盏路灯熄灭了，一辆汽车在路灯下亮起了刹车灯，驾驶员正在打开车门，目瞪口呆地回头望着火焰。兰博迅速拐进左车道，直奔一辆跑车低矮的前灯。跑车赶紧驶入右车道躲避，结果兰博也回到了原来的车道上，他没有减速或者避让，而是直接冲了上去，结果跑车冲到了人行道上，先是撞翻一个停车收费器，然后一头撞进一个家具商店的展示橱窗。那里不缺沙发和椅子，兰博心想，这算是软着陆。

脚稳稳地踩在油门上，他惊讶于街上竟然没有其他车了。这算是哪种小镇？午夜才过了几分钟，所有人都睡着了。商店的灯关了。没有人唱着歌从酒吧走出来。好了，现在镇上终于有了一点儿活力。那可不是嘛。巡逻车的呼啸，发动机的轰鸣，此情此景不禁让他想起许多年前，那时候自己会在周六晚上开着改装车飙车，现在他又爱上了这种感觉。只有他自己、汽车和公路。一切都很顺利，他就要逃出生天了。从山上神不知鬼不觉地溜上高速公路的过程很轻松。悄无声息地爬过汽车垃圾场，进入田野，再钻进巡逻车里也不困难。车里的警察肯定和其他警察一起进山了，要么就是走到公路那边去盘查货车司机了。点火开关没插钥匙，但是用点火线发动汽车对他来说不是什么问题。现在他正全速冲过一个十字路口的红灯，发动机的马力似乎在随着油门飙升，让他热血沸腾。他知道再过几个小时，自己就自由了。他现在的感觉太好了，没有理由做不到。当然，警察会用无线电通知前方拦截，但是大部分警察现在应该都和搜索队员在一起，被抛在了后面，所以前面不可能有太大阻力。他要冲出小镇，开到某一条偏僻的支路，把车藏好。然后徒步逃走。或许扒上一辆货运火车。或许偷偷溜上公共交通工具。甚至偷一架飞机。上帝啊,可能性实在是太多了。

“兰博。”

车载无线电传出的声音吓了他一跳。

“兰博。听我说，我知道你能听见我。”

这个声音很熟悉，已经几年没听过了。他想不起来是谁的。

“听我说，”每个字都说得平稳、响亮，“我是山姆·陶德曼上校。我是训练你的那所学校的校长。”

对。当然。从来没见过他本人。他的声音在训练营的喇叭里日复一日地播放，任何时候都不间断 。多跑，少吃，少睡。那个声音总是意味着艰难磨砺。原来如此。提索把陶德曼叫来帮忙了。这解释了搜索队员使用的一部分策略。这个混蛋，居然对付自己的同类。

“兰博，我想让你在他们杀掉你之前停车投降。”

当然不，你这个混蛋。

“听我说。我知道这很难理解，但是我之所以帮他们，是因为我不想让你被杀死。他们已经动员你前方的另一支部队了，如果你侥幸逃脱，后面还有一支部队，他们会把你消耗得精疲力尽，不成人形。如果我觉得你有打败他们的机会，哪怕只是最渺茫的一点儿机会，我都会很高兴地告诉你继续行动。但是我知道你脱不了身了。相信我。我知道这一点。趁你还有选择，放弃吧，给自己留一条活路。你什么也做不了。”

哼，瞧我的。

一连串爆炸声又从他身后响起，他突然转向，轮胎在地面发出刺耳的摩擦声，巡逻车拐进一座空空如也的加油站，因为是深夜，加油站的灯都是关闭的。兰博从车上跑下来，踢开加油站的玻璃门，走进去打开油泵的电力开关。他抓起一根撬棍，急匆匆走到外面，撬掉了油泵上的锁。一共有四台油泵，每台油泵有两根管子，他把所有管子都打开，将汽油喷在街道上。他固定住管子的开关，这样即使自己放手，它们也不会停。当他重新将车开到街道上再停好时，身后的路面已经到处都是流动的汽油了。他点燃一根火柴，火光在空中划出一道弧线，夜空立刻亮如白昼，火焰从这边的人行道一直蔓延到对面，高达 20 米，商店的前门烧得噼啪爆裂，玻璃纷纷碎裂，热浪扑面而来，烤焦了他的头发。他跳上车，疾速驶离现场，燃烧的汽油在身后蔓延，流到停在路边的汽车下。砰！砰！在爆炸声中那些汽车腾空而起。砰！都是他们自己的错。路灯杆上的交通标志说得很清楚，午夜之后不准停车。

他想了想地下油库的压力降低时会发生什么。火会顺着管子逆流进油库，到时候半个街区都会爆炸。这样能阻止他们追上来。毫无疑问。

“兰博，”无线电响起了陶德曼的声音，“别这样。我在请你停下。没有用。你这样做毫无意义。”

瞧我的吧，他又这样想道，然后关上了无线电。他几乎就要穿过小镇中心了。再过几分钟，他就会从另一侧冲出小镇。

6

提索在耐心等候。他将巡逻车停在通向镇广场的主路中间，封锁住路口，弯下身子伏在引擎盖上，紧握着手枪。前面的火焰和爆炸中出现了汽车前灯的光点。那小子比自己更快，可能已经逃出了小镇，但是他不相信这种可能性。他仿佛能同时看到两个视角：一个视角是那小子的，他正在驾驶偷来的车朝着镇广场疾驰;另一个视角是自己的，前面的汽车前灯变成明亮的光球，还能清清楚楚地看到车顶。车顶有警笛，是警车。他拉开保险栓，稳稳地瞄向前方。他知道这件事必须做得完美无瑕。不会有第二次机会了。他必须完全确定坐在车里的是那小子，而不是迷路的巡逻警察。引擎的轰鸣声更强烈了。明亮的汽车前灯照在他身上。他眯起眼看驾驶员的轮廓。上一次见到那小子是3天前了，但是提索绝不会认错脑袋的形状，头发一簇簇剪短的样子。是他。终于来了，一对一的时刻。不是在森林里，而是在他最熟悉的镇上，优势在他这边。

刺眼的灯光照得他看不清楚，他开了一枪，又开了一枪，自动弹出的弹壳掉落在柏油路面上。怎么样，你喜不喜欢？他举枪瞄准，那小子俯身躲在仪表盘下。他开枪打碎了挡风玻璃，立刻又开了一枪将前轮胎打爆，手枪三连发的后坐力让他放在引擎盖上的手剧烈地抖动。那辆巡逻车失去了控制，开始疯狂地打转，提索赶紧闪开，然后它就撞到了自己车上，发出金属和玻璃的碰撞声，把他的车撞得转了一个圈，而那小子的车被回弹到了对面的人行道上。一只轮毂盖掉了出来，发出骨碌碌的滚动声音，路面洒了一地汽油。提索俯身跑向那小子的车，朝着车门连开数枪，又跑到车门旁边，把手枪伸进去准备朝仪表盘下面开枪。但是那小子不在那儿，只能看到前座有一摊深色的血迹。提索迅速卧倒在路面上，擦伤了手肘，他警觉地环顾四周，从车底看到那小子的鞋从人行道跑进了一条小巷。

他立即上前追赶，来到小巷旁边的砖墙，打起精神朝里面开枪。他不明白混凝土地面上为什么会有斑斑血迹。他不认为自己的任何一颗子弹打到了对方。也许那小子是在撞车时受伤了。他流了好多血。很好，这会让他的速度慢下来。在小巷里，他听见木头被重重砸碎的声音，好像那小子正在破门而入。还有几发子弹？车灯 2 枪，挡风玻璃 1 枪，轮胎 2 枪，车门 5 枪。那就还剩 3 发子弹。不够。

他赶快将弹匣从手柄中取出，换上装满子弹的弹匣。他屏住呼吸，浑身颤抖，冲进小巷连开 3 枪，空弹壳在空中飞舞。他躲到一排垃圾桶后面，看到奥格登五金店的门是打开的。垃圾桶太薄，挡不住子弹，但是至少能把他藏起来，让他集中精力判断那小子是不是真的在五金店里，又或者那扇门是个诱饵，其实他埋伏在小巷深处。提索仔细查看小巷，没有看到那小子。正当他准备跑向那扇门的时候，一个东西闪着火花从门里飞了出来。什么鬼东西？是炸药，引线太短，不能及时掐灭，更来不及抓起它扔到足够远的地方。他就像看到毒蛇一样，迅速退出小巷，身体紧贴砖墙，双手捂住耳朵。爆炸声震耳欲聋，碎木头、金属和燃烧的纸板从小巷里飞出，落在外面的街道上。五金店的门被炸得破破烂烂,他制止了跑上前去的冲动。三思而行,三思而行。那小子肯定会在其他人赶来之前逃走。他不能留在那里战斗。炸药只是为了阻拦你。忘了这条小巷吧。快去查看前门。

他一阵猛冲绕过街角，那小子早就离开商店，穿过整个街区，进入了法院大楼的阴影里。这段距离太远，很难用手枪瞄准。他还是尝试了一下，单膝跪地，另一只膝盖支撑着肘部，用两只手握紧手枪，看到目标时便开枪射击。没有打中。他的子弹打在法院大楼的石墙上，声音很响。一点微弱的荧光在法院大楼旁边闪了一下，响起步枪射击的声音，一颗子弹穿透了提索身边的一个邮筒。提索好像看到了那小子俯身绕到法院大楼后面去的黑色身影，他急忙上去追赶，就在这时一连三声爆炸将法院大楼炸成了火海，碎片残渣从窗户里喷出。天哪，他失去理智了。提索想着，加快了奔跑的速度。这不只是为了阻拦我。他想把整个小镇炸上天。

法院大楼里都是干燥的老木头。火焰蔓延到了楼上的房间。提索身体侧边的一块肌肉突然痉挛起来，他决定不能让这拖慢自己的速度，一边用手捂着一边跑，竭力全力直到瘫倒为止。法院大楼火势凶猛，滚滚浓烟蔓延在街道上，让他看不见那小子去了哪儿。右边，和法院大楼隔街相望,有个人正在警察局的前门台阶上移动,他以为是那小子，结果发现是出来查看火灾的哈里斯。

“哈里斯！”他叫道,急着想把所有的话一次全部喊出来,“那小子！退开！离开这里！”

但是他的声音被目前为止最大的爆炸声淹没了，警察局被掀到空中，从里向外崩溃瓦解，火焰和瓦砾瞬间吞没了哈里斯。强烈的冲击波让提索动弹不得。哈里斯，警察局，这是他仅剩的一切，现在都化为乌有。办公室，他的枪、奖杯、杰出服役十字勋章。他又想起了哈里斯，开始咒骂那小子，发出凄厉的尖叫，新的愤怒突然让他打起精神，沿着人行道朝火焰走去。你这个疯子，他心想。你不是非得这么做不可，没有人逼你这么做。

右前方还有两个店面，再往前走就是警察局的草坪，上面散落着燃烧的木头。当他咒骂着跑过去的时候，一颗子弹打在他脚边的混凝土上弹飞了。提索赶紧爬进路边的排水沟。街道火光明亮，但警察局的后面仍然处在阴影中，刚刚他在那里看到了步枪的闪光，于是举枪向那小子还击。他又开了两枪然后站起身来，不料膝盖一软，摔倒在人行道上。他的力气终于耗尽。过去几天的折磨终于显现出了效果。他躺在人行道上思索。那小子在流血，他一定也很虚弱。但是流血没有阻止他一分一毫。如果那小子能坚持，他也能。但是他感觉如此疲惫，难以动弹。

说什么要和那小子一对一决斗，不让其他人受到伤害，看来完全是谎言，对吧？还有奥瓦尔、欣格尔顿和其他人，你的承诺呢？那也是谎言吗？

你不可能向死人承诺。这样的诺言不能算数。

没错，但是你向自己承诺了，这样的诺言是算数的。如果你不赶紧动起来，你就太对不起自己了，对不起任何人。你不是累了。你是害怕了。

他啜泣着，摇摇晃晃地爬起来。那小子在右边，警察局的后面。但是他不可能从那条路逃走，警察局的后院尽头是高高的铁丝网栅栏，而且栅栏另一边是一个深坑，一家新超市的地基。那小子没有时间和力气安全地爬过那里。他会继续沿着街道奔跑，而那边有两栋房子，之后是一个儿童游戏场，再之后是镇政府名下的一片田野，那里有高而浓密的草、野生覆盆子灌木丛，还有一座孩子们搭建起来的棚屋。

他利用警察局前面草坪的斜坡当作掩护，悄悄向前跟踪，目光穿过烟雾看到了那小子，不忍看散落在街上的哈里斯的残骸。现在他在法院和警察局之间，两边的火光都照在他身上，烟雾熏疼了他的眼睛，高温舔舐着他的脸和皮肤。他弯下腰凑近草坪的斜坡隐藏起来。烟雾消散了一会儿，他看到住在警察局前面两栋房子里的人正站在房子的门廊处，一边说话一边指指点点。上帝啊，那小子可能把他们的房子也炸掉，就像杀死哈里斯一样杀死他们。

他吃力地匆匆朝他们跑去，一边跑一边留意那小子。“赶快离开！”他叫道，“退开！”

“什么？”那边有人说道。

“他在你们附近！快跑！离开那儿！”

“什么？我听不清你在说什么！”

7

兰博蜷缩起身体，靠在远端房子的门廊旁边，举枪瞄准了提索。站在门廊上的一男两女正忙着和提索喊话，没有看到他就藏在旁边。但是当他向后扳动步枪的击锤时，他们肯定听到了咔嚓的声音，因为上面的木板突然有了动静，一个女人靠在栏杆旁俯身看到了下面的兰博，失声叫道："我的天哪！"

这样的警告已经足够了。提索匆忙离开人行道，穿过草坪跑到第一栋房子，用它的门廊遮住身体。兰博还是开枪了，没指望打中，但是确信这一枪至少能吓到他。上面的女人尖叫起来。他退出空弹壳，瞄准那座门廊的角落。提索的鞋露在外面，火光照得清清楚楚。他扣动扳机，但是什么也没有发生。步枪的子弹打光了，没有时间重新装弹，他将步枪丢掉，拔出那把警用左轮手枪，但提索的鞋现在已经不见了。那女人还在尖叫。

"噢，看在上帝的面子上，闭嘴吧女士。"兰博对她说。他跑到这栋房子的后方角落，仔细观察后院阴影的形状。提索不会冒险从房子前面过来，火光会让他成为清晰易命中的目标。他会摸黑溜进第一栋房子的后方，再转移到这栋房子的后方。兰博靠近角落，目光穿过一辆自行车和一个工具棚，静静地等待着。刚才开车撞上提索的车时，他的脸砸在警用无线电上，额头裂开一道口子，为了擦去流进眼睛里的血，现在他的袖子还黏糊糊的。这次碰撞还让他肋骨的疼痛复发了，所以他不知道现在哪个部位的伤势更严重。

他又等了一会儿，突然感觉昏昏欲睡，又迅速警醒起来。没有声音，但是竖在常绿灌木之间的后栅栏旁似乎有个人影在移动。他擦去流到眼睛里的鲜血，瞄准。但是不能开枪。他必须确定那是提索。如果那个移动的人影只是眼睛的错觉，贸然开枪就会暴露位置。而且这样做还会浪费 1 发子弹。他的手枪只有 5 发子弹，撞针下面的那个弹巢是空的。提索的勃朗宁可以装 13 发子弹。还是让他浪费子弹吧，他浪费得起。

兰博没有立刻向那个人影开枪，还有另一个原因：当他刚刚擦去眼睛里的血时，眼睛没有对上焦，视野中出现了重影，好像血还留在眼睛里似的。他分辨不清那个人影的形状和常绿灌木的形状，它们全都模糊成了一片。而且他的头现在出现了剧烈的刺痛，仿佛颅骨要裂开了似的。

那个影子为什么不动呢？是不是它在动，但是自己看不见？不过提索应该会弄出一些声音的。怎么回事，他怎么一点儿声音都没有？马上就要没有机会了。警报声正在靠近。可能是消防队，也可能是警察。别磨蹭了，提索。他听见刚才站在门廊上的人现在进了房间，正在惊恐地说着话。兰博似乎感觉到了什么，转过身去看身后的门廊上有没有人拿着枪或者其他可以伤害自己的东西。上帝啊，是提索，他从房子前面的草坪绕过来了。惊讶之下，兰博不由自主地开了一枪，提索惨叫一声，身体向后倒去，从草坪滚落到人行道上。与此同时，兰博不明白发生了什么，只是感觉身体失重，突然倒向一侧，脸重重地砸在草地上。他用手捂住胸口，感觉温暖而潮湿，而且手马上变得黏糊糊的。天哪，他中枪了。提索也开了一枪，打中了他。他胸部的神经已经麻木了，没有感到疼痛。赶紧走。必须赶快离开这里。又响起了警报声。

他站不起来，只能扭动着身体爬行。这栋房子旁边有一道铁丝栅栏，栅栏那头有一些块头很大的东西，在夜色中隐约可见。警察局和法院大楼的火焰蹿得很高，把那些东西照成了橙色，但他还是看不清它们是什么。他的眼睛太疲劳了。过了一会儿，他的视野才清晰起来。跷跷板，这个词在他脑海中发出空洞的响声。秋千、滑梯，这是个游戏场。他趴在地上，一点点朝它们挪动，身后的火焰声如同风暴在森林中肆虐，折断树木。

“我要去拿枪！我的枪在哪儿？”那个男人在房子里面喊道。

“不要，千万别，”一个女人的声音说，“不要去外面。别管这事。”

“我的枪在哪儿？你把我的枪放哪儿了？我告诉过你别动我的枪。”

兰博用手肘撑在草坪上，以更快的速度爬到栅栏旁边，发现了一扇门。他将门打开，跪在地上爬了出去。他身后响起踩在后门楼梯木板上的空洞的脚步声。“他在哪儿？”那人说道。他的声音很清楚，听上去已经来到房子外面了。“他去哪儿了？”

“那儿！”另一个女人歇斯底里地说，就是她在门廊看到了兰博，“在那儿！那扇门！”

你们这些混蛋，兰博一边想一边扭头看。高高的火光下，那个男人站在工具棚旁边，正在举起一支步枪瞄准。他瞄准的姿势太笨拙了，但是当兰博打中他的时候，他的反应倒是优美得不像话，动作流畅地抓住右肩，身体毫不费力地旋转起来，完美地倒在工具棚旁边的自行车上，自行车经受不住重量，连人带车一起倒在地上，链条和辐条发出刺耳的声音，又一次让他显得十分笨拙。

“上帝啊，我中枪了，”此人呻吟起来，“他打中我了。我中枪了。”

但此人不知道自己有多幸运。兰博打中的是他的肩膀，不是胸口。兰博此时已经无法再看清瞄准，无法再拿稳手中的枪，他的胸膛在迅速失血，他没有逃走的希望，没有有效保护自己的方法，什么也没有。也许只有口袋里的那支炸药除外。炸药，他心想。见鬼的炸药。就凭他剩下的这点儿力气，他甚至没法把它扔到 5 英尺以外。

“他打中我了，”那个人还在呻吟，“他打中我了。我中枪了。”

我也中枪了，但是你可没听见我哭哭啼啼地抱怨，他心想。他接受不了就这样等着警车里的人来抓自己，又开始往前爬。爬进游戏场中央的一个已经干掉的戏水池，再爬到中央。这时他的神经苏醒过来，逐渐感受到了疼痛。提索的子弹打穿了他已经折断的肋骨，如同刺穿一个巨大的脓疮，脓血一下子就喷了出来。疼痛越来越剧烈，让他难以忍受。他在挠自己的前胸，又抓又扯。他痛苦地摇起头，身体紧绷起来，疼痛引起的痉挛让他狂暴地站起身走出戏水池。他的头低垂着，肩膀高高耸起，迈着蹒跚的步子朝游戏场边上的栅栏走去。这道栅栏很矮，他俯身趴在上面喘气，抬起脚在空中踢腿。他以一个类似翻筋斗的怪异姿势翻越到另一侧，本来以为会后背落地，谁知迎接后背的是许多尖刺和光秃秃的枝条。这里是一片刺藤——野生覆盆子。他之来过这里。

他不记得是什么时候了，但他之前来过这儿。不，不，他错了。是提索之前来过这里，在山上的时候，他逃进了整面山坡的刺藤里。没错，就是如此。提索钻进去了。现在情况反了过来。现在轮到他了。倒刺扎在身上，让他感觉非常好，有助于分散对肋骨的注意力。提索曾经钻进这样的刺藤里逃出生天。他为什么不能呢？

8

提索躺在人行道的混凝土路面上，入神地盯着头顶的一盏黄色路灯，仿佛没有看到路边的大火。如果现在是夏天，他想，肯定会有蛾子和蚊子绕着灯泡飞来飞去。他不禁好奇为什么会想到这个。他正在失去凝视物体的能力，不停地眨眼，两只手一起捂着肚子上的洞。让他惊讶的是，除了肠子感到难以抑制的痒，他没有任何知觉。他知道自己的后背也有一个大洞，但那里也只是感觉痒而已。如此多的损伤，如此少的痛苦，他心中想道。就好像身体不再属于他了似的。

他听着警报的声音，一开始只有几个警报器，然后响起了一大群，在火灾那边发出阵阵悲鸣。它们有时听上去仿佛很遥远，有时仿佛就在街那边。“就在街那边。”他听到自己说了出来，而且声音听上去如此遥远，仿佛他的灵魂已经和身体脱离了似的。他动了动一条腿，然后动了另一条，抬起头，弓起背。还好，至少子弹穿过身体，从背后钻出来时，没有打散他的脊椎。不过问题在于，他告诉自己，你要死了。那么大的洞，这么少的疼痛，你肯定是要死了，自己竟然可以如此镇静地想这件事，这也让他十分惊奇。

他的目光从路灯上移开，转向熊熊燃烧的法院大楼，现在大楼的屋顶都着火了，又转向警察局，火焰从每一扇窗户向外伸。我才刚叫人粉刷了里面的墙壁，他心想。

有个人出现在他身边，跪在地上。是个女人，一个老妇人。“我能为你做些什么吗？”她轻声问道。

你是个了不起的老太太，他心想。这么多血，你还是鼓足勇气朝我走过来。“不。没有，谢谢。”他说，他还是感觉自己的声音很遥远，“这里没有什么你能做的。不过，我有没有打中他，你知不知道？他死了吗？”

“他好像倒下了，”她说，“我是从隔壁那栋房子里来的。警察局旁边那栋。其实我不是很清楚这件事。”

“好吧。”他说。

“我的房子正在着火。住在这栋房子里的人，好像有人中枪了。我能给你拿条毯子吗？你想喝点儿水吗？你的嘴唇很干。”

“很干吗？不，不用。谢谢你。”

太奇妙了，他的声音很远，而她的声音却很近，清清楚楚地飘进他的耳朵。而警报声仿佛在他的脑袋深处发出刺耳的悲鸣，声音越来越大。一切都反过来了，他的灵魂似乎脱离了身体，但是外界的一切仿佛在他的体内。太奇妙了。他必须把这种感觉告诉她。她应当知道。但是当他睁开眼看的时候，老妇人已经走了，仿佛刚刚是幽灵在他身边。他不知道她是何时离开的，这是什么征兆呢？警报声。声音太大了。阵阵尖叫仿佛刀子在划过他的大脑。他抬起头，视线穿过火海，直达镇广场的末端。警车闪烁着警报，拐过街角，朝这里加速驶来。他数了数，一共有 6 辆。他的视觉从未如此清晰，每一辆车的细节都清清楚楚，尤其是闪光灯从黄到红的交替变化，坐在挡风玻璃后面的人被火光照成橙色。这幅场景的力量太震撼了。提索感觉街道在旋转，他不得不闭上眼睛，以免恶心呕吐。他现在只需要呕吐，让肚子里的东西扯得更烂一些，也许他会当场死去，无法撑到事情结束。他到现在还没有呕吐，真是上帝的恩惠。他早就该支撑不住才对。得支撑住。这是他能做的一切。如果他就要死了，他确信这一点，他也不能让死亡现在就降临。事情还没结束。

提索听到了警车轮胎发出的尖锐刹车声，当他再次睁眼看的时候，这些警车一个利落的飘移,停在快要到警察局的地方。车还没完全停稳，警察就一个个从里面跳了出来，警报声渐渐减弱。一个警察伸手指向前面躺在地上的他，于是他们全都跑了过来，一边跑一边用手遮住脸，抵挡两边火海的热浪，路面上响起纷乱的脚步声，他看见陶德曼出现在人群中。这群人都拔出了枪，陶德曼手持一把霰弹枪，肯定是从某辆巡逻车里拿下来的。

现在他看见科恩也在人群中。科恩正在对一个人说话，说话时也没有停下奔跑的步伐。“回到车上去！用无线电叫一辆救护车！”科恩的手来回指着这条街道，对其他人说，“把这些人赶走！把他们推远一点儿！”

人？什么人？他不明白。他抬眼望去，发现街上竟然有几十个人。他们的突然出现吓了他一跳。他们在查看火灾。他们的脸很奇怪。他们朝他聚集过来，眼睛发红，身体僵硬，他举起手想赶走他们，心中升起一股非理性的恐惧，马上就要脱口而出：“等等！”就在这时，警察冲上前挡开那些人，将他团团护在中间。

“那小子。”他说。

“不要说话。”科恩对他说。

“我想我打中他了。”他平静地说道。他集中精神，尽力把自己想象成那小子，“没错，我打中他了。”

“你需要保存体力。不要说话。医生正在赶来的路上。我们本来可以来得更快，但是我们必须绕过那边的火。”

“听我说。”

“放松。你已经做了你能做的一切，现在让我们来处理吧。”

“但是我得告诉你们他在哪儿。”

“这儿！”一个女人在房子前面的草坪上大喊。“房子后面！快叫医生来！”

“你们 8 个跟我来，”科恩说，“两翼分散。4 个人从房子那边包抄，4 个人从这边包抄。当心。其余的人，驱散这帮民众。”

“但是他不在那里。”太晚了。科恩和他的手下已经走了。“不在那里。”他自言自语地重复着，“科恩。这个人怎么就是听不进去别人的话？”追捕行动开始的那天晚上，他等不等科恩来帮忙都是一样的。有科恩在，搜捕队只会更加迷茫，而科恩带来的人会像其他人一样死去。

陶德曼还没有开口说话。留下的少数警员目光躲闪，不愿直视遍地鲜血的惨状。但陶德曼没有。

“不，你不会，陶德曼。你根本不会在意，你看惯了鲜血。”

陶德曼没有回答，只是继续看着他。

一名警员开口说道：“科恩说得对，也许你不该说话。”

“当然，奥瓦尔中枪的时候我也是这么对他说的。但是他不想安静地死去，我也是一样。嘿，陶德曼，我做到了。我说我会做到的，对吧？我做到了。”

“他在说什么？”那个警员说，“我听不明白。”

“看看他的眼睛，”另一个警员说，“他疯了。”

陶德曼还在一言不发地凝视着他，用手势示意他们安静。

“我对你说过，我能猜出他的下一步动作，不是吗？”他的声音像胜利的孩子一样充满自豪。他不喜欢发出这样的声调，但是他控制不住，仿佛身体里有什么东西让他心潮澎湃，急切地想要吐露那个秘密。“他在这栋房子的门廊旁边，而我在隔壁那栋房子旁边躲着，而且我能感觉到他在等我过去。你的学校把他训练得非常好，陶德曼。他严格地按照训练行动，我就是这样猜出了他的下一步动作。”说到这里，伤口又在发痒，他伸手挠了挠，伤口涌出一股鲜血。随着时间的流逝，他越来越惊奇自己居然可以这样说话。他本应该大口大口地喘息，努力挤出每一个字，然而这些话又稳又快地从他嘴里说出来，流畅得毫不费力。“我假装我就是他。你明白了吗？我一直在琢磨他，琢磨得我好像知道他正在干什么。就在那时候，我们俩都躲在房子的门廊旁边，突然之间，我知道他在想什么。他觉得我不会从有火光的街边摸过来，肯定会穿过后院和树丛靠近他。陶德曼，你明白了吗？你的学校训练他在山区打游击战，所以他本能地选择了树丛，还有屋后的草坪和灌木。而我，经历了他在山里对我做的那些事之后，我还能让他占尽优势，用他擅长的方式对付我吗？这一次，优势在我这边。记得我跟你说过什么吗？这是我的小镇。如果我做成这件事，我一定要在我的街上，在我的房子附近，借着我的办公室燃烧的光把这件事做成。我做到了。

我猜到了他的下一步动作，陶德曼。我将子弹射进了他的胸膛。”

陶德曼仍然没有说话。他凝视许久，才伸手指向提索肚子上的伤口流出的血。

“你是说这个？你指着的伤口？我跟你说过。你的学校把他训练得非常好。我的天哪，那么快的反应。”

警察局和法院大楼传来剧烈的爆炸声，冲天的火光照亮了那半边夜空。低沉的回音在整个小镇回荡。

“太快了，真是太快了。”一个警员愤慨地说。

“什么太快了？”

科恩从房子后面回来了，急匆匆穿过房前的草坪斜坡，走到人行道上。“他不在那后面。”

“我知道。我正打算告诉你。”

“他打中了一个人的肩膀。那个女人大叫是因为这个。我的人正在寻找他的踪迹。地上有血迹，他们在跟踪。”科恩望着腾起在小镇那边夜空的一道道火光，他在担心别的事。

“出什么事了？刚刚的爆炸是怎么回事？”提索问道。

“上帝啊，我怀疑他们有没有足够的时间。”

“干什么的时间？”

“加油站。他点着了两座加油站。我们在无线电上听到了消防队的报告。油泵和主建筑的火势太大，他们无法进去关闭油管。正当他们打算切断那片地区的全部电力时，他们意识到如果关闭了油泵，压力会让火逆流到油库里，那样的话整个街区都会炸上天。我已经呼叫手下的一个小队过去帮忙疏散了。火势已经蔓延到了住宅区。上帝啊，希望他们能在大爆炸之前及时撤离，而且还有一座加油站要去处理，当这一切结束的时候，不知道会死多少人。”

房子旁边传出一声叫喊：“他跑到那边的游戏场了！”

“别喊那么大声，他会知道我们在找他！”

“不用担心，”提索说，“他不在游戏场里。”

“你不能确定这一点。你已经在这里躺了很长时间。他现在可能在任何地方。”

“不，你必须站在他的角度上思考。你必须假装自己就是他。他爬着穿过游戏场，翻越那里的栅栏，现在他藏在刺藤丛里面，一片野生覆盆子。我就是钻进了那里，从他手里逃走的，现在他也想尝试这样做，但是他受伤太严重了。你无法想象他胸口的疼痛。那里有几个孩子建造的一间棚屋，他正在朝着棚屋爬。”

科恩一脸疑惑地皱着眉头，看向陶德曼和两个警员。“我去房子后面的时候他发生了什么？这是怎么回事？”

最先和提索说话的那个警员怪异地摇了摇头。“他觉得自己是那小子。”

“什么？”

“他疯了。”另一个警员说。

“你们俩看着他。我要他保持安静。”科恩命令道，他单膝跪在提索身旁，“撑住，医生马上就来了，我向你保证。”

“不重要了。”

“试着撑住，坚持下去。”

响亮的铃铛声和更多警报声从广场方向传来，两辆庞大的消防车从那边开过来，慢慢停在警车旁边。身穿橡胶服的消防队员从车上跳下来，奔跑着去拿拧开消防栓的工具，迅速将水管展开。

房子旁边又响起叫喊声："他从游戏场爬走了！地上到处都是血！田野和灌木丛里也有一些血迹！"

"别叫，我告诉过你！"科恩答道，然后俯下身凑近人行道上的提索说，"好吧，让我们来为你一探究竟。让我们看看你是不是说对了。"

"等等。"

"他会逃走的。我必须去。"

"不，等等。你必须向我保证。"

"我已经向你保证了。医生马上就到。我保证。"

"不，不是这事。你得向我保证，当你发现他的时候，必须让我到那里和他做个了断。我有这个权利。经历了这么多的磨难，我不能不亲眼看到最后的结局。"

"你那么恨他？"

"我不恨他。你不明白。他也想这样。他希望我过去。"

"上帝啊。"科恩一脸震惊地看着陶德曼和其他人，"上帝啊。"

"打中他的瞬间，我就不再恨他了。我只是感到难过。"

"那是当然。"

"不，不是因为他也打中了我。无论他有没有打中我，都没有什么区别。我一样会难过。你必须向我保证，一切都结束的时候必须让我在现场。最后时刻我必须和他在一起。"

"上帝啊。"

"答应我。"

“好吧。”

“不要说谎。我知道你在想什么，你觉得我伤得这么严重，没办法抬到那片田野里。”

“我没有说谎，”科恩说道，“我得走了。”他站起身，对房子旁边的警员挥手致意。他们神色紧张地和科恩一起朝游戏场和更远处的田野四散而去。

陶德曼没有动。

“是啊，你不会动的，陶德曼，”提索说，“你仍然想置身事外，不是吗？但是你不觉得你应该看看吗？你不觉得你应该在那儿，看看他最后的表现吗？”

陶德曼终于开口了，他的声音干得就像刚刚着火的法院大楼里的木头一样。“你的伤有多重？”

“我什么也感觉不到。不，我又错了。混凝土地面很柔软。”

“哦。”远处的夜空又被爆炸的火光点亮。陶德曼茫然地注视着。这是第二座加油站。

“给你的学生再加一分，”提索说，“你的学校真的把他训练得很好。毫无疑问。”

陶德曼看了看正在朝法院大楼和警察局的大火喷水的消防队员，又看了看提索肚子上锯齿状的伤口，眼睛闪烁了一下。他拿起枪，往枪膛里塞进一颗子弹，穿过草坪朝房子后面走。

“你这是要干什么？”提索问道。但他已经知道答案了。“等等。”

陶德曼没有回答，他的背影在火光的照耀下朝着房子旁边的一小块阴影前进。

“等等。”提索的声音带着慌乱。“你不能那样做！”他喊起来，“轮不到你去做！”

就像之前的科恩一样，陶德曼走了。

“见鬼，等等！”提索吼道。他翻滚身体，趴在地上，用手扒着人行道上的边缘。“我必须到那儿去！必须由我来！”

他咳嗽着拱起身子，只用双手双膝着地，血从肚子流到人行道上。那两个警察抓住他，把他往地上按。

“你得休息，”那个警察说，“放松点儿。”

“别管我！我是说真的！”

他们努力想控制他。他剧烈扭动着身体。

“我有权利！这一切都是我开始的！”

“最好让他去。如果他继续和我们争执，会把伤口扯开的。”

“看看他流到我身上的血。他身体里还能剩下多少？”

足够多，提索想。足够了。他再次颤颤巍巍地拱起身，双手双膝着地，先抬起一条腿，又抬起另一条，集中精神准备站起来。他在嘴巴里尝到了鲜血的咸味。陶德曼，是我开始的这一切，他心想。他是我的，不是你的。他想要由我来结束这一切。

他强撑身体，站起来，迈出一步，再跟上一步，努力保持平衡。他很确定，如果摔倒了，就再也不可能站起来。当他穿过草坪朝那栋房子走去，他必须稳住身体，小心保持平衡。我知道这一点，陶德曼，他在心中想道。他想要由我来结束这一切。不是你，是我。

灌木丛

1

兰博在痛苦中穿过刺藤，朝着棚屋的方向爬。远处的火光微弱地投射在棚屋上，他看到棚屋的一面墙是朝里倾斜的，屋顶也歪歪扭扭，只是不能看到半开半掩的门里面有什么,里面漆黑一片。他在地上爬着，但是似乎需要很长时间才能爬一小段距离，他这才发现自己只是在做爬行的动作，身体并没有往前移动。他更加用力，终于慢慢地朝棚屋靠近了一些。

但是在爬到黑乎乎的门口时，他却不愿意爬进去。里面太像他在战争中待过的那个地牢了，黑暗，逼仄，十分压抑。奇怪的是，它还让他想起了提索让他走进的那个淋浴间，以及提索想把他关在里头的那个牢房。当然，淋浴间和牢房都有明亮的光线，但是引起了他同样的厌恶和抗拒。他想，那都是自己拼命逃离的地方，自己现在怎么会累成这个样子，竟然想要在这种地方进行战斗。

他知道事到如今，就是想战斗自己也毫无能力了。他见过太多死于枪伤的人不知道自己正在流血致死。疼痛在他的胸口和头颅中持续着，并随着每一次心跳加重，他的腿因为失血而冰冷麻木，因此爬行才如此困难，而且他的手指也失去了知觉，手上的神经末梢正在渐渐罢工。他将不久于人世。至少他还可以选择在什么地方与生命道别。不要在这个棚屋里,好像在洞穴里似的。他决定永远不再体会那种感觉。不，要在开阔地带。要能一览无余地看到天空，闻到夜晚自由流动的空气的味道。

他摸到棚屋的右侧,动作笨拙地钻进灌木丛的更深处。正确的地点。这才是必须做的事。某个舒适友好的地方。在他看来合适就行，要令人平静。他需要在一切变得太晚之前找到这个地方。一条和身体一样长的浅槽似乎很不错，但是当他仰面躺在里面时，感觉这条浅槽太像一座坟墓了。他有很多时间躺在坟墓里，何必提前体验呢？他需要的地方和浅槽正好相反，应该是高高的，没有遮挡，他最后的时刻要在这样的地方度过。

他一边爬行，一边朝灌木丛前方望去，看到前面有一面缓和的斜坡。当他爬上斜坡顶端时，发现这是个土丘，四面八方都是向下延伸的灌木丛斜坡，而土丘顶是一大片低着头的秋草。没有他希望的那么高，但仍然高出地面，而且躺在草地上的感觉很舒服，就像是躺在装满秸秆的垫子上。他睁开眼,看着火光在夜空的云上投射出的橙色图案。安逸。就是这个地方。

至少他的精神放松下来了。但是更加剧烈的疼痛折磨着他。麻木感渗透他的膝盖和手肘，很快就会到胸部，让他不再疼痛，然后是哪里呢？他的脑袋？或者他活不到那个时候就死了？

他最好还是想想有没有事情可以做，任何重要的但是被他忘记的事。他在疼痛中绷紧了身体。不，似乎再也没有什么事可做了。

上帝呢？是不是该向上帝祈祷。

这个念头让他感到尴尬。只有在极度恐惧时，他才会想到上帝并向上帝祈祷，每一次都让他感到尴尬，因为他并不相信上帝，当他出于恐惧而祈祷时，总感觉自己非常虚伪，尽管自己并不相信，但也许上帝是存在的。一个可以被虚伪之徒愚弄的上帝。小时候，他是相信上帝的。孩子当然相信上帝。每天晚上的《痛悔经》是怎么说的来着？他很费力地想起了这些不熟悉的字眼。噢，我的上帝，我衷心忏悔——忏悔什么？

忏悔过去几天发生的每一件事。忏悔这些事不得不发生。但是它们的确不得不发生。他后悔这样做，但是他知道如果让周一再来一次，接下来的几天他还是会做出完全一样的事，他知道提索也和自己一样。这件事无可避免。如果说他们的较量是为了捍卫尊严，那么它也是为了某种更重要的事。

比如什么？

比如人们经常挂在嘴边却不当真的谎言一样，他对自己说：为了自由和权利。他不是为了证明某种理念而战斗。只是一旦有人再逼自己一步，无论是谁，他就一定要和那人战斗一场，这大不一样——不是出于伦理，而是出于个人的情感。他杀死了很多人，而且可以假装认为他们都非死不可，因为他们都是逼迫自己的力量的一部分，这种逼迫让他这样的人根本无法生活。但是他并不完全相信这番道理。这场战斗以及战斗带来的兴奋感令，他太乐在其中。或许战争改造了自己，他想道。或许他已经如此习惯于战斗，根本无法从容不迫地生活。

不，这个理由也不是真的。如果他真的想控制自己，他可以做到。

他只是不想控制自己。为了按照自己的方式生活，他已下定决心和任何干涉自己的人战斗。所以在某种意义上，他的确是为了信念而抗争。但事情并没有那么简单，因为他也对自己高超的战斗技能十分自豪而且很乐于展示。他是个不该被惹恼的人，没错，他就是这样的人。现在他就要死了，没有人想死。现在他脑中关于信念的东西，不过是一堆为了将自己的行为正当化的废话。认为自己会做出同样的选择，这只不过是自欺欺人的花招，想让自己相信现在发生的事无法避免。上帝啊，死亡迫在眉睫，而他对此无能为力，无论是理念还是尊严，在死亡面前都没有任何意义。他本应该做的事，是爱上更多笑靥如花的姑娘，畅饮更多冰爽的清水，品尝更多夏日瓜果。这些也是胡扯，他本应该做的事，关于上帝的所有思考，都只不过是在搅乱他刚刚作出的决定：如果说爬上大腿和手臂的麻木感是一种轻松的死法，但这种死法很可怜，而且很无助，是被动的失败。现在他唯一能选择的就是怎样去死，不能像受伤被困的动物一样，安静地、可悲地、渐渐地失去知觉，沦为一堆死去的肉。 他要的是一瞬间，在猛然爆发的感受中利利落落地死。

自从第一次在丛林里见到部落成员肢解尸体，他就一直害怕自己死去时身体会遭遇什么。他曾经想过死去时血会从静脉抽干，注入防腐液取而代之，内脏挖出，胸腔用防腐剂处理，他总觉得这样做会让自己感到寒冷和恶心，仿佛他的尸体还会有神经反应似的。他还想象过，如果让殡仪员缝上自己的嘴巴和眼皮，会是什么感觉，这个想法也让他恶心。死亡——奇怪的是，他对死亡的恐惧竟然比不上他对死后身体的遭遇的恐惧。嗯，如果最后什么都没剩下，他们就无法对自己做这些事。至少这种死法，这种对自己下手的死法，还有机会让他享受成功的快乐。

他从口袋里拿出最后一支炸药，打开装着引线和雷管的软包装小盒，将一套引线和雷管塞进炸药里，把组装好的炸药塞进裤子和肚子之间。他犹豫着要不要点燃引线。关于上帝的麻烦事，让事情复杂起来。他担心的是自杀这件事。自杀会让他永坠地狱，如果他相信的话。但是他不相信，而且自杀这个想法很久之前就伴随着他：他在越南战场上随身携带着一颗毒药胶囊，那是指挥官交给他的，以防被捕后受不了酷刑。当他被捕时，他没有时间吞下它。不过现在，他将点燃引线。

但是假如上帝真的存在呢？好吧，如果上帝真的存在，上帝也不能指责他真诚的怀疑。让自己迎接一次强烈的轰动。没有痛苦，一切都会发生得很迅速，来不及感到痛苦。只是一次明亮的、溶解一切的闪光。至少是种特别的死法。麻木感现在上升到了腹股沟，他准备点燃引线了。在向田野那头的游戏场投去最后一瞥时，他在火光中看到了一个男人的重影，他身穿特种部队的贝雷帽制服，将秋千和滑梯当做掩护，正在压低身体小心翼翼地穿过游戏场。他拿着一把步枪，也可能是霰弹枪。兰博的眼睛已经不能告诉他是哪种枪了。但是他能看出那是贝雷帽制服，他知道那是陶德曼，不可能是别人。在陶德曼身后，捂着肚子脚步蹒跚地穿过游戏场的，是提索，只能是他，正一个趔趄撞在游戏场中竖起的矩形攀爬横杆上。看着这一幕，兰博知道还有更好的选择。

2

提索紧紧贴在横杆上，休息了一会儿，然后用力将自己从横杆上推开，磕磕绊绊地朝栅栏走去。他很害怕陶德曼会赶在自己之前走进田野，但是现在情况似乎好起来了。陶德曼就在前面仅仅几步的地方，正蹲在一张长凳旁边，仔细观察田野上浓密的灌木丛。就在自己前面仅仅几步。他伸出手抓住长凳以防倒下，腿抵住长凳站着，喘着粗气。

陶德曼的目光没有离开田野片刻，他头也不回地告诉提索："趴下，他肯定会看见你的。"

"我想趴下，但那样我就再也站不起来了。"

"那你来干什么？你这个样子帮不上任何忙。离开这儿。你是在自杀。"

"趴在地上，让你为我结束这一切？见鬼去吧，反正我就快死了。"

陶德曼看了他一眼。

科恩藏在附近某个看不见的地方，大喊道："上帝啊，快趴下！他有完美的掩护，我不准任何人冒险进入！我已经派人去弄汽油了！既然他喜欢玩火，我们就用火逼他出来！"

没错，科恩，这就是你的行事风格，提索心想。他抓住腹部发痒的伤口，弄得满手是血，将身体靠在栅栏上，吃力地拖着脚慢吞吞地走。

“快趴下！”科恩又喊了一声。

“见鬼去吧。用火把他逼出来，你准备这么干是吧，科恩？我就知道你会想出这种点子。火还没烧到他，他就会偷偷跑到这儿，打死你的几个手下当垫背。了结这件事的方法只有一种，只能让我这样反正没有任何希望的人去拿下他。你还没有死掉足够多的手下，否则你就会知道这一点。”

“你在说什么鬼东西？”科恩喊道，提索这才意识到他将自己的所思所想大声说了出来。这让他吓了一跳，而他必须趁还有能力时翻过这道栅栏。栅栏上有血。那小子的。很好。他可以跟踪那小子的血迹。他的血滴在那小子的血上，他强打精神，从栅栏上翻了过去。他猜测自己落下时应该重重砸在地面上，但是大脑并没有感受到这次撞击。

陶德曼迅速从长凳旁边跑过来，跳过栅栏，以一个漂亮的蹲伏姿势落在他身边的一丛灌木丛里。

“离开这儿。”提索对他说。

“不，如果你再不闭嘴，他就会清楚我们的一举一动。”

“他不在附近，听不到。他在田野中间，离这儿还远着呢。听着，你知道他想让我来了结这一切。我有权见证最后的结局。你知道这一点。”

“是的。”

“那就不要掺和跟你无关的事。”

“是我开始了这一切，比你早得多，而我是在帮你解决。接受帮助没有什么可耻的。现在别说话了，趁你还能前进，让我们一起向前。”

“好吧，你想帮忙吗？那就帮我站起来。我没办法自己站起来。”

“你是认真的吗？看来马上就要一团糟了。”

“欣格尔顿也这么说过。”

“什么？”

“没什么。”

陶德曼帮他站起身，然后爬进灌木丛，不见了踪影。提索站在原地，头高出灌木丛，一边仔细观察四周一边思考。去吧，陶德曼，用你最快的速度往前爬吧。无论你做什么都不会改变事情的结局。我会赶在你前面找到他的。

他咳嗽起来，吐出一些咸糊糊的东西，然后径直穿过灌木丛朝棚屋方向移动。那小子很显然朝那边去了，因为断裂的树枝指出了一条模糊的痕迹。他步伐缓慢，以免无助地摔倒。即便如此，他也没想到自己竟然能那么快抵达棚屋。但是正当他准备进去的时候，却又本能地意识到那小子不在里面。他环顾四周，如同被磁石吸引一样，他又摇摇晃晃地走上另一条树枝折断形成的小道，朝着一座大土丘走去。那里，那小子在那儿，他知道这一点，能感觉到这一点。毫无疑问。

当他躺在人行道上的时候，有人说他神志昏迷了。但是不对，他没有失去神志，那时候没有。现在，现在他神志昏迷了，身体似乎在融化，思维似乎飘浮在灌木丛上方，朝着土丘飘过去，夜晚正在变成明亮的白昼，橙色的火光变得更加明亮，疯狂地舞动。他在土丘底部停止了飘浮，悬停在半空，壮丽的光辉照耀着他。死亡就要来临，他没有更多时间了。仿佛他的意志属于别人，他看见自己的手臂在眼前举起，他的手枪对准了那座土丘。

3

麻木感现在上升到了肩膀和肚脐，兰博感觉自己像是在用两根木头托着枪。提索在他眼中已是三个重影，正在眼睛发光地举枪瞄准，于是他知道不会有其他方式了。自己不要被动地慢慢消亡，不要点燃引线自我毁灭。应该用这种方式，唯一合适的方式，在最后一场战斗中尽最大的努力杀死提索。眼睛和手都不听使唤，他不觉得能打中提索。但是他必须尝试。如果他打偏了，提索就会看到枪口的火光，朝火光开枪。至少我死于尝试赢得战斗，他心想。他将准星对准提索三个身影的中间，努力用手指挤压扳机。枪管在晃动，他绝不可能打到提索。但是他不能假装手没抖。他必须尽最大的努力。他告诉自己的手，扣动扳机，但是手使不上力气，当他将注意力集中到手上，终于扣紧扳机时，枪不自觉地偏移了方向。真是粗心又无能。他气急败坏地咒骂自己。这不是他希望的真正的战斗，提索的子弹即将飞来，但现在挨这一枪并不值当。他等待着。奇怪，这颗子弹应该来了。他眯起眼睛好看得清楚一些，然后看到提索躺在灌木丛里。天哪，自己打中他了。上帝啊，这不是他想要的，而且麻木感此时如此强大，他根本不可能再点燃引线了，只能被动迎接死亡。如此可悲。如此丑陋而可悲。死亡降临与他预计的全然不同，死亡的感觉并不是阴森森、漫无边际的昏睡。这种感觉更像是爆炸带来的一样，只是来自他的头而不是肚子，而且他不明白为什么会是这种感觉，因此他有些害怕。但是既然这就是最后的一切，他只能任它发生，和它一起从自己颅骨后面喷薄而出，自由自在地在天际翱翔，发出永恒的、灿烂多彩的光。他想，如果能够一直这样下去，也许自己是错的，也许最后自己真的能见到上帝。

4

好吧，提索心想。他躺在灌木丛上，惊叹于美丽的星空，一遍遍地告诉自己，他不知道是什么击中了自己。他真的不知道。他看到了枪口的火光，而且他倒下了，但动作很慢、很轻柔，而且他真的不知道是什么击中了自己，没有感觉，没有反应。他想起了安娜，然后就不再想了，不是因为回忆太痛苦，而是因为在经历了一切之后，她似乎已经不再重要。

他听到有人迈着步子窸窸窣窣地穿过灌木丛，走到自己身边。那小子来了，他心想。但是很慢，他的步子很慢。当然，因为他受了重伤。

然后提索发现，站在身边的是陶德曼，他头部的轮廓映衬在夜空下，脸庞和制服被火焰照得闪闪发亮，双眼却黯淡无神。“感觉怎么样？”陶德曼说，“很糟糕吗？”

“不，”他说，“其实有点儿舒服，如果我不知道马上就要死了的话。我听到的爆炸声是什么？听上去像是又一座加油站爆炸了。”

“是我。我猜应该是我。我用这把霰弹枪轰掉了他上半个脑袋。”

“那让你感觉如何？”

“比我知道他在痛苦中的感觉好。”

“没错。”

陶德曼将空弹壳从霰弹枪里退出来，提索看着它在空中划过一道宽阔而闪亮的弧线。他又想起了安娜，而她仍然没有留在他的思绪里。他想起了亲手在山里修好的房子，在房子里养的猫，这些东西也在脑海中转瞬即逝。他想起了那小子，心中突然泛起对他的爱。就在空弹壳即将触地的一瞬，他浑身放松，平静地接受了一切。他死了。

兰博和我：故事背后的故事

大卫·莫瑞尔

从1966年到1970年，我生活在一个名叫斯泰特科利奇/大学公园（State College/University Park）的小镇上，它坐落在宾夕法尼亚州中部的一条山谷里，是宾夕法尼亚州立大学的主校区。我当时是英语系的研究生。对于兰博这个角色的创作而言更重要的背景是，我是加拿大人，出生并成长在安大略省南部的双子城基奇纳（Kitchener）和滑铁卢（Waterloo）。

我进入宾夕法尼亚州立大学的道路很不同寻常。上高中时，我很难算得上积极向上的学生。我喜欢英语课，并且为学生报纸写东西。我乐于参加戏剧表演。除此之外，我每天花8个小时看电视。说实话，直到电视台的夜间信号结束，我才上床睡觉。我的高中校长有一次把我从三角几何课上叫过去（仁慈的解脱），用一根手指猛戳我，预测我永远都不会有任何成就。

后来的事实证明，电视为我指引了方向。1960年10月第一个周五的晚上8点半，我看了一部新电视剧《66号公路》（*Route 66*）的荧屏首映，我的生活就此改变。这部电视剧讲的是两个年轻人开着科尔维特敞篷汽车在美国旅行，寻觅美国和追寻自我的故事。它全部是外景现场拍摄的，表演和摄影都非常出色。

但是，这部剧让我越来越感兴趣的是，几乎每一集的剧本都是斯特林·西利芬特（Stirling Silliphant）写的。这些剧本结合了激烈的动作场面和强有力的主题，给我留下了非常深刻的印象。虽然当时我才 17 岁，但我已经下定决心要成为一名作家，而西利芬特将是我的榜样。我给西利芬特写信，告诉他我的想法，并收到一张两页纸、单倍行距的回信，鼓励我追求梦想。在意识到一名作家应该接受良好的教育时，我突然就想拿到文学士的学位了，这个目标当然让我的高中校长十分吃惊。

圣杰罗姆学院（St. Jerome's College，现在是一所大学）当时是位于安大略省南部的滑铁卢大学的下属学院。它非常小，英语系荣誉课程一共只有 6 名学生。按照牛津大学式的培养计划，我们这些学生会逐个讲一节课，教授听我们讲课并做出评价。我在这里受到了非常出色的教育，但是在这个过程中，我忘记了成为西利芬特的雄心壮志。在为期 4 年的文学士培养计划中，我在第一年就结了婚。我打算成为一个高中英语老师，但是之后另一名作家改变了我的生活。

圣杰罗姆学院有一个和大客厅差不多大的图书馆。一天下午，我在这里找书，寻觅的主题是对我最喜欢的作家之一欧内斯特·海明威的著作的分析，但是我已经做好了失望而归的准备。让我惊讶的是，这个小得出奇的图书馆真的有我在找的东西。这本书的作者是菲利浦·扬（Philip Young），它的开头是这样的：

在西班牙的某一天，一大清早，杰克斯·巴恩斯，也就是海明威的《太阳照常升起》（*The Sun Also Rises*）的主人公，正不顾白兰地带来的醉意在看屠格涅夫的书，而且他猜测有那么一天，在某个地方，他会记起这一切，而且他读到的东西到时候似乎已经发生在了他身上。

如果你在高等院校学过文学，你就知道学术书籍不是这样开头的。但是扬的书语气丰富、活力洋溢，这让他的文字读起来有一种小说的戏剧性。他的风格很引人入胜。让我感觉他是在直接和我说话，而不只是告诉我信息，他让我微笑起来。实际上，有那么两三次，他让我笑出了声，导致一个图书馆管理员向我投来不赞许的眼神。

那天下午结束时，我已经被彻底征服了。我回到家里，对正在当高中历史老师的妻子唐娜说："我读了一本关于海明威的书，非常了不起。它是宾夕法尼亚州立大学的教授菲利浦·扬写的，这本书写得太棒了，让我突然有了一个疯狂的想法。我想去宾夕法尼亚州立大学读硕士。我想和扬一起研究。你愿意辞掉老师的工作，离开加拿大，和我一起去那儿吗？"

唐娜不久前才知道自己怀孕，她答道："当然。"

于是在第二年，也就是 1966 年的夏天，在唐娜生下我们的女儿不久之后，我们打包了所有重要的东西，塞进我们的绿色大众甲壳虫汽车，踏上前往美国的奥德赛之旅（让人想起《66 号公路》中的角色）。来到美国后，我最终成为扬的研究生助理，并在他的指导下撰写了关于海明威语言风格的硕士论文。

这里就是兰博生根发芽的地方。宾夕法尼亚州立大学让我教新生作文课，有薪水。学校还在一个名叫研究生圈（Graduate Circle）的地方为我提供了价格非常合适的公寓。在搬进一间公寓不久，我遇到一个邻居，他对我说的第一句话是："这场该死的越南战争越来越一团糟了。如果再这样下去，政府可能会不再同意学生延期服兵役。"

我压根不知道他在说什么。此前我只听说过一次越南，那是 3 年前，也就是 1963 年播出的《66 号公路》的一集里，西利芬特写了一个从越南（我根本不知道那是什么地方）回国并难以从战争思维中走出的美国士兵。（这一集说明这部电视剧是多么领先于它的时代。）在加拿大，我从来不关注这场战争的新闻，它不在我的兴趣范围之内。但是在宾夕法尼亚州立大学，这个美国各地大学的典型样本，我很快意识到这场战争是永恒的话题。

我不想承认自己的无知，也不愿意作为外国人被另眼看待，于是我去了图书馆。在那里，我发现北越和南越位于东南亚。自从 1959 年起，美国就参与到南北两方的冲突中，帮助南方对抗北方的共产主义政权。1964 年，两艘美国驱逐舰宣称被北越的鱼雷艇攻击。愤怒的美国国会签署了《东京湾决议案》，授予当时的总统约翰逊对北越不宣而战的权力。（许多年后，解密文件表明，共产政权鱼雷艇的攻击事件子虚乌有，而且约翰逊政府的成员知道这次攻击并没有发生，但是他们宁愿选择使用错误的情报，以便正当化对北越的军事行动。）

我还了解到，越来越多的美国年轻人正在被强制征兵然后送往越南。强制兵役落在那些没有工作和未受教育的人头上，而大学生通常可以暂缓服兵役。在这种情况下，拿到奖学金和高于平均水平的分数成了带来巨大压力的目标。包括我的邻居在内，有些学生担心以后连学生也不能被免除兵役（这种情况最终在 1971 年发生了）。我没有这种担心，因为除了是学生之外，我已经结婚了并且有个孩子，而最重要的是，我是外国人，但我不想将这一点广而告之，显得我与众不同。此外，与能够让我待在美国的临时居住证一起交到给我手上的文件十分清楚地写了，作为外国人，我应该克制自己表达政治观点的权利，当然，政治活动就更不能参加了。如果违反了这个要求，我可能会被驱逐出境。我还被要求在一份效忠誓言上签字。

结果就是我养成了关注越南战争的习惯，听我的同学们谈论它，研究关于它的新闻报道，与此同时保留我的意见，闭口不言。随着1960年代一年年地过去，反战示威的数量在全美境内迅速增加。在宾夕法尼亚州立大学，一些教授课程的研究生在他们负责的新生课程上将诺曼·梅勒的《夜幕下的大军》（*The Armies of the Night*，讲述的是1967年的五角大楼反战游行）列为阅读作业。

与此同时，开始有从战场上回国的退伍士兵进入宾夕法尼亚州立大学学习。其中有6个人被分配到我的一门写作课上，而他们很难接受我成为负责他们的代表权威的人士。我们都是20出头不到25岁的年纪，但他们曾经在遥远的丛林出生入死。在他们看来，我是个逃避兵役的懦弱之辈。他们的敌对情绪非常强烈，我不得不要求在课后专门开一个会，解释我的特殊情况（已婚，有一个孩子，外国人），并赢得了他们的信任，说服他们将自己的经历告诉我。我了解到他们经常做噩梦，在大汗淋漓中惊醒，无论在任何时候，只要听见大的声响就会跳到物体后面寻找掩护。我了解到他们的愤怒、沮丧和恐惧。如今，对于他们忍受的这种状况，我们有一个专门的词——创伤后应激障碍。但是在当时，我能够想到的唯一描述可以追溯到一战：炮弹休克。

然后一个二战老兵吸引了我的注意，并不是因为我有机会见到了他本人：奥迪·墨菲（Audie Murphy）。小时候，我在电影院放映的无数西部片中见过他的身影。但是直到他在1955年根据他的自传改编的电影《百战荣归》（*To Hell and Back*）中饰演他本人，我才发现他是二战期间得到勋章数量最多的美军士兵。在去宾夕法尼亚州立大学之前，我已经了解到很多有关他的事了。

作为得克萨斯州一名佃农的儿子，墨菲是在贫困中长大的。他小时候就是个天生的枪手，用打来的兔子帮助父母抚养自己的9个兄弟姐妹。在他的父亲离家出走之后，墨菲从小学五年级退学，在农场工作挣钱养家。二战期间，他在18岁生日当天报名参加海军陆战队，但是因为体重太轻被拒绝了。最终美国陆军接受了他，并将他送往欧洲，派他在西西里和法国南部参加战斗。除了荣誉勋章，他还得到过33枚其他战斗勋章和奖章，美国陆军能够发的勋章他都得了个遍，包括杰出服役十字勋章和两枚银星勋章（三天之内连获两枚银星勋章）。在这个过程中，他负过三次伤。他的英雄背景和俊秀的相貌让詹姆斯·卡格尼（James Cagney）把他带到好莱坞。在那里，墨菲最终成了西部片的代言人，但是他那张孩子气的脸和他在荧屏上的暴力总是形成一种令人不安的对比。

这是让墨菲获得荣誉勋章的那场战斗的官方描述。仔细读一读，看看它是否会让你想起某个人。

"墨菲少尉指挥的B连队遭到6辆坦克和大批步兵攻击。墨菲少尉命令麾下士兵撤退到树林中一处预先准备好的位置，而他留在位于前线的战地指挥所，继续用电话通知炮兵部队射击角度。在他右后方，我们的一辆坦克歼击车被正面击中，开始燃烧起来。车组成员撤退到树林里。墨菲少尉继续指挥着炮兵部队的火力，火炮杀死了许多向前进的敌军士兵。当敌军坦克开到他附近时，墨菲少尉爬上那辆正在燃烧并且随时可能爆炸的坦克歼击车，用它.50口径的机枪扫射敌人。他只有一个人并且三个方向都暴露在德军的火力之下，但他的致命火力杀死了几十个德国士兵，动摇了步兵的攻击。失去了步兵支持的敌军坦克开始后撤。在整整1小时内，德国人尝试了每一种可能的武器，想要消灭墨菲少尉，但是他继续坚守自己的位置，并消灭了一支试图从右翼悄悄潜入的小队。德国人逼近到只有10码的地方，结果倒在他的火力之下。他的一条腿受伤了，但他置之不理，继续单枪匹马地战斗，直到弹药耗尽。他回到自己的连队，拒绝医疗，并组织连队进行了一次反击，迫使德国人撤退。他对炮兵部队的指令消灭了很多敌人，他亲自造成大约50人伤亡。墨菲少尉无畏的勇气和不舍寸土的坚韧不拔拯救了他的连队，让他们免于遭受可能的包围和消灭，守住了那片曾是敌军目标的树林。”[12]

这段引文说墨菲在那场战斗中造成50名敌军士兵伤亡。算上墨菲在九场战役中参加的所有战斗，他杀死了240名敌军。在另一场战斗中——众多类似的战斗之一，当墨菲的部队被敌军猛烈的火力压制时，他抓起一挺轻机枪，沿着一条冲沟偷偷爬到上面，杀死了6个敌人，伤了3个，迫使5个敌人投降。暴力自有它的后果。战争结束后，墨菲饱受失眠、噩梦、抑郁以及创伤后应激障碍的其他症状的折磨，就像我在宾夕法尼亚州立大学的那些退伍士兵学生一样。

但是墨菲的症状更极端。他在枕头下面放着一把手枪，有时会在

[12] United States, Congress, Senate, Committee on Labor and Public Welfare. Medal of Honor Recipients, 1863-1963[M].Washington：U.S. Government Printing Office, 1964：188.

夜里惊醒，开枪射击。他曾经用枪口对着自己的第一任妻子威胁她。他曾以意图谋杀的罪名遭到审判，因为他攻击了一个训狗师，墨菲认为这个人对自己的一个朋友索价过高。以正当防卫作为辩护理由，墨菲被无罪释放。当一个助理导演将墨菲的一位搭档女演员奚落得哭泣时，墨菲找到这个人，用温柔的声音对他说："如果你再对这个女人做出类似的事，我会杀了你。"这个助理导演说，从墨菲的眼神可以看出，他无疑是认真的。

墨菲的眼神的确非常锐利。就算认识到他是一名演员（他谦虚地说自己没有表演才能）而且他饰演的是虚构人物，当你在他主演的一些影片尤其是《飞骑荡寇志》（*Posse from Hell*）中看到他的眼睛时，你也很难不去想，当他开枪打倒坏人时思绪一定闪回到了那场战争。在他最好的电影之一《子弹不长眼》（*No Name on the Bullet*）中，他饰演的枪手骑马进入一座小镇，什么都没有干，只是坐在酒店外面的一把椅子上。他的眼神让整座小镇发了狂，那些以为他是来杀死自己的人替他省了这个麻烦，自杀了。约翰·休斯顿（John Huston）是他出演的《铁骑雄狮》（*The Red Badge of Courage*）和《恩怨情天》（*The Unforgiven*）这两部影片的导演，他（据说带着喜爱之情）说墨菲是自己"眼神温柔的小杀手"。

墨菲说过想写第二本自传，专门讲述他在适应文明生活时遇到的困难。他说军方当初让他为战斗做准备时花了很多时间，他希望军方用同样多的时间来撤销他受到的那些训练。当我和那些从战场回国的学生聊天时，墨菲的经历总是浮现在我的脑海。

与此同时，反战抗议席卷美国，并且变得更加极端。1968 年 1 月的越南农历新年期间，8 万名北越游击队士兵袭击了南越的 100 多个战略目标，包括几乎所有省会和首都西贡，政府一向宣扬的曙光就在眼前的论调失去了信誉。但是妻子和我就算不关注新闻，也能意识到战况并没有变好。在那个时候，宾夕法尼亚州立大学实行的是一年四个学期的学制。每年四次，在课程结束之后，唐娜和我都会打包行李，将我们的女儿固定在汽车座椅上，开着大众甲壳虫汽车北上，看望在安大略省的亲人。在那个时候，州际高速公路系统还在建设中，没有直达路线。我们常常要走乡间道路，穿过经济状况艰难的小镇。在1966 年的第一次往返旅途中，我们经过的一些墓地偶尔会有美国国旗插在坟墓上，这说明下面埋着一名死在越南的士兵。1967 年，国旗的数量变多了。1968 年，国旗的数量大大增加，以至于我们怀疑政府公布的伤亡数字是低估了的。

1968 年，马丁·路德·金遇刺身亡。同样被刺杀的还有罗伯特·肯尼迪。在哥伦比亚大学，学生们的抗议升级，以至于 5 座建筑被占领、学校停止运转。我看了《CBS 晚间新闻》，被两个紧挨着播出的新闻报道震惊了。第一个报道展示的是在越南交火的美国士兵。第二个报道则是美国的某个城市发生骚乱，国民警卫队在一条被骚乱破坏的街道上巡逻。我想不起来它是哪一场骚乱了。当时这样的事太多了。例如，在金遇刺的那段日子里，一共有 110 场骚乱，甚至发生在华盛顿特区距离白宫只有十个街区的地方。虽然这些是种族骚乱，但它们和越战也有关系，因为和白人相比，市中心区有数量过多的黑人因为贫穷、缺少教育和缺少影响力而被强制征兵。我突然发现，如果将电视声音关闭，这两个故事似乎是一个故事的两个方面。被破坏的街道似乎是在越南，而那场交火似乎发生在美国。

观看 1968 年的另一个电视新闻节目时，在芝加哥举办的民主党全国代表大会上发生的暴力令我震惊。反战人士在向会场进发时，遭到将近 12 000 名芝加哥警察的拦截。这些警察自己就开始了一场骚乱，攻击挡住他们去路的任何人，包括著名的电视记者。这些警察骚乱分子已经完全失控，他们甚至不在乎自己肆无忌惮的暴力正在电视屏幕上直播好几个小时。

我突然想到：如果这些抗议者中的一员就像我在班上遇到的愤怒的退伍士兵一样呢？如果这些退伍士兵中的一员是战斗技巧出众的人，特种部队的前成员，一个逃走的战俘，得到过荣誉勋章的人呢？如果他是奥迪·墨菲呢？如果他认为这场战争是错误的，并且相信自己有权利抗议它并且不会因此显得不爱国呢？如果他刚要开始抗议，就被一根警棍砸在头上，让他充满了极具破坏性的愤怒呢？

以这种方式，我开始构思《第一滴血》(*First Blood*)。我想起读过的一篇报纸文章，讲的是一群嬉皮士在西南地区的一个小镇被抓了起来。他们的胡子和长发都被剃掉，然后被赶出小镇，扔在路边上，那里长满了被太阳炙烤的凤尾兰。他们还被告知继续往前走，不要回来。如果他们当中的一个人就是我虚构的特种部队退伍士兵，越南的经历让他如此不安，只能脱离社会呢？面对手拿剃刀冲着自己的警察，奥迪·墨菲会作何反应呢？作为试验，我留起了小胡子和长发。

当我经过警察和其他类似的掌握权力的人士身边时，他们开始羞辱我。“你嘴唇上有一条毛毛虫。哈哈。把你的头发剃了，这样人们就知道你是个男的，不是个女的。哈哈。”

美国充满暴力的两极分化变得如此严重，我的很多同学担心这个国家正在向内战的道路上前进。我想知道这能不能成为一部小说的主题。我不知道如何构思一场国家规模的内战，但是也许我可以构思一场微型内战。也许我能构思出越战的微缩版，只是这场私人战争将在美国境内打响。

问题是，如何讲述这个故事？我想到那个让我最开始想成为作家的人：斯特林·西利芬特。《66号公路》在1964年停播之后，他成了炙手可热的编剧，最终在1967年凭借对约翰·保尔（John Ball）的小说《炎热的夜晚》（*In the Heat of the Night*）的改编获得奥斯卡奖。这个故事的主人公是一位来自费城的黑人刑事警探。他打算坐火车去密西西比州看望母亲，中转换车需要他在一个南方城镇停留几个小时，而那里恰好发生了一件谋杀案，受害者是一名显赫的实业家。当地警方把这个外地黑人当成嫌疑犯抓了起来，结果发现他不但是无辜的，而且他的专业技能对他们很有帮助，被谋杀的实业家的遗孀也坚持这样认为，黑人警探和南方警长在紧张的情绪中达成和解。很明显这部电影其实是个伪装成神秘谋杀案的民权故事。

在创意写作课程上，你常常会听到一种说法，世界上只有五种故事：一个人对抗另一个人，对抗自然，对抗自己，对抗社会，对抗上帝。我从不明白这些分类有什么帮助，但它们就在那里。不过，也许只有两种分类。它们非常有力，而且与约瑟夫·坎贝尔的《千面英雄》（*The Hero with a Thousand Faces*）中的理论是一致的，那是我在1968年开始构思《第一滴血》时读的一本书。这两种分类是：一个人踏上一段旅程，或者一个陌生人进入一座城镇。

陌生人进入城镇。8 年前，《66 号公路》的首映让我想成为一个作家，现在西利芬特又激励我写出一个关于陌生人进入城镇的完全不同的故事。

他的名字叫兰博，怎么看都是个年轻的无名之辈。他此时正站在肯塔基州麦迪逊郊外一座加油站的汽油泵旁，遮住耳朵的长发一直耷拉到脖子，留着一副又长又密的胡子，朝着一辆停在这里加油的汽车竖起大拇指，想搭个便车。他就这样斜斜地站着，重心倚在一条腿上，手里拿着一瓶可乐，卷起的睡袋放在脚下的沥青路面上，看到他此时的样子，你绝对想不到一天之后，也就是周二，巴萨特县的大部分警察都在追捕他。当然你也不会想到，周四这天，他在肯塔基州国民警卫队、六个县的警察以及众多喜欢开枪射击的普通公民的围捕下逃之夭夭。但是，仅仅看他衣衫褴褛蓬头垢面地站在加油站旁边的样子，你永远琢磨不出兰博是个怎样的人，更猜不透这场轩然大波是如何引起的。

我花了几个月的时间，做了许多次徒劳无功的尝试，才写出开头这一段。在我一开始的构思中，应该用大量笔墨和细节逐步描述一座城镇对一个外表不招他们喜欢的陌生人的敌意，以及他们如何为时已晚地发现他是最不该惹怒的人。但是我最后意识到这个故事的核心是兰博和警长提索——面对他的人。结果就是我砍掉了所有兰博或提索都没有视角的场景，使用简练的 A-B、A-B 结构，让场景随着这两个人的视角相互交替。这样做的效果是，从兰博的视角看，提索是错的，但是从提索的视角看，兰博是错的。随着视角的来回往复，读者难以简单地判断谁是谁非。这种交替的视角反映了我对美国当时状况的感受。很少有人愿意思考对面一方试图告诉他们什么。

至于故事中的追捕，则参考了发生在宾夕法尼亚州中部的一个真实事件，时间就在我 1966 年抵达那里的几个月之前。一个名叫威廉·霍伦鲍（William Hollenbaugh）的男子绑架了一个 17 岁的女孩，并将她拖进深山躲藏起来。在接下来的 8 天里，州警察、FBI 特工、当地警察、猎犬和直升机进山搜索，创造了宾夕法尼亚历史上规模最大的追捕，最后的结果是女孩得救，霍伦鲍身死。直到 1968 年，当地人还在谈论这场追捕，虽然兰博和霍伦鲍之间没有任何可比之处，但我还是使用了“谢德加普事件”[13]的细节，尽我最大的能力让对兰博的追捕显得真实。我将故事的背景地设定在肯塔基州，因为我想要一点儿南方风情，还因为这个州拥有一片被人们叫作东方大峡谷（Grand Canyon of the East）的荒野之地，可以为我小说中的追捕提供壮阔的舞台背景。但从本质上说，这本书的故事发生地和宾夕法尼亚中部脱不开关系，因为宾夕法尼亚州立大学附近的小镇贝尔丰特（Bellefonte）正是《第一滴血》中麦迪逊镇的原型。在当时，小镇的警察局设在一栋古老的校舍里，就像小说中一样。

但是我还没有确定我这位愤怒的越战老兵应该叫什么名字。我知道这个名字应该听上去有一种自然的力量，但是我一开始尝试的每一个名字似乎都不够有力，直到某天下午，妻子采购杂物后回到家里。她在一个卖苹果的路边摊停了一下，觉得味道不错，就买了好几个回家。

“你一定要尝一个，”唐娜说，“味道太好了。”

趴在我的打字机上搜肠刮肚地找名字时，我对苹果提不起多大兴

[13] 该绑架案发生在谢德加普。

趣，但是想着要是我尝了一个，妻子就能放我回来工作了，于是我咬了一口，结果发现味道出奇地好，于是我问了一句这苹果叫什么名字。

“兰博（Rambo）。”她说。

“什么？”我被这个名字震惊了。我以为她说的是“兰波（Rimbaud）”，我最喜欢的法国诗人和雇佣兵，他的《地狱一季》（*A Season in Hell*）对我产生了重大影响。“兰博。”唐娜重复了一遍，还拼了一下。

我觉得我的下巴都要惊掉了。如果一个名字听上去有一种自然的力量，那就是它了。我后来发现在19世纪，当“苹果籽约翰”（约翰·查普曼［John Chapman］）走遍宾夕法尼亚州、印第安纳州和俄亥俄州时，他种植的那种苹果树就叫兰博，所以这是一个和美国传统密切相关的名字，即使这个词来自斯堪的纳维亚地区，意思是“住在山里的”。后来，小说改编成的电影给了兰博一个名字，约翰，就像那首内战歌曲《当约翰尼迈步回家时》唱的那样。改编电影还给了兰博一个中间名缩写J[14]，但从未说明这个缩写代表的是什么。然而在1968年，我已经打定主意，小说里的兰博将只有姓没有名，因为我觉得名会影响他的姓表达出的那种原始的力量。

按照要求，我在宾夕法尼亚州立大学对新生的授课内容包括《苏格拉底最后的日子》（*The Last Days of Socrates*）。在这本著作中的某处，苏格拉底说没有人是故意作恶的。关于这一点，我不确定他说得对不对，但是他提出了一个很好的观点。我们大多数人都会对自己的行为进行合理化。我可能对另一个人干的事深恶痛绝，但是那个人可以为自己

[14] 电影中兰博的全名为John James Rambo。

做的事提供各种理由，认为这件事是正当的。

这就是《第一滴血》的逻辑。兰博是个偏激的越战老兵，他和一个警长起了冲突，而这位警长是朝鲜战争老兵，参加过长津湖战役。《第一滴血》的改编电影没有时间探讨提索参加朝鲜战争的背景，只是在这位警长的桌子后面将他获得的勋章陈列出来，简单暗示了一下，而小说用了好几页的篇幅描写了提索的战争经历。

此外，提索是艾森豪威尔时代的共和党人，年纪大得足够当兰博的父亲，而且他对战争的理解是基于传统战术的，和兰博擅长的游击战术截然相反。他们是彼此的对立面，代表着美国文化中的分裂，正是这种分裂导致了充满暴力的反战抗议。兰博和警长是如此不同，以至于他们不可能理解彼此。在愤怒的挫败感中，他们的敌意不断升级，直到他们和小镇都被毁灭。

这是一个各种层面的寓言。提索在小说中的某一刻判断："那小子是个更好的战士，但我是个更好的组织者。"他找来了监督兰博训练的人，山姆·陶德曼上校。这个"山姆"很重要。他是"山姆大叔"。他是创造出兰博的体制，而这个体制将不可避免地毁灭兰博。随着那场私人战争的结束，兰博杀死了警长，然后山姆大叔杀死了兰博。

这部小说讲的全都是人如何愚蠢地令事态升级，并顽固地拒绝从他人的视角看问题。它讲的是那些学生抗议者的愤怒，他们将年纪更大的人视为敌人，尤其是拥有权力的人。它讲的是年纪更大的人，他们将年轻人视为敌人。它讲的是当权者的傲慢，他们不愿意承认自己错了，也不愿容忍异议。但是作为一个被要求在效忠誓言上签字才能拿到临时居住证的加拿大人，我不能清楚明确地说出上述任何一点，否则就有可能被驱逐出这个我现在已经视为自己国家的地方。这本小说几乎没有提到过越南。我的任务是写下美国境内正在发生什么，美国正在发生怎样的改变，并以一部惊悚小说的形式呈现出来，其中没有道德说教，也不拍桌子瞪眼睛地大声呼吁。

1969 年，我中断了这本书的写作，专心撰写关于约翰·巴思的小说的博士论文。与此同时，战争继续升级，战火扩大到了老挝和柬埔寨。反战示威也升级了，但是示威活动突然就出现在了我的后院——2 月 24 日，400 名抗议学生占领了宾夕法尼亚州立大学的行政大楼。1500 名态度截然不同的学生包围了大楼，威胁里面的激进分子。双方艰难地沟通出一份和平协议。抗议者投降了。

1970 年，在完成博士论文后，我继续写这本小说。4 月 15 日，宾夕法尼亚州立大学的行政大楼又一次被示威者占领了。大巴车运来了 75 名州警。当他们驱逐大楼的占领者时，被学生们用石头砸了。18 名警察受伤。三周之后的 5 月 4 日，发生了一件直到今天还令我震惊的事件，俄亥俄州的国民警卫队员在肯特州立大学向手无寸铁的学生示威者开枪。4 名学生被杀，其他 9 人受伤。许多受害人只是旁边看热闹的。事件发生后，全美有 800 万大学生罢课，无数大学纷纷停止运转。我再一次想到，如果我那位偏激的越战老兵是遭遇枪击的学生之一的话会发生什么，或者我小说里的警长是被投掷石块的州警之一的话会发生什么。

虽然外国人的身份让我不能将任何这些内容放进《第一滴血》，但是我当然可以使用模糊手法，用兰博和提索表现这种对立，为他们的冲突煽风点火。我总是想起苏格拉底。我从来没有偏爱其中一个角色甚于另一个。我想让读者理解这部小说的两个主人公中的每一个，并且为他们的无法妥协感到沮丧。他们的怒火注定让他们共同毁灭。

1970 年 8 月，唐娜和我再次打包行李，将女儿放进小小的绿色汽车，踏上又一段漫漫征程，这一次是去艾奥瓦大学，那里是菲利浦·扬（我去宾夕法尼亚州立大学读研究生的原因）撰写关于海明威的博士论文的地方，而且我已经被艾奥瓦大学英语系聘为助理教授。到那之后，我听说的第一件事就是在肯特州立大学枪击事件之后，艾奥瓦大学也爆发了一场令学校停止运转的大规模学生抗议。对那场抗议的描述为我鼓了一把劲儿，让我在备课和教学之余抽时间继续撰写《第一滴血》，并最终在 1971 年 6 月写完了它。我的一个目的是，使用我从关于海明威写作风格的硕士论文中学到的东西去描写动作，避免当时的许多惊悚小说中含有的烂俗技巧。我并不妄想达到海明威的水平，但是至少，我决定以他为榜样严肃地对待动作，不用"一声枪声响起"这样的陈词滥调，而是尽量让读者闻到硝烟的气味，感受到战斗引起的口干舌燥。

在宾州州立大学的时候，教创意写作课的教授菲利浦·克拉斯把我介绍给了亨利·莫里森（Henry Morrison），一位著作代理人，我成了他的客户。此前，很少有小说像《第一滴血》包含那么多的动作成分。莫里森不太确定一家精装书出版社会不会喜欢这么激烈的内容，但是在小说稿交上去 6 周之后，精装书出版社埃文斯公司（M. Evans and Co.）接受了它。埃文斯公司以其极为畅销的非虚构类图书《身体语言》（*Body Language*）和《开放婚姻》（*Open Marriage*）闻名，并以同样的热情投入营销《第一滴血》。

几乎每一份重要报纸和杂志都给了它好评。哥伦比亚电影公司购买了电影版权，交给理查德·布鲁克斯（Richard Brooks）改编和执导。高中和大学在文学课上教这本书的内容。史蒂芬·金（Stephen King）在缅因大学教创意写作时，这是他使用的两本书之一（另一本是詹姆斯·M. 凯恩 [James M. Cain] 的《双重赔偿》[*Double Indemnity*]）。

哥伦比亚电影公司显然不喜欢布鲁克斯准备的剧本，将电影版权卖给了华纳兄弟，后者聘请西德尼·波拉克（Sydney Pollack）为导演，史提夫·麦昆（Steve McQueen）主演兰博，结果剧本都写了 6 个月了，才发现麦昆已经 40 多岁，年纪大得不可能是刚从越战归国的士兵（与阿富汗战争和伊拉克战争不同，越战是年轻人的战争）。在另一个有可能的机会中，保罗·纽曼（Paul Newman）曾被考虑担当主演。有趣的是，由于小说中两个主人公的地位非常平衡，所以本来想让纽曼演警长，而有些当代图书评论家认为警长才是主要人物。

这个项目后来辗转卖给了许多家电影公司。它们一共准备了 26 份剧本。在一份剧本中，警长是主角，而兰博是个配角，而且他的生存技巧是打破商业区的糖果自动售卖机。有人把他描述成打游击战的鲍比·里格斯（Bobby Riggs）。为免这个比喻让你摸不着头脑，我来解释一下，鲍比·里格斯是一位网球运动员兼表演艺人，他和对手打赌，自己可以一边用左手打网球，一边用右手将一把伞举过头顶，还能在网球比赛中击败他们。在这份剧本中，提索很多时候都坐在警车的后座上喝威士忌。感谢上帝，这个制作团队没有继续下去。

最终，在这本书出版 10 年后，一家名叫卡洛可（Carolco）的新公司聘请泰德·克特奇（Ted Kotche）为导演，西尔维斯特·史泰龙（Sylvester Stallone）为主演。在 1982 年拍出的这部电影是我记忆中最成功的秋季发行影片。电影对小说做了一些改动。故事背景搬到了太平洋西北地区（以得到加拿大方面的财务奖励）。警长这个人物被简化了。他变得更像兰博的哥哥而不是父亲，而且他的军队经历几乎被完全抹去了，只留下了他桌子后面陈列的一些勋章作为暗示。动作的含量和激烈程度被削减了。兰博被允许活下来（尽管在电影的一个早期版本中，他的确死了）。或许最重要的是，这个人物变柔软了。我的兰博对战争经历是愤怒的。他恨自己被迫做的事，而且当他发现自己有杀人的高超技巧时，他就更恨了。这是他唯一知道如何做的事，他是这方面的天才，而且在小说里，当提索一再逼迫时，兰博终于爆发了，对于能够做到的毁灭，他几乎带着骄傲的心情。

电影不是这样。担心这个角色可能无法引起观众的同情，制片商把他变成了一个受害者。在影片开头，兰博充满感情地走向湖边的一间房子，一个女性黑人正在房子旁边的一根绳子上晾衣服。然后我们会发现，兰博是在寻找同在特种部队服役的战友，但是女性黑人对兰博说，他的朋友得癌症死了。杀死他的是橙剂，美国军队在越战中使用的一种脱叶剂。

按下这些唤起同情的情感按钮后，剧本安排兰博走进小镇，警长在镇上找了他的麻烦，因为他不喜欢兰博的样子。在小说里，这种动机说得通，因为兰博留着嬉皮士的长发和胡须，在我写书的时候，这副样子是警察天然针对的目标。但是到了这部小说出版 10 年之后的 1982 年，美国文化已经发生了巨大的改变，几乎所有美国成年男子都是一副留着长发的嬉皮士模样。看电影的时候观众彼此窃窃私语："兰博的样子有什么问题吗？"但随后就是主要情节。兰博被警察骚扰，当剃刀对着他的时候，书和电影就重合了。

看到同一个故事能够以不同的方式演绎，我对此总是十分入迷。当 3 年后我看到续集电影《第一滴血 2》(*Rambo: First Blood Part II*) 用又一种方式演绎兰博这个角色时，我更着迷了。在这部影片中，兰博是个极端爱国主义超级英雄，救出了早就谣传仍被留在越南的美国战俘，单枪匹马地赢得了第二个版本的越南战争——越战在 1975 年伴随着北越攻入西贡而结束。这部电影经常被引用的一句台词是："长官，这一次我们要赢吗？" 这句话传递给观众的显而易见的信息是，美国政客受到反战抗议的影响，阻碍了军队全力战斗的能力。

当时的总统罗纳德·里根经常在新闻发布会上提到兰博。"昨天晚上我看了一部兰博电影。现在我知道下次出现恐怖分子人质危机时应该做什么了。" 并不令人意外，由于兰博此时获得的政治含义，这部小说不再被高中和大学用作教材。极端爱国主义的兰博还出现在 1988 年的电影《第一滴血 3》(*Rambo III*) 中，他在阿富汗和苏联军队作战，但是这一次，观众的情绪没有那么投入了，因为当这部电影在美国的电影院首映的那天，苏联已经从阿富汗撤军。也许他们听说兰博要来了。兰博引起的政治争论突然让我觉得非常讽刺，因为我曾经做了那么多努力，去隐藏促使我撰写那本书的政治环境。

具有讽刺意味的事有增无减。2001 年，我正在波兰做一次宣传活动，请求采访的记者如此之多，我只能连续 12 小时和他们一一见面。他们都说英语。一个 30 多岁的女人提到，我看上去似乎很惊讶自己会得到这么多记者的关注。她对我说我需要理解兰博在她的国家是如何被看待的。在波兰年轻人抗议苏联人的团结工会的时代，兰博系列电影是禁片。但是在 1980 年代末，非法录像带被走私入境。抗议者观看这些电影以点燃斗志。他们将和兰博相似的止汗带绑在前额上，再走到外面去示威。她说，兰博是在苏联解体中发挥作用的一个元素，尽管是以一种间接的方式。她的解释让我想起，当 1989 年柏林墙不再是东柏林和西柏林的有效屏障时，新闻画面展示了人们在拆掉柏林墙之前墙上的示威画《兰博》。

兰博的名字现在已经被《牛津英语词典》收录。无论是以积极还是消极的方式，它都继续成为全世界日常词汇库的一部分。这个名字甚至被天文学用来命名一大群死亡恒星。这部小说被翻译成了 26 种语言。它从未绝版。曾经有过一部每集半小时的卡通连续剧，不和独裁者们战斗的时候，兰博就在森林里和动物们说话。但我从未料到会看到关于他的第四部电影。这部新影片是在上一集的 20 年后才发布的，名字很简单，《兰博》(*Rambo*)。它让这个人物出现在全世界政治最压抑、最暴力的地区——缅甸。我的人物再次被重新演绎，不过这次令我惊讶的是，他第一次以许多年前在我的小说中出现的方式出现在银幕上：愤怒而幻灭。实际上，西尔维斯特·史泰龙在影片开始制作之前给我打了电话，告诉我他打算使用我小说中的那个兰博。

厌倦了暴力，但是知道杀戮是最擅长的事，兰博陷入了绝望。他为一家蛇园抓眼镜蛇，死亡对于他如此亲切，让他可以漠不关心地摆弄它们，就像它们认出一个同属一类的灵魂，甘愿被摆弄一样。他很多时候都待在雨里，试图洗净自己做过的事。人们总是叫他“船夫”，这个称呼充满了希腊神话中死亡与冥河的隐喻。在为了加入又一场战斗而锻造一把刀的愤怒场景中，他告诉自己：“承认吧。你不是为了你的国家杀人。你是为了自己杀人。因此，上帝不会原谅你的。”

对于一部兰博电影，这实在令人震惊。在四部电影和几十年后，这个人物回到了他最开始的语调。再次见到他，有一种往日重现的感觉。

想要进一步了解《第一滴血》和兰博的诞生，请登陆大卫·莫瑞尔的个人网站 www.davidmorrell.net，查看关于兰博的页面。大卫还在他的小说《第一滴血》的前言以及这部电影的许多蓝光 DVD 版本中他的全长评论音轨中透露了很多信息。